U0109522

古典詩歌研究彙刊

第二六輯

龔鵬程 主編

第 **4** 冊

宋代詠蘭詩研究

莊 博 雅 著

國家圖書館出版品預行編目資料

宋代詠蘭詩研究／莊博雅 著 — 初版 — 新北市：花木蘭文化
事業有限公司，2019〔民 108〕
目 4+242 面；17×24 公分
（古典詩歌研究彙刊 第二六輯：第 4 冊）
ISBN 978-986-485-839-2（精裝）
1. 宋詩 2. 詩評
820.91   108011612

ISBN-978-986-485-839-2

古典詩歌研究彙刊
第二六輯　第 四 冊
　　　　　　　　　　　　ISBN：978-986-485-839-2

宋代詠蘭詩研究

作　　者　莊博雅
主　　編　龔鵬程
總 編 輯　杜潔祥
副總編輯　楊嘉樂
編　　輯　許郁翎、王筑、張雅淋　美術編輯　陳逸婷
出　　版　花木蘭文化事業有限公司
發 行 人　高小娟
聯絡地址　235 新北市中和區中安街七二號十三樓
　　　　　電話：02-2923-1455 ／傳眞：02-2923-1452
網　　址　http://www.huamulan.tw 信箱 hml810518@gmail.com
印　　刷　普羅文化出版廣告事業
初　　版　2019 年 9 月
全書字數　173693 字
定　　價　第二六輯共 8 冊（精裝）新台幣 13,500 元

宋代詠蘭詩研究

莊博雅 著

作者簡介

莊博雅，臺灣高雄小港人，畢業於國立成功大學中國文學系碩士班，師承王偉勇教授。曾獲第 40 屆鳳凰樹文學獎古文參獎、古詩佳作、第 44 屆鳳凰樹文學獎文學評論佳作。曾任慈濟密西沙加人文學校教師，已發表之論文爲〈歷代詠漢高祖詩主題轉化〉、〈日治時期臺灣詠蘭詩及相關文化活動研究〉。

提　　要

　　中國蘭文化自先秦開始萌芽，孔子詠蘭「不以無人而不芳」與屈原的香草美人意象，大抵奠定了蘭文化意象的基礎，影響後世深遠。綜觀歷代的「蘭」，有古蘭草與今蘭花之分，二者約於唐末五代相混對接，唐末以前所詠之「蘭」，混指蘭科、菊科或脣形科植物，而宋代以降詩文中的「蘭」，幾乎都是蘭科蘭花了。宋代花卉文化大盛，文人詠花之風亦盛，從詠蘭詩中可知蘭花從深山幽谷走向市場人家，文人詠蘭、種蘭、買蘭、贈蘭、畫蘭，以蘭爲名的文化活動蔚然紛陳。南宋更出現《王氏蘭譜》與《金漳蘭譜》，專書記載蘭花品種及栽培法，對應至現代蘭花栽培學，竟相差無幾。

　　本文從文化、科學、文學三個面向，探討蘭文化的發展。首先爬梳宋代以前蘭意象的流變與轉化，接著辨析古今蘭從魏晉有別到唐末五代混用的脈絡。最後聚焦於宋代詠蘭詩作，詮解詩人與作品間的關係，並舉其要者討論詩作中呈現的時代背景、社會風貌與文人交遊概況。

目

次

第一章　緒　論

第一節　研究動機

　　臺灣蘭花產業的栽培與銷售,自日治時期於蘭嶼發現臺灣原生種白花蝴蝶蘭(Phalaenopsis aphrodite subsp. formosana)後開始發展,由於適宜的氣候環境,以及官紳文人的愛蘭風氣,使蝴蝶蘭產銷量大增。〔註1〕直至今日,佔世界市場的八成之多;而學界對蘭花的研究亦與時俱進,成果卓著。國立成功大學生命科學系於2015年已將「小蘭嶼蝴蝶蘭」(Phalaenopsis equestris)之基因完全解碼,對蘭花有突破性研究,相關論文刊登在《Nature Genetics》〔註2〕,對蘭花之配種、研發及產品開發,均大有裨益,備受世界矚目。

　　臺灣的蘭花品種繁多,獨步全球,享有「蘭花王國」的美譽,同時也是重要的外銷產業之一,年產值高達80億台幣。臺灣國際蘭

〔註1〕參見拙作:〈日治時期臺灣詠蘭詩及相關文化活動研究〉,收錄於《中正臺灣文學與文化研究集刊》第十八輯,嘉義:中正大學出版委員會,106年3月初版,頁39~52。

〔註2〕國立成功大學蘭花研究團隊與國際團隊合作,完成全世界第一個全基因體解序的蘭科植物,該篇研究論文"The genome sequence of the orchid Phalaenopsis equestris"刊登於Nature Genetics期刊(2014年11月24日,頁65~72),並獲選爲封面文章。

展，更與東京國際蘭展、世界國際蘭展並稱全球三大蘭展，爲世界
蘭花交易重要平臺。國立成功大學主辦 2016 年臺灣國際蘭展（3 月
12 日至 21 日，臺南市後壁區），邀請中國文學系王偉勇老師一同參
與展出。王師不僅創作、吟誦十二首蘭花詩，更負責考索歷代詠蘭
詩及相關問題。從此帶領筆者進入跨領域研究的視野，以期能從文
學及生物學的角度，探討宋代以前詠蘭文學和宋代詠蘭詩對「蘭」
的描述及應用。

　　蘭文化自先秦時期即因生物特徵與生長環境而備受重視，縱觀
歷代的「蘭」，有古蘭草與今蘭花之分，二者約於唐末五代相混對
接，唐末以前所詠之「蘭」，混指蘭科、菊科或唇形科植物，而宋
代以降詩文中的「蘭」，幾乎都是蘭科蘭花了。從生物特徵而言，
無論是蘭草或國蘭，均發散特殊香味，前者爲香草植物，後者爲蟲
媒花，會分泌香味物質吸引蟲鳥傳粉，此種特殊香味讓蘭花歷來有
香祖、王者香、國香等稱號。從自然環境而言，蘭草與蘭花均生於
幽谷深林，具有不與群芳爭榮、不求聞達於世的品格，歷來受到文
人重視。

　　宋代花卉文化大盛，文人詠花之風亦盛，從詠蘭詩中可知蘭花
從深山窮谷走向市場人家，文人詠蘭、種蘭、買蘭、贈蘭、畫蘭，
以蘭爲名的文化活動蔚然紛陳。南宋更出現兩本《蘭譜》，專書記載
蘭花品種及栽培法，影響後世深遠。但前行學者的詠花詩詞研究大
多涉及梅花、蓮花、菊花、桃花、海棠、牡丹的探討，均獨不見蘭
花，實爲可惜。

　　故筆者欲以宋代詠蘭詩爲題，除了研究蘭文化的內涵與文學傳
統外，更試圖對應至植物的性狀特徵、種植方法及品種分辨，以期
爲生科領域之研究注入人文元素。本研究期待能在人文領域具有共
時性與歷時性之視野，並注入跨領域探索之活水；亦希望讓臺灣對
蘭花之研究自有形（生科）延伸至無形（人文）層次。

第二節　文獻回顧

一、專書及學位論文

（一）1990 年代──植物型態、品種鑑賞與栽培歷史

　　1990 年代，隨著蘭花產業的發展與培蘭技術的進步，中國有一批植物學者開始以生物學的角度關注蘭花品種、栽培、歷史源流，也是用科學觀點驗證古蘭非今蘭的先鋒，茲舉其要者，分述如下：

　　吳應祥（1015～2005）〔註3〕於 1980 年出版小書《蘭花》，增補擴充其內容後於 1991 年出版《中國蘭花》〔註4〕，主要從生物學、栽培學方面，介紹蘭科蕙蘭屬植物（Cymbidium）的品種分類、產地分布、形態特徵、栽培管理、生物特性、繁殖育種、胚胎發育、資源保護、病蟲防治、應用價值等，並概述中西方栽蘭歷史，收錄蘭花詩詞與彩色圖片。此書首先提出古今蘭蕙之對照，認爲古蘭爲今菊科澤蘭屬植物，「蕙」則爲菊科或唇形科植物。

　　盧思聰〔註5〕《蘭花栽培入門》介紹了蘭花的生物學特性、繁殖方法、病蟲害防治，並分別論述中國蘭花與洋蘭的栽培史、品種、鑑賞和栽培管理。在前書的基礎上，補充大量的文字和彩照，出版《中國蘭與洋蘭》〔註6〕，增補虎頭蘭、卡特蘭、兜蘭、石斛、萬代蘭、

〔註3〕吳應祥爲中國科學院植物研究所研究員、中國蘭花學會名譽理事長，不僅對中國蘭屬植物的研究甚深，出版專著與學術論文外，還命名了許多新品種，被譽爲中國蘭界泰斗，一生著述甚豐，有《北京植物園栽培植物名錄》、《溫室工作手冊》、《蘭花》、《植物與希臘神話》、《窗臺、陽臺、宅房園藝知識》、《室內裝飾植物》、《中國蘭花》、《古今蘭花詩詞選》、《國蘭拾粹》等。與他人合作的著作有：《觀賞植物種子檢索表》、《花卉大詞典》、《花卉詞典》、《中國作物遺傳資源》（蘭花）等。

〔註4〕吳應祥、吳漢珠：《蘭花》，上海：上海科學技術出版社，1998 年 11 月二版。吳應祥：《中國蘭花》，北京：中國林業出版社，1991 年 6 月第 1 版。

〔註5〕盧思聰師承吳應祥，爲中國科學院植物研究所，北京植物園高級工程師，也是中國北方著名的溫室園藝和蘭花栽培的專家、中國蘭花學會顧問、北京市蘭花研究會副秘書長。

〔註6〕盧思聰：《蘭花栽培入門》，北京：金盾出版社，1990 年 9 月；《中國

蝴蝶蘭和獨蒜蘭的詳細介紹，並收錄了已經栽培或有栽培前途的蘭科植物中 101 個屬的性狀及栽培方法，以及該屬的重要種及屬間雜交種。

　　陳心啟〔註7〕、吉占和編《中國蘭花全書》〔註8〕，對蘭花進行系統性、全面性的論述，包含蘭花栽培歷史、形態特徵與生物學特性、地理分布、中國蘭科屬志、國蘭專論、國產其他觀賞蘭花、世界熱帶蘭名品、葉藝與花藝、栽培與管理、繁殖技術、病蟲害及其防治、命名與登錄、商業貿易與資源保護、國際組織機構等。

（二）2000 年代至今──文化脈絡與文學研究

　　2000 年代，有別於對蘭花作植物學、花卉學、栽培學介紹，古典文獻研究學者在植物學的基礎上，對中國歷代與蘭相關的作品進行爬梳，從先秦古籍、辭賦、詩詞、蘭譜等文獻，梳理蘭文化形成、流傳與演變的脈絡。對於古蘭與今蘭之爭，也出現不同看法。

　　周建忠《蘭文化》〔註9〕從圖騰遺跡、文化符號、培蘭歷史、栽種技術、品種分類、名品鑑賞、欣賞要點、楚辭釋義、古代名人意象、詩詞散文、書法繪畫、蘭譜專書等多元視角，探討蘭文化在不同時代與社會環境的影響下，具有不同層面的文化功用與內涵。作者本為楚辭研究學者，從離騷香草析論（孔子、屈原以降所稱的幽蘭即今蘭科蘭花）擴展至現代蘭花領域，進而以豐厚的古典文獻根柢，建構蘭文化的清晰脈絡。

蘭與洋蘭》，北京：金盾出版社，1994 年 12 月。

〔註7〕陳心啟為研究中國蘭科植物的主要學者，也是許多蘭科與百合科學術論文與專著的作者，曾任中國科學院植物研究所標本館館長及系統與進化植物學實驗室主任，現任《中國植物志》編輯委員會副主編、中國蘭花學會名譽理事長和中國蘭科植物保育委員會名譽主席。著有《中國蘭花全書》、《中國蘭屬植物》等。

〔註8〕陳心啟、吉占和：《中國蘭花全書》，北京：中國林業出版社，1998 年 3 月。

〔註9〕周建忠：《蘭文化》，北京：中國農業出版社，2001 年 6 月。

　　陳彤彥《中國蘭文化》〔註10〕認為前行學者「古蘭非今蘭」的論點為斷章取義、源流不分的謬誤。本書提出從春秋戰國開始的國蘭文化延續至今，從未間斷，並以國蘭的顯著馨香為證，考辨古今蘭蕙應同香同源。作者亦從古代蘭花的生態環境、栽培歷史及分布流變等方面，力證「今蘭即古蘭」之說。

　　吳厚炎《蘭文化探微》〔註11〕從物質、制度與精神三個層面，考察蘭與人、人與天、蘭與大自然的關係。內容包含古蘭與今蘭的論證（古蘭為菊科澤蘭屬佩蘭 Eupatoricum fortunei Turcz.）、蘭科植物的分類、文化符號的起源、蘭文化中的儒家思想、道家情懷與陰陽觀。又從藝術美學的角度，對兩漢辭賦、魏晉唐代詩文、蘭譜與蘭畫等傳統文獻進行賞析，使該書呈現民俗源流、諸子思想、古今蘭辨析、文學鑑賞之大觀。

　　馬性遠、馬揚塵《中國蘭文化》〔註12〕，通過對蘭花歷史源流、文學作品、人文精神、民俗概說、軼事趣聞、藝蘭之道、鑑別欣賞、經濟產業等方面進行綜合介紹，闡述了蘭文化的演變過程和發展趨勢，並附錄蘭花詩詞於書末。本書亦持「古蘭即今蘭」之說，肯定中國蘭文化的源遠流長、方興未艾。

　　李寅《中國傳統蘭譜綜合研究》〔註13〕從生物學、栽培技術、蘭文化等方面對中國古代 56 部傳統蘭譜作系統性的分析和研究，總結出蘭譜的時代和地域特色，並結合現今栽培技術，分析蘭譜中的栽培方法。此外，作者也探討蘭譜中蘭花市場、花會、用途等內容，分析蘭譜的文化與文學藝術價值。

　　蘇寧《蘭花歷史與文化研究》〔註14〕梳理中國蘭的歷史起源和

〔註10〕陳彤彥：《中國蘭文化》，昆明：雲南科技出版社，2004 年 4 月。

〔註11〕吳厚炎：《蘭文化探微》，貴陽：貴州人民出版社，2004 年 12 月。

〔註12〕馬性遠、馬揚塵：《中國蘭文化》，北京：中國林業出版社，2008 年 2 月。

〔註13〕李寅：《中國傳統蘭譜綜合研究》，廣州：華南農業大學科學技術史專業碩士論文，2009 年。

〔註14〕蘇寧：《蘭花歷史與文化研究》，北京：中國林業科學研究院風景園

發展脈絡，認為古蘭即國蘭，並探索洋蘭的代表品種——卡特蘭、蝴蝶蘭、萬代蘭產生的時代及發展歷程。同時對蘭花的奇幻故事、神話傳說、文學藝術、園林生活，形象寓意等內容，進行系統分類與文化構建。

連雅婷《蘭菊文化源流及《歷代賦彙》「花果類」蘭賦、菊賦析論》〔註15〕溯源蘭、菊文化，探討先秦至元明蘭、菊形象的衍變發展與人格典型，以及歷代蘭、菊詩文所呈現藝術風格及意象表徵。同時爬梳歷代蘭賦、菊賦，賞析各個作家所寄寓的思想內涵及賦作的表現技巧。

二、期刊及研討會論文

與詠蘭文學、蘭文化相關之期刊、研討會論文繁多，可依其內容概分為文學與文化兩大類，舉其要者，分述如下：

（一）文學類

蘭花意象方面，李珮慈〈香草與招魂：兩漢魏晉詩賦中「蘭」、「菊」意象及其象徵意涵初探〉〔註16〕討論兩漢魏晉詩賦中的蘭菊對舉現象，認為屈騷構建的香草美人抒情傳統，主要為中國文人不遇情節的表徵。聶時佳〈作為文化符號之「蘭」的歷史還原——從「香草美人」到「香蘭君子」〉〔註17〕，論證花鳥畫是唐末古今蘭對接的關鍵點，梳理蘭從「香草美人」到「蘭花美人」再到「香蘭君子」的發展脈絡。

詠蘭詩方面，王偉勇在國際研討會上先後發表三篇論文，按時間

林專業碩士論文，2014 年 6 月。

〔註15〕連雅婷：《蘭菊文化源流及《歷代賦彙》「花果類」蘭賦、菊賦析論》，台北：臺灣師範大學碩士論文，2016 年 6 月。

〔註16〕李珮慈：〈香草與招魂：兩漢魏晉詩賦中「蘭」、「菊」意象及其象徵意涵初探〉，《東華中國文學研究》第 8 期，2010 年 6 月，頁 1～19。

〔註17〕聶時佳：〈作為文化符號之「蘭」的歷史還原——從「香草美人」到「香蘭君子」〉，《南洋師範學院學報（社會科學版）》，2010 年第 7 期，頁 42～47。

序列分別是〈唐代以前詠蘭詩及其相關問題考述〉〔註18〕、〈明代詠
蘭詩及其相關問題考述〉〔註19〕、〈宋元兩代詠蘭詩及其相關問題考
述〉〔註20〕，分別對唐代至明代的詠蘭詩作進行分析與辨誤。宋代詠
蘭詩部分，論及文人生活、詩詠畫蘭、分類蘭花、蘭譜專書等，爲筆
者的碩論提供寶貴的綱要架構與題材參考。

　　蘭譜方面，周平〈蘭、蘭譜和畫蘭人〉〔註21〕略論《王氏蘭譜》
與《金漳蘭譜》的作者生平、寫作動機及培蘭方法，較著墨於鄭思
肖的悲憤身世，帶出「淚泉和墨寫離騷」的寄寓述懷。周肇基、魏
露苓〈中國古代蘭譜研究〉〔註22〕從植物學、栽培學方面分析南宋
至明清的蘭譜，內容包含蘭花品種形態特性、栽培護養技術、蘭花
栽培的盛況和品種資源的變遷等。

（二）文化類

　　文化歷史方面，主要聚焦於古蘭與今蘭之差異，從文獻典籍中
挖掘「蘭」在歷史長河中究竟是何種植物。以下按出版時間排序，
舉其要者概述：

　　湯忠皓〈古代蘭蕙辨析〉〔註23〕析論古代蘭蕙的歷史演變，結
合古籍描述與植物生理特徵，判斷菊科澤蘭屬佩蘭爲古蘭草；唇形

〔註18〕王偉勇：〈唐代以前詠蘭詩及其相關問題考述〉，《2016 第八屆中國韻
　　　　文學國際學術研討會論文集》，天津：南開大學文學院，中國韻文學
　　　　會主辦，2016 年 5 月，冊上，頁 38～51。

〔註19〕王偉勇：〈明代詠蘭詩及其相關問題考述〉，《回眸‧凝視──2016 年
　　　　明清文學與文化國際學術研討會》，桃園：中央大學明清研究中心、
　　　　古典文學的「物」與「我」研究團隊、古典文學藝術與文獻研究室
　　　　主辦，2016 年 11 月，頁 1～18。

〔註20〕王偉勇：〈宋元兩代詠蘭詩及其相關問題考述〉，《中國宋代文學學會
　　　　第十屆年會暨宋代文學國際學術研討會論文集》，北京：中國人民大
　　　　學國學院，2017 年 8 月，冊上，頁 398～413。

〔註21〕周平：〈蘭、蘭譜和畫蘭人〉，《紅巖》，1997 年第 3 期，頁 63～70。

〔註22〕周肇基、魏露苓：〈中國古代蘭譜研究〉，《自然科學史研究》，1998
　　　　年第 1 期，頁 69～81。

〔註23〕湯忠皓：〈古代蘭蕙辨析〉，《中國園林》，1986 年第 3 期，頁 49～54。

科藋香爲古蕙草（或稱薰）。

　　陳心啟〈中國蘭史考辨——春秋至宋朝〉〔註 24〕，詳述古蘭混用的過程及流變，認爲唐代中期以前所指稱的蘭，可能爲佩蘭、澤蘭或華澤蘭，並提出第一首提及蘭科蘭花的作品爲唐末唐彥謙〈詠蘭〉（清風搖翠環）。

　　張崇琛〈楚辭之「蘭」辨析〉〔註25〕認爲楚騷所詠之蘭多爲佩蘭（即蘭草）與「澤蘭」（即地瓜兒苗）。〈楚騷詠「蘭」之文化意蘊及其流變〉〔註 26〕從楚地環境、健身良藥、圖騰象徵等方面，關注楚騷多詠蘭之現象，而蘭內外兼具的多重文化意涵，遂成爲楚騷抒情的理想載體。

　　吳應祥〈中國古代栽蘭歷史的幾個問題〉〔註 27〕首先提出《詩經》「蕑」、孔子「王者香」、句踐種蘭渚山、屈原「紉秋蘭」、王羲之愛蘭，皆爲菊科澤蘭屬植物。其次認爲最早的蘭花詩爲唐代詩僧無可的〈蘭〉（蘭色結春光）；最早的蘭花專文爲唐末五代陳處士的〈種蘭篇〉，惜已失傳。

　　有別於古今蘭之辨的議題，邱仲麟以社會史、經濟史的角度發表系列論文：〈明清社會的蘭花狂熱——以江南爲中心的考察〉〔註 28〕、

〔註24〕 陳心啟：〈中國蘭史考辨——春秋至宋朝〉，《武漢植物學研究》，1988年第 2 期，頁 79～83。

〔註25〕 張崇琛：〈楚辭之「蘭」辨析〉，《蘭州大學學報》（社會科學版），1993年第 2 期，頁 75～81。

〔註26〕 張崇琛：〈楚騷詠「蘭」之文化意蘊及其流變〉，《甘肅廣播電視大學學報》，2003 年第 2 期，頁 1～5。

〔註27〕 吳應祥：〈中國古代栽蘭歷史的幾個問題〉連載八篇，分別刊登於《中國花卉盆景》，1995 年第 1 期，頁 10；第 2 期，頁 7；第 3 期，頁12；第 4 期，頁 9；第 5 期，頁 10；第 6 期，頁 17；第 7 期，頁 6；第 8 期，頁 8。

〔註28〕 邱仲麟：〈明清社會的蘭花狂熱——以江南爲中心的考察〉，「明清時期江南市場經濟的空間、制度與網絡國際研討會」會議論文，中央研究院人文社會科學中心地理資訊科學研究專題中心、香港中文大學歷史系及太空與地球信息科學研究所合辦，2009 年 10 月。

〈明清福建蘭花的產銷〉〔註29〕、〈採集、栽培與交易——明清江南的蘭花業與貿易圈〉〔註30〕、〈蘭癡、蘭花會與蘭花賊：清代江浙的蘭蕙鑑賞及其多元發展〉〔註31〕，主要聚焦於明清蘭花產業的蓬勃發展，以及蘭花引發的社會現象與文化活動。

　　綜上所述，在蘭意象方面，前行學者多集中於蘭與儒家文化相契合的闡述及原因探究，缺乏蘭意象具體的文化內涵與縱向傳承。在詠蘭詩方面，筆者檢視《全宋詩》，得宋代詠蘭詩多達兩百餘首，在蘭花所反映的時代風貌、文化活動和社會狀況等層面，均有很大拓展空間。在蘭譜方面，未見對南宋兩本蘭譜進行深入分析之作，期能與現代蘭花栽培相互比較。在古今蘭研究方面，奠基於前行學者的基礎上，筆者肯定古蘭非今蘭之說，並系統性的整理歷代蘭草到蘭花的演變。

第三節　研究方法

一、選詩標準

　　本論文係以北京大學古文獻研究所編《全宋詩》〔註32〕為研究文本，擇取詠蘭詩作凸顯宋代詠蘭詩中呈現的文化、社會、思想、藝術等面向，肯定蘭花在宋代逐漸提升的地位與價值。而界定為「詠蘭」之詩作，主要以下列幾項原則為主：

〔註29〕邱仲麟：〈明清福建蘭花的產銷〉，收入林玉茹主編：《比較視野下的臺灣商業傳統》，臺北：中央研究院臺灣史研究所，2012 年 2 月。

〔註30〕邱仲麟：〈採集、栽培與交易——明清江南的蘭花業與貿易圈〉，上海師範大學中國近代社會研究中心編：《情緣江南：唐力行教授七十華誕慶壽論文集》，上海：上海書店出版社，2014 年 10 月。

〔註31〕邱仲麟：〈蘭癡、蘭花會與蘭花賊：清代江浙的蘭蕙鑑賞及其多元發展〉，《中央研究院歷史語言研究所集刊》，2016 年 3 月，第 87 本第 1 分，頁 177～242。

〔註32〕北京大學古文獻研究所編：《全宋詩》，北京：北京大學出版社，1991 年 7 月第一版。

（一）詩題明確出現「蘭」、「蘭花」、「詠蘭」、「幽蘭」、「秋蘭」
　　　者。

（二）詩題出現以蘭爲名之建築者，如「蘭軒」、「蘭室」、「蘭所」、
　　　「蘭堂」等。

（三）詩題出現「墨蘭」、「水墨蘭」、「畫蘭」者，可判斷爲題墨
　　　蘭詩。

（四）詩題出現與「蘭」相關之文化活動者，如「種蘭」、「贈蘭」、
　　　「惠蘭」、「寄蘭」、「送蘭」等，當進一步考索內容，確認
　　　爲藉蘭題詠的詩作。

（五）詩題無「蘭」字，但判斷其內容實爲歌詠蘭花，亦列入詠
　　　蘭詩作中，如王侚〈冬日雜興〉：「庭際幽蘭手自種，託根
　　　不與春花共。冉冉同風數莖竹，襟期元作幽人供。如何江
　　　湖浪征逐，芳信卻因馮翼送。多慚獨處歲將晚，尚想清標
　　　形曉夢。」（冊 63，卷 3303，頁 39356）、趙崇鉌〈答碧山〉：
　　　「欲種梅花無古根，手移蘭茁上瓷盆。卻憂偪仄傷蘭性，
　　　自下清招爲返魂。」（冊 60，卷 3172，頁 38092）

（六）作品形式應爲賦作，但收錄於《全宋詩》者，亦列入討論，
　　　如鄭清之〈菊坡疊遣梅什忽惠蘭芽，此變風也，敢借前韻，
　　　效楚詞一章，以謝來辱〉：「霜雰雰兮風乍力，草變衰兮蠹
　　　罷織。思秋蘭兮委蕭艾，望椒丘兮聊止息。恨佳人兮既遠，
　　　紛吾美兮誰識。忽有人兮好修，遺予佩兮春色。茁瓊芽兮
　　　九畹，帶杜衡兮被石。凜增冰兮戔戔，杳光風兮驟得。卜
　　　蘭居兮南坡，拂餘龜兮食墨。」（冊 55，卷 2900，頁 34634）

不列爲詠蘭詩作者，主要原則有二：

（一）詩題爲「蘭溪」、「蘭皋」、「蘭亭」者，多指實際遊賞或送
　　　別地點，故不列爲詠蘭詩作。

（二）若只略提到「蘭」，而實際詠蘭內容未達半首詩者，則捨
　　　之不論。例如蘇轍〈答琳長老寄幽蘭白朮黃精三本二絕‧

其二〉：「老僧似識眾生病，久在山中養藥苗。白朮黃精遠相寄，知非象馬費柔調。」（冊 15，卷 862，頁 10010）二絕其一聚焦於山中幽蘭的無染清香，其二純寫白朮黃精的藥用功能與維琳長老的盛情厚意。又如劉子翬〈祝道人日供梅蘭偶成小詩二首・其一〉：「病眼亡聊衹強回，道人得得供新梅。谷寒未必春先到，幾夜冰蟾照得開。」（冊 34，卷 1922，頁 21456）此詩純寫新梅開放之景，與詠蘭無關。

二、論文述要

　　本文從科學、文學、文化三個層面，探討蘭花在歷史長河中的意象轉化。從通史角度言之，剖析先秦至唐代的蘭文化，包含其中的文明、象徵、意象。從斷代史角度言之，詠蘭詩中涵括宋代文明、宋型文化、宋代文學之大觀。

　　第一章〈緒論〉，首先定位本論文的研究命題，由於「蘭」直到宋代才可確定指稱蘭科蘭花，蘭花大量出現在市場庭院與庶民生活中，其特殊性與重要性實值探討。其次概述中國與臺灣詠蘭文學研究之概況，正視「宋代詠蘭詩」內容賞析的研究空白，期望結合跨領域研究，討論宋代與蘭相關之文化活動。

　　第二章〈文化之蘭：宋代以前詠蘭作品〉，以先秦至唐代與「蘭」相關的的古籍文獻爲中心，按時代排序，探討宋代詠蘭詩的典故出處，爬梳蘭花在歷史文化長河中的意象演變與轉化。筆者認同「古蘭非今蘭」之說，考辨第一首詠蘭科植物的詩作，並試圖尋找「蘭」從蘭草過渡到蘭花的時間與緣由。

　　第三章〈科學之蘭：魏晉至宋代的蘭花分類〉，從醫書、注疏、蘭譜等文獻，整理魏晉至宋代對「蘭」的分類辨誤，進而關注到前行學者古蘭與今蘭之爭。此外，對南宋出現的兩本蘭花專書《王氏蘭譜》、《金漳蘭譜》，進行詳細的分析與研究，並將其中記錄的栽種方

法對應至現代蘭花栽培學，對照古今相似與相異之處。

　　第四章〈文學之蘭：宋代詠蘭詩之內容特色〉，透過宋代詠蘭詩賞析，找出宋人與蘭花之間的緊密連結。本章分五節，論述詠蘭詩所記錄的現象：一、文人常藉空谷幽蘭以自喻比德；二、宋人日常生活包含賞蘭、買蘭、植蘭；三、宋代文化活動與詩人交遊網絡；四、北宋始見墨蘭圖及題畫蘭詩；五、蘭花品種記錄與蘭梅、蘭菊、蘭石的並詠現象。

　　第五章〈文學之蘭：宋代詠蘭詩之藝術特色〉，首先分析宋代詠蘭詩中的常見修辭，從歷代典故、視覺摹寫、嗅覺摹寫、擬人法等層面，分別列舉詩句例證。其次探討蘭花意象在宋代的繼承與轉化，並提出以「美人」喻蘭花的女性意象自宋代始見，影響了後代的詠蘭詩作。

　　第六章〈結論〉，總結詠蘭文學的意象演變與歷史脈絡，再次肯定古蘭非今蘭之說，並發揚蘭譜的價值，最後舉其要者討論宋代詠蘭詩中呈現的時代背景與社會風貌。

　　本論文的研究方法示意圖如下〔註33〕：

（一）研究概念圖

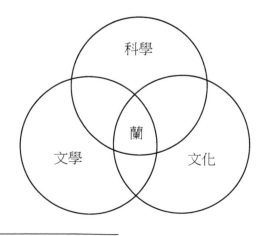

〔註33〕研究方法三圖，感謝口試委員王頌梅教授指導。

（二）論述次序圖

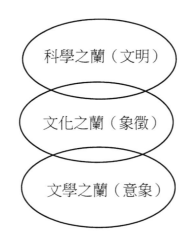

（三）結論概念圖

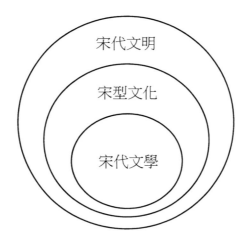

第四節　蘭花概說

一、蘭科植物（Orchidaceae）

　　蘭在植物學上是獨立一科，屬於被子植物門（Magnoliophyta）、單子葉植物綱（Liliopsida）、天門冬目（Asparagales）蘭科

（Orchidaceae），是自然界最大群的開花植物，其原生種大約有八百屬，近三萬種，每年還陸續發現和培養出不少新品種。

蘭科植物的外型有許多共同特色：

（一）根

蘭科植物的根部粗大，有顯著的根端，外層有肥厚肉質狀的根被組織，由多層表皮細胞相互推疊而成，功用在於防止水分蒸散與儲藏養分，而非一般植物的吸收功能。根的組織內有蘭菌共生，能分解養分供給蘭株生長所需。

（二）莖

莖爲蘭科植物的主體區域，亦爲生長葉片及開花的部位，具有貯藏水分及養分的功能。某些具有粗壯肥大的假球莖，因此耐旱性較強，如嘉德麗雅蘭、石斛蘭。某些莖部很短，所以不耐乾旱的環境，如蝴蝶蘭。某些莖部會呈現木質化，水分和養分均貯藏於肥厚的葉片，如萬代蘭。

（三）葉

蘭科植物因生長環境不同，葉片的形態會依種類不同而各有變化。在構造由上表皮和下表皮之間的葉肉組織所構成，有明顯的海綿組織。通常原生在強光下的種類，葉片直立、肥厚，質地堅硬，喜愛強光。而原生在弱光下的種類，葉片面積相對較大且薄，容易下垂，因此不耐強光。

（四）花

花朵是蘭科植物觀賞的主要重點，每朵蘭花中都有一條中心線，左右對稱。其基本構造爲花瓣三片、萼片三片，中間有一個蕊柱。在三片花瓣中，上側兩片成對，下側一片形狀和色彩與其他兩片截然不同，美麗特殊，稱爲唇瓣或舌瓣，最主要的功能是引誘昆蟲，達到授粉之目的。另外，其雌蕊、雄蕊結合成爲一個蕊柱，是

蘭科植物特有的構造，也是辨識蘭科植物的重要特徵。

二、常見分類

　　蘭科植物的分類法繁複多樣，以生態習性與生長區域兩種分類法較爲常見。依照生態習性，主要可分兩大類：一、地生及腐生蘭類，具有生於地面上的鬚根、根莖或塊莖，主要分布於熱帶及亞熱帶地區。二、附生蘭類，具有肥厚根被的氣生根，常懸掛貼附於枝條及樹幹上，主要分布於溫帶地區。

　　依照生長區域和花型特色，主要可分兩大類，即國蘭和洋蘭。

（一）國　蘭

　　國蘭爲蘭科植物喜姆比蘭屬（Cymbidium，又稱蕙蘭屬）的小花類群，大部分指中國長江流域以南的原生種蘭花，在日本稱之爲東洋蘭。葉修長，花小具香氣，主要分布於中國南部、臺灣和日本南部等溫帶和亞熱帶地區，原產於日照充足、傾斜山坡的落葉樹林中。〔註 34〕從植物分類觀點來看，國蘭是由複合族群所構成，包括五個原種，即春蘭、九華蘭、四季蘭、寒蘭、報歲蘭。依據開花數量的不同，又可分爲一莖一花或一莖多花，一莖一花者爲春蘭，大抵於初春一月下旬至三月期間開花；一莖九花者爲春蘭以外的類別，開花較晚，大抵在三月底至五月間開花，每一花莖著生五至十朵花，葉姿雄大，花莖較粗，長可達五十公分。〔註 35〕宋代詠蘭詩中所指稱的「蘭」，大多爲國蘭。

1. 春蘭 Cymbidium goeringii（Rchb.）Rchb.

　　春蘭分布於日本、韓國、琉球群島、中國南部、臺灣、雲南以及少量分布於印度西北，屬地生蘭，生長於開闊的森林，通常聚集

〔註 34〕綠生活雜誌編輯部編：《最新蘭花栽培指南》，臺北：綠生活出版公司，2001 年 4 月，頁 120～121。

〔註 35〕參見李豐圉：《國蘭栽培》，臺北：福利文化公司，1986 年 10 月，頁 64～65。

於稍微遮陰的峭壁或陡坡。開花期為春季一到三月。葉片數五到八葉，花朵數一至二朵，具有香氣。

2. 九華蘭（蕙蘭）Cymbidium faberi Rolfe

九華蘭在中國稱之為蕙蘭，花朵低垂，具有明顯的細齒狀唇瓣，葉帶灰綠色，邊緣呈細齒狀，花瓣和萼片呈綠到淡黃色，有時出現淡紅色。喜潮濕且排水良好、陽光充足的空曠地方，花期在三至六月。分布於尼泊爾、印度北部、中國、臺灣以及越南北部。

3. 四季蘭（建蘭）Cymbidium ensifolium

四季蘭在中國又稱建蘭，指福建原生種的蘭花，分布中國、臺灣、越南北部、韓國、琉球、菲律賓等地。花萼及花瓣為黃色至綠色，常有六七條紅褐色條脈；花瓣基部常有大量紅褐色斑點及條紋。唇瓣呈現綠色至淡黃色，有時也會呈白色，側裂片有紅色條紋中裂片則有紅色斑塊。

4. 寒蘭 Cymbidium kanran Makino

寒蘭分布於中國、香港、臺灣、琉球、日本與韓國，生長在開闊的硬木林中，花期在十月至二月間。葉片細長光滑呈深綠色，花型優美具香氣，花色變化大，萼片和花瓣常為橄欖綠，帶紅棕色條紋，唇瓣淡綠色或黃色，有些許紅色斑點。

5. 報歲蘭（墨蘭）Cymbidium sinense Willdenow

報歲蘭的花期在農曆新年前後，因此稱為報歲蘭，在中國或稱之為墨蘭，分布香港、臺灣、中國東部、印度北部、緬甸、泰國、越南及寮國等地。葉色深墨綠有光澤，有十數朵花，花色差異大，從深紫褐色到白色都有，花瓣上具有條紋。萼片常為紫褐色，上有深色條紋，唇瓣有深色斑點。〔註36〕

〔註36〕以上五類原種國蘭之簡介，參見王清玲等著：《國蘭生產作業手冊》，彰化：行政院農業委員會臺中區農業改良場，2010 年 12 月，頁 12～18。

（二）洋　蘭

　　洋蘭之名是相對於國蘭而言的，泛指除了國蘭外的蘭花，又稱西洋蘭，但並非全部原產西洋。分布於熱帶、亞熱帶，常見的有嘉德麗雅蘭屬（Cattleya）、萬代蘭屬（Vanda）、石斛蘭屬（Dendrobium）、一葉蘭屬（Pleione）、蝴蝶蘭屬（Phalaenopsis），文心蘭屬（Oncidium）等。臺灣於日治時期開始引進嘉德麗雅蘭爲仕紳所賞玩，花朵大而色彩豔麗，由於這些栽培品種由歐美國家所改良，故俗稱爲「洋蘭」，後來廣義的洋蘭泛指非國蘭的其他蘭科植物。

第二章　文化之蘭：宋代以前的詠蘭作品

　　蘭花因生於窮山闊野仍幽香沁人，有國香、香祖、王者香等稱號，亦多為君子比德，具有不與群芳爭榮、不求聞達於世的品格，自古以來受到文人重視。中國的蘭文化歷史悠久，最早在先秦典籍中即可見到與「蘭」相關之記載，對後世文學產生深遠的影響。本章擇取宋代以前與蘭相關之重要典故出處，主要針對宋代詠蘭詩有所引用之典故，按時代先後排序，爬梳蘭文化傳承的脈絡。

第一節　先秦：儀式性藥用香草

　　中國最早有關蘭的記載，自先秦始，見於《詩經》、《周易》、《左傳》、《荀子》、上博楚簡、《楚辭》，這個時期的蘭，大部分應為蘭草，是一種藥用、儀式性香草。

一、《詩經》：蕑、綬草

（一）蕑

　　《詩經》中有關「蕑」的紀錄見於〈鄭風・溱洧〉：

溱與洧，方渙渙兮。士與女，方秉蘭兮。〔註1〕

在水流豐沛的春天，於溱水、洧水（今河南雙泊河及其支流）岸畔，一群年輕男女相約去採蕳草，這裡的「蕳」，吳·陸璣（生卒年不詳）認為「蕳」即為「蘭」，是香草的一種，其《毛詩草木鳥獸蟲魚疏》云：「蕳，即蘭，香草也。《春秋傳》曰：『刈蘭而卒』，《楚辭》曰：『紉秋蘭』，子曰：『蘭當為王者』，香草皆是也。」〔註2〕《太平御覽》引《韓詩外傳》認為〈鄭風·溱洧〉記錄了鄭國上巳日執蘭草祓除的民俗活動：

三月桃花水下之時，眾士女執蘭祓除。鄭國之俗，三月上巳之日，此兩水上招魂，祓除不祥也。〔註3〕

可知「蕳」指的就是「蘭」，於三月上巳日用以招魂續魄，祓除不祥。上巳日以香草沐浴，祓除疾病，淨潔身心之俗最早見於《周禮·春官·女巫》：「女巫掌歲時祓除釁浴。」漢·鄭玄（127～200）注：「歲時祓除，如今三月上巳，如水上之類；釁浴謂以香薰草藥沐浴。」〔註4〕指出三月上巳日要到水邊以香草沐浴祓除。《後漢書·禮儀上》亦載：「是月上巳，官民皆絜於東流水上，曰：洗濯祓除，去宿垢疢為大絜。絜者，含陽氣布暢，萬物訖出，始絜之矣。」〔註5〕「巳」字於《說文》釋義指陽氣出、陰氣藏，在季節交替、陰陽轉換的時期，陰氣未退而陽氣正出，人們易生疾病，因此要到水邊洗濯除惡，將疾病及不祥祓除乾淨，驅邪避凶。

〔註1〕漢·毛亨傳、鄭玄箋，唐·孔穎達疏：《毛詩正義》，臺北：臺灣古籍出版社《十三經注疏整理本》本，2001年9月，卷4，頁376。

〔註2〕吳·陸璣：《毛詩草木鳥獸蟲魚疏》，臺北：臺灣商務印書館《文淵閣四庫全書》本，1986年3月，卷上，頁3。

〔註3〕宋·李昉：《太平御覽》，臺北：臺灣商務印書館《文淵閣四庫全書》本，1986年3月，卷59，頁620。

〔註4〕漢·鄭玄注，唐·賈公彥疏，唐·陸德明音義：《周禮注疏》，臺北：臺灣古籍出版社《十三經注疏整理本》本，2001年9月，卷26，頁812。

〔註5〕南朝宋·劉曄：《後漢書》，西安：陝西人民出版社《四部文明》本，2007年7月，卷15，頁475。

　　南朝宋‧盛弘之（生卒年不詳）《荊州記》進一步說明鄭人於春天三月秉執蘭草用以祓除之效：

> 都梁縣有山，山下有水，清泚，其中生蘭草，名都梁香，
> 因山爲號。其物可殺蟲，毒除不祥，故鄭人方春三月，干
> 溱洧之上，士女相與秉蘭而祓除。〔註6〕

可見鄭國三月「可殺蟲，毒除不祥」的「蘭」生於水旁，此類蘭草又名「都梁香」，因產於都梁（今湖南武岡東北）而得名。〈陳風‧澤陂〉「彼澤之陂，有蒲與蘭」〔註7〕，亦出現「蘭」字，可證蘭長於水澤湖畔。

　　清‧吳其濬（1789～1847）曾親自到過河南溱洧二水之處，看到滿山遍野的秋蘭，其《植物名實圖考‧澤蘭》載：「余過溱洧，秋蘭被坡，紫蕚雜遝，如蒙降雪，因知詩人紀實，不類賦客子虛。」〔註8〕吳其濬認爲「蘭」又稱爲秋蘭，即爲植物學上的澤蘭，現今學界也大多都將此類蘭草視爲菊科澤蘭屬（Eupatorium）多年生草本植物，莖幹紫青色，葉揉之有香氣。（見下章詳述）

（二）綬　草

　　《詩經》中關於蘭科植物的紀錄，見〈陳風‧防有鵲巢〉：

> 中唐有甓，邛有旨鷊。誰侜予美，心焉惕惕。〔註9〕

此段文字意思是說，磚瓦原用於搭蓋屋頂，卻被鋪設在中庭的大道上；綬草原來應該生長在低濕之地，現卻長在高高的山丘上，用以比喻世事無常或象徵顛倒反常的事物。「鷊」原爲鳥名，稱「綬鳥」。《爾雅‧釋草》云：「鷊，綬。」郭璞注：「小草，有雜色，似綬。」

〔註6〕　南朝宋‧盛弘之：《荊州記》，見錄於清‧多隆阿：《毛詩多識》，收
　　　　入金毓紱主編：《遼海叢書》，瀋陽：遼瀋書社，1985年3月，卷5，
　　　　頁3397。

〔註7〕　漢‧毛亨傳、鄭玄箋，唐‧孔穎達疏：《毛詩正義》，卷6，頁534。

〔註8〕　清‧吳其濬：《植物名實圖考》，見錄於李學勤主編：《中華漢語工具
　　　　書庫》，合肥：安徽教育出版社，2002年1月，冊93，卷25，頁277。

〔註9〕　漢‧毛亨傳、鄭玄箋，唐‧孔穎達疏：《毛詩正義》，卷6，頁527。

〔註10〕吳‧陸璣《毛詩草木鳥獸蟲魚疏》釋「鷊」亦認爲：「五色作綬文（紋），故曰綬草。」〔註11〕說明「鷊」在〈陳風‧防有鵲巢〉中，應解爲綬草。〔註12〕

綬草（Spiranthes sinensis（Pers.）Ames）是蘭科綬草屬的多年生宿根性草本地生蘭，其小花呈白色至粉紅色，以螺旋狀著生於花軸，如披彩帶，因而稱之爲綬草。又有如寺廟青龍盤旋石柱拾級而上，且其根如人參狀，故又名盤龍參、青龍纏柱或青龍抱柱，在清明節左右爲其盛花期，俗稱爲「清明草」〔註13〕，每一朵小花皆有唇瓣與蕊柱，都是具體而微的蘭科植物構造〔註14〕，因此從〈陳風‧防有鵲巢〉可知先秦時即出現了蘭科植物。

二、《周易》：同心之言，其臭如蘭

《周易‧繫辭上》引孔子（前551～前479）之言：

> 君子之道，或出或處，或默或語。二人同心，其利斷金。
> 同心之言，其臭如蘭。〔註15〕

孔子認爲君子立身處世的準則各有不同，或出仕兼善天下，或歸隱

〔註10〕晉‧郭璞注，宋‧邢昺疏：《爾雅注疏》，臺北：臺灣古籍出版社《十三經注疏整理本》本，卷8，頁260。

〔註11〕吳‧陸璣：《毛詩草木鳥獸蟲魚疏》，卷上，頁7。

〔註12〕潘富俊：《詩經植物圖鑑（2.0版）》，臺北：貓頭鷹出版社，2014年1月，頁289。

〔註13〕參見余德發、陳任芳：〈觀賞兼保健的蘭科植物──綬草〉，《花蓮區農業專訊》第49期，2004年9月，頁5～7。又見林維明：《臺灣野生蘭賞蘭大圖鑑》，臺北：天下文化出版公司，2006年8月，冊上，頁51。

〔註14〕參見清‧吳其濬《植物名實圖考‧隰草類‧盤龍參》：「盤龍參，袁州、衡州山坡皆有之，長葉如初生萱草而脆肥。春時抽莖，發苞如辮繩斜糾，開小粉紅花，大如小豆，瓣有細齒、上翹，中吐白蕊。根有黏汁，衡州俚醫用之滇南，以治陰虛之症；其根似天門冬而微細，色黃。」見錄於李學勤主編：《中華漢語工具書庫》，冊92，卷15，頁664。

〔註15〕魏‧王弼、韓康伯注，唐‧孔穎達等正義：《周易正義》，臺北：臺灣古籍出版社《十三經注疏整理本》本，卷7，頁325～326。

獨善其身；或保持沉默，或用言語教化他人。如志同道合者相遇，其行為必能發揮極大效益，兩人心志齊一的力量，就像利刃可斬斷金屬，同心之意，指兩人精誠一致，氣味相投，猶如蘭般清香。

「其臭如蘭」的「臭」音秀，指氣味，此處突出蘭的特殊香氣，用嗅覺上的感受指出同心的重要性。這段話也是蘭言、蘭交、蘭味、蘭臭、義結金蘭、臭味相投等詞語的出處。

三、《左傳》：燕姞夢蘭

《左傳·宣公三年》記載鄭穆公（前647～前606）一生與「蘭」的密切關聯：

> 初，鄭文公有賤妾，曰燕姞，夢天使與己蘭，曰：「余為伯
> 鯈；余，而祖也，以是為而子；以蘭有國香，人服媚之如
> 是。」既而文公見之，與之蘭而御之。辭曰：「妾不才，幸
> 而有子，將不信，敢徵蘭乎？」公曰：「諾。」生穆公，名
> 之曰蘭。……穆公有疾，曰：「蘭死，吾其死乎！吾所以生
> 也。」刈蘭而卒。〔註16〕

鄭文公之妾燕姞因蘭而見幸有孕生穆公，「以蘭有國香，人服之媚如是。」此處之「服」，應當作服佩、佩帶解，指婦人佩帶芳香的蘭可使人喜愛，以「國香」指稱蘭花的典故即出於此；以「燕夢徵蘭」、「蘭夢」、「蘭兆」為女子懷孕生男徵兆之典亦出於此。穆公姓姬，名蘭，又名子蘭，因蘭而生，刈蘭而卒，又其地在鄭，與前述《詩經》鄭風的溱水、洧水同出一地，則此蘭應該也屬生於水旁之蘭草，蘭的神祕性與特殊性與鄭穆公一生緊緊相依。

四、《荀子》：芷蘭生於深林，非以無人而不芳

荀子（前298～前236）在所著《荀子·宥坐篇》提到：

> 孔子南適楚，厄於陳蔡之間，七日不火食，藜羹不糝，

〔註16〕晉·杜預注，唐·孔穎達等正義：《春秋左傳正義》，臺北：臺灣古
　　　籍出版社《十三經注疏整理本》本，2001年9月，卷21，頁695。

弟子皆有飢色。子路進而問之曰：「由聞之：為善者天報之
以福，為不善者天報之以禍。今夫子累德積義懷美，行之
日久矣，奚居之隱也？」孔子曰：「由不識，吾語女。女以
知者為必用邪？王子比干不見剖心乎！女以忠者為必用
邪？關龍逢不見刑乎！女以諫者為必用邪？吳子胥不磔姑
蘇東門外乎！

　　夫遇不遇者，時也；賢不肖者，材也；君子博學深謀，
不遇時者多矣！由是觀之，不遇世者眾矣，何獨丘也哉！
夫芷蘭生於深林，非以無人而不芳。君子之學，非為通也，
為窮而不困，憂而意不衰也，知禍福終始而心不惑也。

〔註17〕

孔子困於陳蔡之間，子路問孔子，為何積德行義之人，還會遭遇不
幸，孔子遂舉比干、關龍逢、伍子胥等忠臣賢士為例，說明能否飛
黃騰達與機會有關，故懷才不遇者多。接著以蘭花生於深林，豈以
無人知見而損其芳香為喻，說明君子進德修業，不可因困窮、不遇
時、不為人知而有所懈怠。君子致力於學，非求己身之通達顯耀，
而是在貧窮時不會感到困厄；在憂患時，不減其堅強意志。知道禍
福終始依循的道理，無所畏懼與迷惑。孔子用芝蘭的香氣來比喻自
己也勉勵子路，君子應學習不輟，修身端行，以俟時機來臨。

五、〈蘭賦〉：蘭斯秉德

《上海博物館藏戰國楚竹書》第八冊收有〈蘭賦〉，其釋文如
下：

　　旱，雨露不降矣。日月失時，苣（稊）薜（稗）茂豐，
決去選（淺）物，宅在幽中。【簡1】

　　旱其不雨，何淵而不沽（涸）？備修庶戒，方（旁／
逢）時焉作。緩哉蘭兮，□□攸（搖）落而猶不失厥芳，
芳涅（馨）訛（？）迤（？）而達聞于四方。居宅幽泉（谷）

〔註17〕清・王先謙：《荀子集解》，臺北：藝文印書館，2007年3月，頁824
～825。

【簡2】

　　殘賊，螻蟻蟲蛇。親眾秉志，違遠行道。不躬有折，蘭斯秉德。賢☒【簡3】

　　☐年（？）前其約儉，美後其不長，如蘭之不芳。信蘭其蔑（？）也，風旱【簡4】之不罔。天道其越也，稊稗之方起，夫亦適其歲也。蘭有異物，容側嫺逸，而莫之能效矣；身體重靜而目耳勞矣；處位寢（懷）下而比擬高矣。【簡5】〔註18〕

簡1強調旱情嚴重，稊稗瘋長，但蘭卻選擇生長於低濕幽谷。簡2寫天旱不雨，環境惡劣，幽谷中的蘭卻兀自生長，等待時機，即使凋萎但芬芳仍充盈四方。簡3將螻蟻虺蛇與蘭做對比，強調蘭雖居處幽僻，仍秉持芳潔的品性。簡4、5再次提及天氣惡劣，稊稗橫生，但蘭猶保持其特殊秉性。

　　全文以天氣大旱爲背景，強調環境惡劣，以烘托蘭草生存之艱辛、品性之堅貞；將穢草稊稗和螻蟻虺蛇作爲反面意象，反襯蘭草的卓爾不群、性喜幽靜。作者以蘭起興，託物喻志，全篇歌頌蘭的高潔品格、超然節操以及遺世獨立的特殊氣質。〔註19〕〈蘭賦〉中以惡草與香草對比的手法，近似於屈騷的蘭芷蕭艾，象徵小人與賢人；在惡劣環境仍堅守己德之潔操，近似於孔子士之不遇仍不以無人而不芳的寄託手法。〔註20〕

〔註18〕馬承源主編：《上海博物館藏戰國楚竹書（八）》，上海：上海古籍出版社，2011年8月，頁249。本釋文感謝國立成功大學中國文學系高佑仁教授、勤益科技大學通識中心兼任講師高榮鴻教授提供。

〔註19〕參見陳民鎮等著：〈《蘭賦》輯釋〉，《上博簡楚辭類文獻研究（上）》，新北：花木蘭文化出版社，2014年9月，頁103～104。

〔註20〕「在屈原以及其他楚辭作者筆下，每以『蘭』（包括幽蘭）譬喻賢人、君子，以寄託賢士不顯的感慨。『蘭』（尤其是幽蘭）的隱喻，在早於屈原的〈蘭賦〉中便已定型。古人佩蘭，也是以蘭喻德，蘭之芳潔品質正與君子的要求相致。」參見陳民鎮等著：〈上博簡〈蘭賦〉與「幽蘭」意象探論——兼說先秦文獻中的「蘭」〉，《上博簡楚辭類文獻研究（下）》，頁242。

六、《楚辭》：紉蘭爲佩

屈原（前 340～前 278）以蘭比德，開創香草美人的文學傳統，其作品中不斷出現的香草美人意象，爲中國蘭文化奠定了深遠的基礎。漢·王逸（生卒年不詳）《楚辭章句·離騷序》最早闡釋了〈離騷〉的香草意象：

> 〈離騷〉之文，依《詩》取興，引類譬喻。故善鳥香草，以配忠貞；惡禽臭物，以比讒邪；靈修美人，以媲於君，宓妃逸女，以譬賢臣；虬龍鸞鳳，以托君子，飄風雲霓，以爲小人。〔註21〕

王逸提出屈原於〈離騷〉中用香草喻君子；用惡草譬小人，出現美醜對照的意象系統。司馬遷（前 145～前 90）於《史記·屈原列傳》中說屈原「其志絜，故其稱物芳」〔註22〕，王逸的觀點與司馬遷相近，皆認爲屈原藉香草美花作爲自我品德表述的象徵，用比興手法表現自身的愛憎好惡，寄託對黑暗政治的批判與對理想的追求。

下表整理屈原在作品中多次提到的「蘭」（不列石蘭、木蘭），分別探討蘭意象所代表的意涵，並分篇闡述之：〔註23〕

表 1　屈原作品中提到的「蘭」

見於〈離騷〉	
扈江離與辟芷兮，紉秋蘭以爲佩。	以服飾精美喻己德高潔堅貞
余既滋蘭之九畹兮，又樹蕙之百畝。	比喻延攬人才或勤修自持

〔註21〕漢·王逸：《楚辭章句》，臺北：臺灣商務印書館《文淵閣四庫全書》本，1986 年 3 月，卷 1，頁 3。

〔註22〕漢·司馬遷撰，劉宋·裴駰集解，唐·司馬貞索隱、張守節正義：《史記》，西安：陝西人民出版社《四部文明》本，秦漢文明卷，2007 年 7 月，冊 9，卷 84，頁 13。

〔註23〕下表所引〈離騷〉、〈九歌〉、〈九章〉、〈招魂〉、〈大招〉之文句，見宋·洪興祖：《楚辭補注》，臺北：臺灣商務印書館《文淵閣四庫全書》本，1986 年 3 月，卷 1，頁 119、122、125、132、136、138；卷 2，頁 147、148、150、152、153、155、161；卷 4，頁 199；卷 9，頁 226、227、228、231、232；卷 10，頁 237。

步余馬於蘭皋兮，馳椒丘且焉止息。	表現對美好理想的追求
時曖曖其將罷兮，結幽蘭而延佇。	表現對美好理想的追求
戶服艾以盈要兮，謂幽蘭其不可佩。	暗喻楚國政治的黑暗
蘭芷變而不芳兮，荃蕙化而為茅。	以眾芳蕪穢喻好人變壞
余以蘭為可恃兮，羌無實而容長。	表現所述人才的變質
覽椒蘭其若茲兮，又況揭車與江離。	表現所述人才的變質
見於〈九歌〉	
蕙肴蒸兮蘭藉，奠桂酒兮椒漿。〈東皇太一〉	饗神之供物
浴蘭湯兮沐芳，華採衣兮若英。〈雲中君〉	沐浴之用物
薜荔柏兮蕙綢，蓀橈兮蘭旌。〈湘君〉	湘夫人乘舟上的飾品
桂櫂兮蘭枻，斲冰兮積雪。〈湘君〉	湘夫人乘舟上的櫂枻
沅有茝兮醴有蘭，思公子兮未敢言。〈湘夫人〉	以香草起興，思念公子
桂棟兮蘭橑，辛夷楣兮藥房。〈湘夫人〉	祭壇之擺設佈置
秋蘭兮麋蕪，羅生兮堂下。〈少司命〉	祭壇清淨，蘭草羅列
秋蘭兮青青，綠葉兮紫莖。〈少司命〉	種植芳香蘭草以崇敬事神
春蘭兮秋菊，長無絕兮終古。〈禮魂〉	巫者禮魂時手執之香草
見於〈九章〉、〈招魂〉、〈大招〉	
故荼薺不同畝兮，蘭茝幽而獨芳。〈悲回風〉	君子不與小人同流
光風轉蕙，氾崇蘭些。	和風輕拂叢生的蘭草
蘭膏明燭，華容備些。	以香蘭煉膏制燭，明光煥發
蘭膏明燭，華鐙錯些。	以香蘭煉膏制燭，燈火明滅
蘭薄戶樹，瓊木籬些。	門邊植蘭，草木茂盛
結撰至思，蘭芳假些。	蘭草豐茂，芬芳發散
皋蘭被徑兮，斯路漸。	以皋蘭覆路喻人才埋沒
茝蘭桂樹，鬱彌路只。	宮廷豪華、園囿豐茂

（一）〈離騷〉

　　中國文學傳統中的「比德」思維方式賦予香草道德含義，比德的表現方式是建立在以自然物象折射主體人格精神的審美觀照上。屈原作品中屢次出現的香草是詩人內心世界的外化，也是世界美好

事物的具象化。〈離騷〉中涉及的香草與詩人內在的「內美」、「修能」、「高潔」、「清白」等道德本質相應。〔註 24〕在〈離騷〉中，屈原以蘭蕙比喻美好品德、高潔堅貞的人才，「紉秋蘭以爲佩」、「余既滋蘭之九畹兮，又樹蕙之百畝。」二句廣爲後世詠蘭文學所引用，以「紉蘭爲佩」比喻自身品德堅貞；以「滋蘭樹蕙」比喻延攬人才或自我道德修爲的堅持。

　　然而「戶服艾以盈要兮，謂幽蘭其不可佩」暗喻楚國政治黑暗，忠佞顛倒，深刻的揭露了對人才的排擠摧殘。「蘭芷變而不芳兮，荃蕙化而爲茅」、「余以蘭爲可恃兮，羌無實而容長」、「覽椒蘭其若茲兮，又況揭車與江離」等句以蘭芷之變暗喻政治黑暗、人才變質。君王的昏庸、黨人的狷狹，是人才變質的主要社會原因。人才變質與黨人同流合汙，繼續迫害忠良，把楚國政治進一步引向黑暗。屈原用芳草的變質蕪穢來接受對所樹人才的變節從俗，表達自身極度痛惜的心情，且揭示了眾芳變質的主觀原因。不僅再現了變節小人的種種醜態，且反襯出自己的高潔品質。〔註 25〕

　　漢・王逸注〈離騷〉之椒蘭爲懷王少弟司馬子蘭以及楚大夫子椒；班固（32～92）〈離騷序〉亦有「責屬懷王，怨惡椒蘭」之語，皆認爲屈原託言椒蘭之變節，意在雙關指涉，比興寄託子蘭、子椒等主張與秦交歡，卻與己意見相左之關鍵人物，揭車、江離則用指其他朝廷眾臣，亦可如是類推。然宋・朱熹（1130～1200）辯證此說謬誤之處：

　　　　然屈子以世亂俗衰，人多變節，故自前章蘭芷不芳之後，

〔註 24〕廖棟樑：〈寓情草木──〈離騷〉香草喻的詮釋及其所衍生的比興批評〉，《靈均餘影：古代楚辭學論集》，臺北：里仁出版社，2008 年 9 月，頁 271～310。

〔註 25〕周建忠〈《離騷》香草論〉指出〈離騷〉好修的主旨，主要是運用香草來表現的。屈原透過香草以（一）表現自身高潔的品質、（二）暗喻楚國政治的黑暗、（三）表現所述人才的變質、（四）表現對美好理想的追求。收錄於氏著：《楚辭論稿》，鄭州：中州古籍出版社，1994 年 6 月，頁 116～139。

乃更歎其化爲惡物。至於此章，遂深責椒蘭之不可恃以爲
誅首，而揭車、江離亦以次而書罪焉。蓋其所感益以深矣，
初非以爲實有是人，而以椒、蘭爲名字者也。而史遷作〈屈
原傳〉，乃有令尹子蘭之說，班氏〈古今人表〉又有令尹子
椒之名，既因此章之語而失之，使此詞首尾橫斷，意思不
活。王逸因之又訛以爲司馬子蘭、大夫子椒，而不復記其
香草臭物之論。流誤千載，遂無一人覺其非者，甚可嘆也！
使其果然，則又當有子車、子離、子椒之儔，蓋不知其幾
人矣！〔註26〕

朱熹根據〈離騷〉以香草配忠貞、以臭物比讒邪的比興象徵之特色，
推論王逸、司馬遷、班固等人，以椒蘭爲具體子蘭、子椒人名的指
涉，未免流於偏頗狹隘，容易使離騷章句首尾橫斷、意義堵塞。應
遵循〈離騷〉香草臭物的比興寄託手法，來理解蘭芷等香草化爲蕭
艾等惡草，是爲感嘆衰微世道中的人才變節，難以固守本性、自持
獨芳之意。

（二）〈九歌〉

在賦詠祭事的〈九歌〉中，出現大量香草植物，「不論是以香
草獻祭、以香味降神、或是將神祇生活設想成充滿香草的芬芳世
界，始終都有祝願人間生命美好如花草的意義在。」〔註27〕〈九歌〉
的蘭草可大致依出現的場合與作用分爲六類，分別爲一、饗神之供
物；二、沐浴之用物；三、湘夫人乘舟上的用品；四、以香草起興
懷人；五、祭壇之擺設佈置；六、巫者禮魂時手執之香草，大多與
祭祀密切相關，以下舉二例說明蘭草的祭祀功效：

1. 饗神之供物

〈東皇太一〉「蕙肴蒸兮蘭藉，奠桂酒兮椒漿」，朱熹注：「此

〔註26〕宋・朱熹：《楚辭辯證》，臺北：臺灣商務印書館《文淵閣四庫全書》
　　　　本，1986 年 3 月，卷上，頁 387。
〔註27〕魯瑞菁：〈九歌香草論──作用與源流〉，《諷諫抒情與神話儀式──
　　　　楚辭文心論》，臺北：里仁出版社，2002 年 9 月，頁 265～304。

言以蕙裹餚而進之，又以蘭為藉也。奠，置也。桂酒，切桂投酒中也。漿者，《周禮》四飲之一，以椒漬其中也。四者皆取其芬芳以饗神也。」〔註28〕朱熹以蕙蘭桂椒四者的共通性為「取其芬芳以饗神」，作為饗神之供物，強調香氣在祭祀中的重要性。

在《周禮・春官・鬱人》中，祭祀時以鬱鬯降神之香草亦見蘭草，《周禮注疏》引〈王度記〉云：「天子以鬯，諸侯以薰，大夫以蘭芷，士以蕭，庶人以艾，此等皆以和酒。」〔註29〕祭祀時用香草酒灑地，香氣蒸騰以降神，可知蘭草做為儀式性香草，有其實際的宗教祭祀作用。

2. 浴蘭湯

前述《周禮・春官・女巫》載有以潔淨功能之香薰草藥祓除釁浴的歲時活動，亦見於〈雲中君〉「浴蘭湯兮沐芳，華採衣兮若英。」王逸明白地將此處「浴蘭湯」之蘭指為香草：「浴蘭湯兮沐芳，蘭，香草也。華采衣兮若英。華采，五色采也。若，杜若也。言己將修饗祭以事雲神，乃使靈巫先浴蘭湯，沐香芷，衣五采，華衣飾以杜若之英，以自潔清也。」〔註30〕靈巫在祭祀前先用泡過香草的熱水沐浴，以自潔清。

浴蘭湯的潔淨儀式和後來的端午禮俗相結合，成為五月五日的例行活動之一。仲夏端午陰陽二氣迎逆交替，天氣悶熱，人易生疾病，因此藉飲食、佩帶、沐浴草藥來禳除毒氣。「浴蘭」即以蘭煎水沐浴，能祓除辟凶，南朝梁・宗懍（502～566）《荊楚歲時記》載：

> 五月五日，謂之浴蘭節，四民並蹋百草之戲；採艾以為人，懸門戶上，以禳毒氣；以菖蒲或鏤或屑，以泛酒。按《大戴禮》曰：「五月五日，蓄蘭為沐浴。」《楚辭》曰：「浴蘭

〔註28〕宋・朱熹：《楚辭集注》，臺北：臺灣商務印書館《文淵閣四庫全書》本，1986年3月，卷2，頁315。

〔註29〕漢・鄭玄注，唐・賈公彥疏，唐・陸德明音義：《周禮注疏》，卷19，頁599。

〔註30〕漢・王逸：《楚辭章句》，卷2，頁17。

湯兮沐芳華。」今謂之浴蘭節，又謂之端午。〔註31〕
因五月五日是陰陽逆反交替的轉換時刻，具有游移不定、脆弱侵害的性質，人們容易中暑、生病、染疫。《禮記・月令》：「是月也，日長至，陰陽爭，死生分。君子齋戒，處必掩身勿躁。」〔註32〕五月爲惡月，五月五日又爲惡月中最惡之日，故有許多祓禊的儀式，如浴蘭湯之俗。〔註33〕筆者認爲《楚辭》的「浴蘭湯」與《詩經》的「秉蘭」，都屬於先民在陰陽之交的節氣轉換中，採草藥沐浴祓禊，以攘惡辟邪、祓除疾病的習俗。

（三）〈招魂〉

〈招魂〉中兩次提到「蘭膏」，歷代對「蘭膏」有不同的看法，可大致分爲二說：

1. 澤蘭屬植物煉成的香膏，可點燈或爲婦人髮油。

漢・王逸《楚辭章句》：「蘭膏，以蘭香煉膏也。」清・王夫之（1619～1692）《楚辭通釋》進一步解釋：「蘭膏，以蘭草煉膏，使香而灌燭也。古無巨勝、蔓菁、柏油，皆灌羊牛豕之膏於橐然之，膏氣腥臊，蘭草之香去臊，故以煉膏。」〔註34〕至於可做婦人髮油之用，見宋・唐愼微（1063～1094 在世）《證類本草》引唐・陳藏器（681～757）之說：「蘭草，本功外，主惡氣，香澤可作膏，塗髮，生澤畔，葉光潤，陰小紫，五月六月採，陰乾，婦人和油澤頭，故云蘭澤。」〔註35〕

〔註31〕南朝梁・宗懍著：《荊楚歲時記》，臺北：臺灣商務印書館《文淵閣四庫全書》本，1986 年 3 月，頁 22。

〔註32〕漢・鄭玄注，唐・孔穎達正義：《禮記正義》，臺北：臺灣古籍出版社《十三經注疏整理本》本，2001 年 9 月，卷 16，頁 590。

〔註33〕魯瑞菁：〈端午龍舟競渡底蘊考〉，《興大中文學報》第 27 期，2010年 12 月，頁 399～433。

〔註34〕將「蘭膏」釋爲以蘭草煉膏點燈，見漢・王逸：《楚辭章句》，卷 9，頁 63；又見清・王夫之：《楚辭通釋》，臺北：里仁出版社，1981 年10 月，卷 9，頁 145。

〔註35〕將「蘭膏」釋爲婦人潤澤髮油，見宋・唐愼微：《證類本草》，臺北：

2. 蘭蕊間的凝露，或為蕙蘭柄基部蜜腺所分泌出來的透明花蜜，或純指凝結在花間的露珠。

《陸氏詩疏廣要》卷上之上有明·毛晉（1599～1659）注：「凡蘭皆有一滴露珠在花蕊間，謂之蘭膏，不啻沆瀣。」清·陳大章（1659～1727）《詩傳名物集覽·方秉蕳兮》亦云：「凡蘭皆有一滴露珠在花蕊間，謂之蘭膏，取多則損花。」〔註36〕

筆者認為這裡的蘭膏應作澤蘭屬植物煉成的燈油，較為妥當，因〈招魂〉中的蘭膏、明燭、華鐙、瓊木、菎蘭桂樹等物，皆為宮廷華美裝飾之用，且蘭膏與明燭並列，顯見應為點燈之香膏，而非女子髮油或花露；第二義應為唐末古今蘭混用後才出現之解釋。

歸納以上屈原使用的詞語，除以蘭旌、蘭枻來形容美麗的旗子、船槳外，其餘春蘭、秋蘭、幽蘭、蘭芷、蘭茝等，確乎是菊科或蘭科的植物。此外，屈原往往將蘭蕙並列，如蘭畹蕙畝、氾蘭轉蕙、蕙蒸蘭藉等，言蘭多及蕙，連類並舉，造成後世蘭蕙並詠的特殊現象，也是值得注意的。

第二節　漢魏六朝：比附與象徵

蘭於先秦時期的主要功能為儀式性藥用香草，到了兩漢、魏晉南北朝時期，因人文精神的發揚，使得蘭成為個人美德、政治場域、人倫關係的比附與象徵。蘭更從深林幽谷蔓延至庭院、臺階、室內，空間上的過渡使蘭與人的關係越見密切，出現第一首以蘭花為描寫對象的詩。

〔註36〕 臺灣商務印書館《文淵閣四庫全書》本，1986 年 3 月，卷 7，頁 321。將「蘭膏」釋為蘭蕊間的凝露，見吳·陸璣撰，明·毛晉注：《陸氏詩疏廣要》，臺北：臺灣商務印書館《文淵閣四庫全書》本，1986 年 3 月，卷上之上，頁 44；又見清·陳大章：《詩傳名物集覽》，北京：商務印書館《文津閣四庫全書》本，2005 年 12 月，卷 8，頁 61。

一、個人美德之比附

（一）《孔子家語》：芝蘭芳香

　　兩漢有關「蘭」的記載，最廣為人知的是《孔子家語》，以「芝蘭」並列，合稱香草，聚焦凸顯二者的香氣：

> 與善人居，如入芝蘭之室，久而不聞其香，即與之化矣；
> 與不善人居，如入鮑魚之肆，久而不聞其臭，亦與之化矣。
> 丹之所藏者赤，漆之所藏者黑。是以君子必慎其所處者
> 焉。〈六本〉

> 且芝蘭生於深林，不以無人而不芳；君子修道立德，不為
> 窮困而敗節，為之者人也，生死者命也。〈在厄〉〔註37〕

據〈六本〉所載，孔子將芝蘭之室與鮑魚之肆相對照，以芝蘭之香喻君子美德，說明交友和環境對人格道德的感化與影響。蘭的清遠幽香正合於君子的高潔美德，不媚流俗。漢・戴德（生卒年不詳）《大戴禮記》亦載：「與君子遊，信乎如入芝蘭之室，久而不聞，而與之化矣。」〔註38〕後世遂以「芝蘭之室」喻良好環境，宋代文人之書齋或寓所更以之為名，如「蘭軒」、「蘭所」、「蘭室」、「蘭屋」、「蘭堂」、「蘭墅」等，以借喻自己的品格與蘭一般高標清節。

　　〈在厄〉所載與前引《荀子・宥坐》的意思相同，可證《孔子家語》是後世彙整前行儒者之言所成的書。古人常將花木的秉性與自身人格內涵相比照，在對花木的關照中，體現審美的移情作用。孔子以蘭生於幽谷深林，雖無人聞問但仍自芬芳，比喻君子不因外在環境影響，而改變內在之高潔美德。「芝蘭生於深林，不以無人而不芳」一句常為後世詠蘭文學所引用，多將蘭花比為高人隱士或清正君子。孔子在蘭的自然習性與儒家標舉的人格特質之間，找到相互呼應與契合之處，蘭的文化意涵由此而生。

〔註37〕傳漢人撰，魏・王肅注：《孔子家語》，臺北：世界書局《新編諸子集成》第2冊，1991年，卷4，頁38。

〔註38〕漢・戴德撰，北周・盧辯注：《大戴禮記》，北京：商務印書館《文津閣四庫全書》本，2005年12月，卷5，頁756～757。

二、政治場域之比附

（一）《漢官儀》：握蘭含香

東漢・應劭（約153～196）《漢官儀》載：「漢尚書郎握蘭含香，趨走丹墀奏事。」〔註39〕因此尚書省亦稱「含香省」；又因「省中皆胡粉塗壁，畫古賢列女，以丹漆地，謂之丹墀。尚書郎握蘭，含雞舌香，奏事與黃門侍郎對揖。」〔註40〕故尚書郎又可稱爲「粉署郎」。此時蘭走入政治場域中，爲朝臣所喜愛，承襲屈原以蘭紉佩的傳統，將有香氣的蘭草隨身攜帶，蘭從上古被除潔淨的宗教性功能，轉爲君子比德的人文性功能。

（二）芳蘭當門，不得不鋤

張裕（？～218），字南和，蜀郡人，官至益州後部司馬，通曉占術，曾諫劉備（161～223）不可爭漢中，預言劉氏祚盡、蜀國當亡，因而見殺於劉備，《三國志・蜀書十二・周羣傳》載：

> 時州後部司馬蜀郡張裕亦曉占候，而天才過群，諫先主曰：
> 「不可爭漢中，軍必不利。」先主竟不用裕言，果得地而
> 不得民也。……裕又私語人曰：「歲在庚子，天下當易代，
> 劉氏祚盡矣。主公得益州，九年之後，寅卯之間當失之。」
> 人密白其言。……先主常銜其不遜，加忿其漏言，乃顯裕
> 諫爭漢中不驗，下獄，將誅之。諸葛亮表請其罪，先主答
> 曰：「芳蘭當門，不得不鋤。」裕遂棄市。〔註41〕

除了劉備殺張裕之外，《典畧》載曹操殺楊修時亦曰：「芳蘭當門，不得不除。」〔註42〕意指有草木生長於門庭之中，若妨礙到進出，縱使

〔註39〕漢・應劭：《漢官儀》，北京：中華書局《叢書集成初編》本，1985年北京新一版，卷上，頁22。

〔註40〕唐・玄宗御撰，唐・張說、張九齡、李林甫遞監修：《大唐六典》，西安：陝西人民出版社《四部文明》本，2007年7月，卷1，頁9。

〔註41〕晉・陳壽：《三國志》，西安：陝西人民出版社《四部文明》本，2007年7月，卷42，頁496。

〔註42〕見收於清・康熙敕撰：《御定淵鑒類函》，臺北：臺灣商務印書館《文淵閣四庫全書》本，1986年3月，卷480，頁14～15。

爲芳香的蘭草也只得鋤去。比喻在政治場域中，賢能之士若行爲越規違迕，於人有礙，爲上者將不能容忍，勢必去之。前述屈原「滋蘭樹蕙」以喻培養賢才的意象，「芳蘭」於此有所繼承並更加強化了。

三、人倫關係之比附

（一）南陔采蘭

宋代詠蘭詩屢次出現「南陔」之典，語出《詩經・小雅・南陔》，《毛詩》載〈南陔〉一詩的主旨是：「孝子相戒以養也。」〔註43〕其辭失傳，晉・束晳（261～300）據《毛傳》爲之補作〔註44〕，前四句是：「循彼南陔，言采其蘭。眷戀庭闈，心不遑安。」李善（630～689）注：「采蘭，以自芬香也。循陔以采香草者，將以供養其父母，喻人求珍異以歸。庭闈，親之所居。眷戀，思慕也。言我思歸供養，心不暇安。」〔註45〕

南陔采蘭的目的是爲了供養父母，後據此典稱奉養父母爲「循陔」或「采蘭」。李善亦將此處的蘭，視爲香草的一種。至此，蘭走入人倫關係中，又增添另一新的含意，即子女孝養父母，或思念雙親。

（二）蘭生庭階

東晉時期，蘭的生長蹤跡從深山幽林擴及庭院臺階，空間上的轉換使得蘭與人的關係越來越密切，見《晉書・羅含傳》載：

〔註43〕漢・毛亨傳、鄭玄箋，唐・孔穎達疏：《毛詩正義》，卷9，頁711。

〔註44〕張寶三：〈傳世文獻研究中之字義訓解問題探討——以宣德紙「陳清款」等爲例〉中提到：「《文選》卷19載晉束晳所撰〈補亡詩〉六首，此六首之作乃因《毛詩》之〈南陔〉、〈白華〉、〈華黍〉、〈由庚〉、〈崇丘〉、〈由儀〉等六篇僅有〈序〉而無詩，故束晳爲之補亡。」此文收錄於何志華、馮勝利主編：《承繼與拓新：漢語語言文字學研究》，香港：商務印書館，2014年12月，冊上，頁130～146。有關束晳〈補亡詩〉撰作之背景及其相關問題，另可參見張寶三：〈束晳「補亡詩」論考〉，《東亞《詩經》學論集》，臺北：臺灣大學出版中心，2009年7月，頁184～215。

〔註45〕南朝梁・蕭統編，唐・李善注：《文選》，臺北：臺灣商務印書館《文淵閣四庫全書》本，1986年3月，卷19，頁334。

> 初，含在官舍，有一白雀棲集堂宇，及致仕還家，階庭忽
> 蘭、菊叢生，以爲德行之感焉。〔註46〕

羅含（292～372），字君章，號富和，東晉桂陽耒陽（今湖南耒陽）
人，曾任郡守、郎中令、散騎常侍、侍中，累官至廷尉、長沙相，
加封中散大夫，著有《更生論》、《湘中記》。羅含品德高潔、文采斐
然，被時人譽爲湘中之琳瑯、荊楚之材、江左之秀，《晉書》以夢鳥
文藻、白雀棲堂、蘭菊叢生三件事爲羅氏列傳，以彰顯其文德並茂。
其中「蘭菊叢生」一事發生於羅含出仕歸鄉之後，階庭上的蘭、菊
競相開放，滿堂馨香，鄉人以爲是「德行之感」。

又見《晉書・謝玄傳》載：

> 玄字幼度，少穎悟，與從兄朗俱爲叔父安所器重。安嘗戒
> 約子姪，因曰：「子弟亦何豫人事，而正欲使其佳？」諸人
> 莫有言者。玄答曰：「譬如芝蘭玉樹，欲使其生於庭階耳。」
> 安悦。〔註47〕

謝玄（343～388），字幼度，東晉陳郡陽夏（今河南太康）人，宰相
謝安子姪，有經國才略，善於治軍，淝水之戰大敗前秦苻堅，曾任
建武將軍、兗州（今山東濟寧市北）刺史、領廣陵（今江蘇揚州）
相，封康樂縣公，諡獻武，追封車騎將軍。在此段記載中，謝安的
提問寄託了世家大族希望栽培子弟成材的一片苦心，但在同儕中，
只有謝玄能解謝安之意，以芝蘭玉樹生於庭階，譬喻自家門庭培養
出佳子弟。從謝玄的回答可印證其「少穎悟」，並可知家庭植蘭，晉
代已盛，故以庭階生蘭，象徵人才輩出。

第三節　隋唐五代：古今蘭的重合與栽培

隋唐五代時期，古蘭草與今蘭花逐漸相混對接，蘭科蘭花正式
走入小院人家，從庭階蔓生到人工種植、從園圃栽培到盆栽養蘭，

〔註46〕唐・房玄齡等撰：《晉書・羅含傳》，西安：陝西人民出版社《四部
　　　　文明》本，魏晉南北朝文明卷，2007 年 7 月，卷 92，頁 632。
〔註47〕唐・房玄齡等撰：《晉書・謝玄傳》，卷 79，頁 542。

可見唐代以後對蘭花的重視與喜愛。

一、韓愈〈猗蘭操〉

　　操體詠蘭，傳自孔子始，後以中唐韓愈（768～824）〈猗蘭操〉
最負盛名：

> 蘭之猗猗，揚揚其香。不採而佩，於蘭何傷。
> 今天之旋，其曷爲然。我行四方，以日以年。
> 雪霜貿貿，薺麥之茂。子如不傷，我不爾覯。
> 薺麥之茂，薺麥之有。君子之傷，君子之守。〔註48〕

此操前序云：「孔子傷不逢時作」，並附傳爲孔子作的〈猗蘭操〉，茲
先引錄宋・郭茂倩（1041～1099）《樂府詩集・琴曲歌辭二・猗蘭操・
序》對琴曲〈猗蘭操〉之介紹：

> 一曰〈幽蘭操〉。《古今樂錄》曰：「孔子自衛反魯，見香蘭
> 而作此歌。」《琴操》曰：「〈猗蘭操〉，孔子所作。孔子歷
> 聘諸侯，諸侯莫能任。自衛反魯，隱谷之中，見香蘭獨茂，
> 喟然嘆曰：『蘭當爲王者香，今乃獨茂，與衆草爲伍。』乃
> 止車，援琴鼓之，自傷不逢時，託辭於香蘭云。」《琴集》
> 曰：「〈幽蘭操〉，孔子所作也。」

〈猗蘭操〉，又名〈幽蘭操〉，相傳爲孔子周遊列國，無果而返的途
中，見到散發異香的茂盛蘭草，卻因生於幽谷而無人見問，只能與
衆草爲伍，以自傷不遇，發出生不逢時的慨歎，其辭曰：

> 習習谷風，以陰以雨。之子于歸，遠送于野。
> 何彼蒼天，不得其所。逍遙九州，無所定處。
> 世人闇蔽，不知賢者。年紀逝邁，一身將老。〔註49〕

此詩的一二句，典出《詩經・小雅・谷風》，三四句典出《詩經・邶
風・燕燕》；前者刺衛國夫婦失道，後者寫衛莊公送歸妾〔註50〕，開

〔註48〕　清・康熙敕撰：《全唐詩》，北京：中華書局，2005 年 4 月，卷 336，
　　　　頁 3766。
〔註49〕　以上所引前序及詩篇，見宋・郭茂倩：《樂府詩集》，臺北：里仁書
　　　　局，1980 年 12 月，卷 58，「琴曲歌詞二」，頁 839。
〔註50〕　漢・毛亨傳、鄭玄箋，唐・孔穎達疏：《毛詩正義》，卷 13，頁 904；

篇一至四句襲自《詩經》，襯托出家國興亡之感，傷逝懷舊之情。接著寫孔子周遊列國，但不被君王採納的落寞，於是發出「何彼蒼天，不得其所，逍遙九州，無所定處」的感嘆，為政者不辨賢才的昏蔽更顯一己之孤獨。最後感慨時光飛逝，自己暮年將老，但大道不行、壯志未酬，徒留蕭瑟悲涼。詩中沒有直接歌詠蘭花，只是發出自己懷才不遇、生不逢時的傷感唱嘆。作者透過蘭彰顯獨立高潔的人格，更承載士不遇的悲苦，和《荀子・宥坐篇》中孔子困厄時以蘭為喻的情況不謀而合。

　　這是一首東漢至魏晉年間俗儒偽託之作，因託名孔子作，故後代和者甚多，競相仿作，以唐代韓愈的〈猗蘭操〉流傳最廣，影響宋代詠蘭詩最多。〔註51〕前四句「蘭之猗猗，揚揚其香。不採而佩，於蘭何傷」為全詩主旨，作者以蘭自喻，意為即使無人采佩、不受重視，於蘭（即作者自身）又有什麼傷害影響呢？接著自述長年奔走四方卻仍未遇伯樂，在隆冬霜雪紛飛之際，但見薺麥茂盛，生意盎然。看到蘭與薺麥在逆境中仍不屈不撓，作者期許自己也能不受外在環境影響，仍保有堅毅志向和高尚操守。韓愈此詩前序引傳為孔子作的〈猗蘭操〉，頗有自傷不逢時之意，詩中塑造無人見采的

卷2，頁142。

〔註51〕王偉勇於〈唐代以前詠蘭詩及其相關問題考述〉中考辨此詩為東漢至魏晉間人士之偽作，提出四證：「其一、這首詩的韻腳『雨、野、所、處、者、老』，不盡相協，有違詩的規矩。其二、此詩的前兩句，襲自《詩經・小雅・谷風》，次兩句襲自《詩經・邶・燕燕》；再加上自創的詩句，拼湊而成。其三、所沿襲的《詩經》成句，一刺衛國夫婦失道，一寫衛莊公送歸妾，全不符孔子身分：蓋緣孔子『自衛返魯』之行蹤而比附。其四、此詩『之子于歸』之人稱用法，『時人闇蔽，不知賢者』之語氣，全屬他者之敘述，全不符孔子自傷之情境。總之，這也是一首北宋以前俗儒偽託之作，故為郭茂倩採錄。如果以〈猗蘭操・序〉引用的書籍判斷，《琴操》題為東漢蔡邕所撰，《古今樂錄》是南朝・陳釋智匠所撰，那這位偽託的俗儒，大概就是東漢至魏晉人士。」該文收錄於《第八屆中國韻文學國際學術研討會論文集》，天津：南開大學，2016年6月，冊上，頁38～51。

「孤蘭」形象〔註52〕，藉以感嘆自己中年奔波，不得其志，可能是在貶爲潮州刺史時期（唐憲宗元和十四年）所作的。

二、唐彥謙〈蘭〉

晚唐唐彥謙（848～約894），字茂業，并州晉陽（今山西太原）人，歷官晉州、絳州、閬州、壁州刺史，晚年隱居鹿門山，專事著述，自號鹿門先生，有《鹿門集》三卷傳世。其〈蘭〉詩二首被諸多當代學者認爲是中國文學史上第一首眞正描寫蘭科蘭花的詩作：

> 清風搖翠環，涼露滴蒼玉。美人胡不紉，幽香藹空谷。

> 謝庭漫芳草，楚畹多綠莎。於焉忽相見，歲晏將如何。

〔註53〕

陳心啓於1988年發表〈中國蘭史考辨——春秋至宋朝〉一文，首先提出最早詠今日蘭花的詩作爲唐彥謙〈蘭〉，具劃時代意義，茲引錄陳先生考辨內文如次，以見其重要性：

> 這首詩所描寫的無疑是眞正的蘭花，即蘭屬植物。翠環顯然是下彎成半圓形的帶行綠葉；蒼玉是綠白色的花；莎是指具帶形葉的植物，如莎草科和蘭屬植物，後人也有稱蘭屬植物爲莎的。除此之外，其他植物很少具有這樣的特徵，這看來是比較可靠的。唐彥謙在唐末乾符（874～879）間曾在河中（今山西永濟）、興元（今陝西漢中）、閬州（今四川閬中）、壁州（今四川通江）等地做官。這首詩可能是他晚年在陝西、四川任中所作，亦即大概寫於公元860

〔註52〕妥佳寧〈唐詩中孤蘭形象的分析〉一文認爲：「韓愈筆下的孤蘭，並不在乎他者的不認同與不賞識，將外在世界的褒貶全不放在心上。把他者的態度排除在自己所關心的事情之外。這種孤僻，很大程度是自我尋求的，是自主求異於世俗。孤蘭在韓愈的筆下會呈現出這樣一種形態，與韓愈個性中孤獨怪僻、求異於俗的成分有關，同時又是長期受到排擠打擊卻滿不在乎，堅強求生的強大精神力量的體現。韓愈這樣的『孤蘭詩人』即使能夠得到外界世俗的接納，也會主動拋棄外在世界而自絕於俗的。」此文見錄於《安徽文學》，2007年第7期，頁83～85。

〔註53〕清・康熙敕撰：《全唐詩》，卷671，頁7727。

～880 年之間。〔註 54〕

開頭寫蘭的神韻風姿，「清風搖翠環，涼露滴蒼玉」二句是學者判別蘭科植物的重要依據，十分簡潔的寫出蘭花清潤明淨的外型和高潔幽雅的神韻。〔註 55〕但「美人胡不紉」到「楚畹多綠莎」等句，卻又顯示出作者將孔子、屈原、謝玄所謂可紉佩的蘭草與今蘭相混了。

　　唐彥謙之孫，五代末年、北宋初年的陶穀（903～970），字秀實，邠州新平（今陝西彬縣）人，自號鹿門先生，因避後晉高祖石敬塘諱，改姓陶。仕後晉、後漢、後周、宋四朝，累官兵部、吏部侍郎、禮部尚書、翰林承旨、戶部尚書。著有《清異錄》、《荈茗錄》等。〔註 56〕其《清異錄》中的兩則敘述應為蘭科蘭花：

　　〈馨列侯〉唐保大二年，國主幸飲香亭，賞新蘭，詔苑令取滬溪美土，為馨列侯壅培之具。

　　〈香祖〉蘭雖吐一花，室中亦馥郁襲人，彌旬不絕，故江南人以蘭為香祖。〔註 57〕

〔註 54〕陳心啟先生發表〈中國蘭史考辨——春秋至宋朝〉（《武漢植物學研究》，1988 年第 1 期，頁 79～83）一文後，學界多贊同陳先生的觀點。如葉章龍：〈國蘭與蘭文化〉，《畢節師範高等專科學校學報》，2003 年第 1 期，頁 88～92；姚家寧：〈中華蘭文化〉，《安徽林業》，2004 年第 2 期，頁 46～47；聶時佳：〈作為文化符號之「蘭」的歷史還原——從「香草美人」到「香蘭君子」〉，《南洋師範學院學報（社會科學版）》，2010 年第 7 期，頁 42～47。

〔註 55〕吳應祥〈中國古代栽蘭歷史的幾個問題（六）〉對此二句提出另一種解釋：「『翠環』與『蒼玉』都是一種服飾。《禮記》：『古之君子必佩玉。』佩玉，是貴族和上等人士的一種衣飾，古代穿禮服要有兩套佩玉繫帶在腰間。詩的前兩句指清秋時節觀賞秋蘭，秋風吹動著佩帶的翠環，涼涼的露珠也滴在蒼玉上。」至於吳先生認為最早的詠蘭詩，為中唐詩僧無可（俗姓賈，名區，范陽（今河北涿州）人，賈島從弟）〈蘭〉同寫春蘭與秋蘭：「蘭色結春光，氛氳掩眾芳。過門階露葉，尋澤徑連香。畹靜風吹亂，亭秋雨引長。靈均曾採擷，紉珮掛荷裳。」（《全唐詩》，卷 813，頁 9239）此文見錄於《中國花卉盆景》，1995 年第 6 期，頁 17。

〔註 56〕元・脫脫等撰：《宋史》，臺北：新文豐出版公司，1975 年 4 月，卷 269，頁 3435。

〔註 57〕宋・陶穀：《清異錄》，北京：商務印書館《文津閣四庫全書》本，

保大二年（944），南唐中主李璟（916～961）於飲香亭觀賞新開蘭花，詔令中的「滬溪美土」提到培蘭的泥土選擇；「馨列侯」首以擬人法予蘭雅號。而生於江南，被稱爲「香祖」的吐一花之蘭，即指今之蘭花無疑，於是「蘭」到了唐末五代時期，從菊科蘭草正式轉變爲蘭科蘭花。

　　吳厚炎認爲古今蘭重合交混的原因，是結合自然生態與文化背景產生的結果，此說亦廣泛被學界所接受與採用。簡言之，古今蘭早已並存於先秦兩漢的山野，但可被除避邪的藥用蘭草自然以實用功能爲世所重。直至安史之亂後，經濟、文化重心移往江南，吳越之地盛產的春蘭，因生長環境（幽處山野）與內在特質（其氣清香）與蘭草極其相似，得以和古蘭重合，共用一「蘭」之名。古今蘭的對接交混始於唐末，而蘭花眞正替代、重合蘭草，則應在五代時的江南（南唐、吳越）地區。〔註58〕

三、楊夔〈植蘭說〉

　　除了上述唐末五代出現蘭科蘭花的記載，楊夔（生卒年不詳，約唐昭宗光化末前後在世），其〈植蘭說〉中描述的種蘭經驗，大致與後世栽植蘭花的情況相符：

　　　　或植蘭荃，鄙不遄茂，乃法圃師汲穢以漑；而蘭淨荃潔，
　　　　非類乎眾莽。苗既驟悴，根亦旋腐。〔註59〕

這段文字的大意是：有人種的蘭花長得不好，就學習其他園藝師用肥水澆灌。但蘭性高潔，與其他植物不同，用肥水澆灌後，蘭苗反而很快萎蔫，根也隨即腐爛。楊夔此段種蘭經驗和後世蘭譜的種蘭法，皆與現今培植方法相符——不要多施肥。〈植蘭說〉開中國蘭花栽培學

　　　　2005 年 12 月，卷上，頁 751、750。

〔註58〕吳厚炎：〈清香幽處共「蘭」名——古代佩蘭與今日蘭花「對接」探
　　　　秘〉，《蘭文化探微》，貴陽：貴州人民出版社，2004 年 12 月，頁 109
　　　　～121。

〔註59〕清・董誥等輯：《欽定全唐文》，西安：陝西人民出版社《四部文明》
　　　　本，2007 年 7 月，卷 867，頁 322。

之先河，是迄今所知最早的蘭花栽培法文籍。

唐代關於蘭花種植之法，除楊夔〈植蘭說〉，亦可見《汗漫錄》載「王維貯蘭蕙以黃磁斗，養以綺石，累年彌盛」；以及傳爲郭橐撰《種樹書》載「種蕙蘭忌用水洒。」〔註60〕王維開創盆栽養蘭之風，從黃磁斗、綺石、畏濕忌洒水等栽培法來看，可推知時人已充分掌握蘭花的特性。

至於最早有關蘭花品種的命名紀錄，有一說可溯源至晚唐，見僧貫休（832～912）〈書陳處士屋壁〉二首之一：「有叟傲堯日，髮白肌膚紅。妻子亦讀書，種蘭清溪東。白雲有奇色，紫桂含天風。即應迎鶴書，肯羨於洞洪。」詩中有一小注：「處士有種蘭篇。」〔註61〕可知貫休好友陳處士曾作〈種蘭篇〉，惜已佚。詩中的「白雲」、「紫桂」可能爲不同種蘭花的名稱。〔註62〕

小 結

中國蘭文化淵遠流長，相關記載最早可見於先秦古籍中，其象徵意涵對後世文學影響深遠。先秦時期，蘭蘊含的主要意涵大致可分爲民俗與人文二類。就民俗宗教層面言之，從《詩經·鄭風·溱洧》的秉蕑驅邪；《左傳》「燕姞夢蘭」的夢蘭得子；《楚辭》的浴蘭湯，可知蘭草不只是用於祓除避凶、沐浴潔身的藥草，其香氣能與神明相通，也是祭祀祝願、饗神獻歲的儀式性香草。「蘭」首次登上朝廷，與「國君」產生連結，始於鄭穆公子蘭，蘭出身幽隱深谷卻有國香，對應穆公本爲賤妾庶子卻終成國君。此外蘭更帶有強烈心理暗示，使穆公「刈蘭而卒」，二者之相連性顯而易見。

〔註60〕有關《汗漫錄》之載錄，可見於宋·陳景沂：《全芳備祖集·前集》，臺北：臺灣商務印書館《文淵閣四庫全書》本，1986 年 3 月，卷 23，頁 226；唐·郭橐：《種樹書》，臺北：新文豐出版公司《叢書集成新編》本，1985 年 1 月，卷下，頁 507。

〔註61〕清·康熙敕撰：《全唐詩》，卷 827，頁 9401。

〔註62〕楊滌清：《蘭苑漫筆》，香港：香港天馬圖書公司，2004 年，頁 41。

就文化底蘊層面言之，從《周易》「同心之言，其臭如蘭」；《荀子》「芷蘭生於深林，非以無人而不芳」；《楚辭》「紉秋蘭以爲佩」、「余既滋蘭之九畹兮，又樹蕙之百畝」，故知蘭草既成爲孔子「當爲王者香」的美好理想，和不爲貧賤所動搖的人格精神，亦可發展爲屈原個人美德的保持與追求。

漢魏六朝時期，蘭成爲個人美德、政治場域、人倫關係的比附與象徵。在個人美德方面，屈原建構出的香草美人意象進一步得到強化。《孔子家語》載錄「與善人居，如入芝蘭之室，久而不聞其香」，可與《周易》「同心之言，其臭如蘭」相呼應。

在政治場域中，蘭以其特殊香氣成爲被文人君子所重視的香草之一，因此才會出現漢尙書郎奏事「握蘭含香」的現象。蘭第二次登上朝堂，進入政治核心，擁有被官方認可的尊貴身分，蘭意象再次被提升至國家級高度，使得蘭的野生性格逐漸削弱、抹去。此時蘭草的生長環境從深山幽谷擴展至門前庭階，劉備殺張裕、曹操殺楊修時皆謂「芳蘭當門，不得不除」，賢才鋒芒太顯而有礙於國主，可對應至屈原被害一事，蘭於政治場域中遂隱含危機意識。而南陔采蘭以喻孝子奉親、謝玄「芝蘭玉樹，欲使生於庭階」以喻對自家子弟的期望，皆使蘭在家庭人倫關係中扮演重要角色。

隋唐五代時期，在文學作品方面，文人承襲孔子作〈猗蘭操〉的文化傳統，寄託士不遇的悲苦，韓愈〈猗蘭操〉「蘭之猗猗，揚揚其香。不採而佩，於蘭何傷」，透過蘭彰顯自身人格高潔，處於困阨環境中依然堅定心志操守。在植物辨識方面，古蘭草與今蘭花於唐末五代的江南逐漸相混對接。係因安史之亂後，經濟、人文重心移往江南，原產於吳越之地的春蘭，因生於山野、其氣清香，其生長環境與內在特質與蘭草極其相似，得以和古蘭重合，共用一「蘭」之名。

唐末五代古今蘭重合混用後，開始出現有關蘭花栽培法的記載，如《清異錄》載南唐李璟於飲香亭賞新蘭，「詔苑令取滬溪美

土，爲馨列侯壅培之具」；《汗漫錄》載王維養蘭「以黃磁斗，養以綺石，累年彌盛」；楊夔〈植蘭說〉謂種蘭不要多施肥；傳爲郭橐撰《種樹書》載「種蘭蕙畏濕，最忌洒水」。蘭科蘭花進入文人日常生活後，逐漸發展爲盆景藝術，可見唐代以後對蘭花的重視與喜愛，開啓後世對蘭花的審美鑑賞之風。

　　有關最早詠蘭詩是哪一首的問題，歷來眾說紛紜，複雜難解。最早的文獻記載，見康熙敕撰《御定佩文齋詠物詩選》「蘭花類」，將劉宋・鮑照（414～466）以〈幽蘭〉爲題的五首組詩，選爲詠蘭第一詩〔註63〕，其二云：

　　　　簾委蘭蕙露，帳含桃李風。

　　　　攬帶惜何道，坐令芳節終。〔註64〕

有別於東晉在庭階自然生長的蘭，此時出現人工種蘭的記載。蘭有專人培植於有簾帳的室內，並在桃李風吹的溫暖春天開放，應該就是類屬蘭科的蘭花。但鮑照〈幽蘭〉詩的第五首說：「陳國鄭東門，古來共所知。長袖暫徘徊，駟馬停路歧」，可見他是把《詩經・陳風》的「鷊」（綬草），以及《詩經・鄭風》的「蕑」草相提並論，五首「幽蘭」不專指一物。〔註65〕

　　就現當代學者的研究成果言之，茲列舉幾個較廣泛被接受的說法如次：第一位考辨出最早詠蘭（蘭科蘭花）詩之學者爲陳心啟，於1988年發表〈中國蘭史考辨──春秋至宋朝〉一文，將唐末唐彥謙〈蘭〉列爲時代最早之詠蘭詩；其後爲吳應祥於1995年發表的系列連載〈中國古代栽蘭歷史的幾個問題〉，認爲是中晚唐詩僧無可〈蘭〉；周建忠於2001年出版《蘭文化》一書，則認爲是南朝梁武

〔註63〕清・康熙敕撰：《御定佩文齋詠物詩選》，臺北：臺灣商務印書館《文淵閣四庫全書》本，1986年3月，卷353，頁263。

〔註64〕逯欽立輯校：《先秦漢魏晉南北朝詩・宋詩》，卷7，頁1271。

〔註65〕王偉勇：〈唐代以前詠蘭詩及其相關問題考述〉，收錄於《第八屆中國韻文學國際學術研討會論文集》，天津：南開大學，2016年6月，冊上，頁38～51。

帝〈紫蘭始萌〉。〔註66〕

　　關於「詠蘭第一詩」的認定，王偉勇提出最早藉蘭喻意的詩作應爲東漢・張衡（78～139）四言〈怨詩〉：「猗猗秋蘭，植彼中阿。有馥其芳，有黃其葩。雖曰幽深，厥美彌嘉。之子之遠，我勞如何。」〔註67〕詩題雖爲〈怨詩〉，但全詩以芳香秋蘭爲喻，表達對高潔之士的仰慕，卻難以企及，致滿懷幽怨。詩中所謂「秋蘭」，應爲菊科植物。

　　筆者認爲最早歌詠蘭科蘭花的詩作，與周建忠的看法一致，是梁武帝蕭衍（464～549）〈紫蘭始萌〉詩：

　　　　種蘭玉臺下，氣暖蘭始萌。芬芳與時發，婉轉引節生。
　　　　獨使金翠嬌，偏動紅綺情。二遊何足壞，一顧非傾城。
　　　　羞將苓芝侶，豈畏鵙鴂鳴。〔註68〕

前四句點明紫蘭生長的時間、地點、氣候及方式，「芬芳與時發，婉轉引節生」非常具體的寫紫蘭隨節氣變化、時間推移，慢慢的開放。筆者認爲「獨使金翠嬌，偏動紅綺情」則爲描寫花朵的詩句，若此紫蘭解爲前述可紉佩之蘭草，是不會有金翠、紅綺等顏色的，可知梁武帝見到的紫蘭應爲類屬蘭科的蘭花。末四句則是對紫蘭的讚美，反用〈離騷〉典：「恐鵙鴂之先鳴兮，使夫百草爲之不芳。」〔註69〕作者愛蘭、以蘭爲友，表明自己對美好事物、時光的眷戀之情。

　　筆者將「獨使金翠嬌，偏動紅綺情」二句與宋代蘭譜相對照，

〔註66〕周建忠認爲梁武帝〈紫蘭始萌〉詩是「蘭文學史上第一首將蘭花作爲描寫對象的詩歌」。參見周建忠：《蘭文化》，北京：中國農業出版社，2001年6月，頁150。

〔註67〕王偉勇：〈唐代以前詠蘭詩及其相關問題考述〉，收錄於《第八屆中國韻文學國際學術研討會論文集》，天津：南開大學，2016年6月，冊上，頁38～51。張衡詩作見錄於逯欽立輯校：《先秦漢魏晉南北朝詩・漢詩》，北京：中華書局，1998年5月，卷6，頁179。

〔註68〕逯欽立輯校：《先秦漢魏晉南北朝詩・梁詩》，卷1，頁1536。

〔註69〕宋・洪興祖：《楚辭補注》，卷1，頁137。

花朵呈黃綠色帶紅暈者，如《王氏蘭譜・白蘭》所載之「濟老，色微綠，壯者二十五萼，逐瓣有一線紅暈界其中，……又名一線紅，以花中界紅脈若一線然」、「馬大同，色碧，壯者十二萼，花頭肥大，瓣綠片多紅暈」〔註70〕，推測梁武帝筆下的蘭應屬蘭譜所載白蘭一類的蘭科植物。至於題爲「紫蘭」，可能是取蘭花外觀綠葉紫莖之故也。

　　有關宋代以前文學作品中出現的「蘭」，究竟是何種植物，筆者認爲只有《詩經・陳風・防有鵲巢》的「鷊」（即綬草），爲蘭科植物外，其他典籍所提到的蘭，或指菊科澤蘭屬植物，或指蘭科蘭花，無法明確斷定。是故筆者採取較爲客觀的看法，即蘭草與蘭花自古即並存。到了唐末五代時期，同名之二物才相混重合，因此宋代以降的詠蘭詩，大部分都指蘭科蘭花。

〔註70〕宋・王貴學：《王氏蘭譜》，臺北：新文豐出版公司《叢書集成續編》本，影印《香豔叢書》九集，1989 年 7 月，冊 83，頁 438～439。

第三章　科學之蘭：魏晉至宋代的蘭花分類

　　蘭文化在中國由來已久，早在先秦就成爲文人筆下託物言志的植物之一，大多取其香味爲喻，最廣爲人知的是屈原以蘭比德，開創香草美人的文學傳統。傳爲漢人撰的《孔子家語》也以蘭生於幽谷深林，雖無人聞問但仍自芬芳，來比喻君子之高潔，使蘭化身爲人格道德的堅持與比附。但有些「蘭」並不是今日觀賞用的蘭科蘭花，有些雖不稱「蘭」，但實際上卻隸屬於蘭科植物。大抵而言，唐代以前的蘭多指生長於水澤湖畔之蘭草或澤蘭；唐代以後的蘭才與現今之蘭花相混重合。本章主要爬梳魏晉至宋代對於「蘭」的分類辨誤，並對南宋兩本蘭譜進行詳細分析與研究。

第一節　從魏晉到唐代：藥用蘭草

　　第二章提到唐代以前文獻中的蘭多爲一種香草、藥草，在魏晉至唐代的醫書或方志中，蘭皆見錄於典籍中的草部，多稱爲蘭草，或稱爲澤蘭，亦有都梁香、水香、大澤蘭、煎澤草、燕尾香、省頭草、孩兒菊、千金草等別名，有混用的情況。下表整理唐代以前醫書有關蘭草與澤蘭的記載，以見二者之異同：

表2 唐代以前醫書對於蘭草、澤蘭之記載

	蘭　草	澤　蘭
秦漢《神農本草經》〔註1〕	味辛平，主利水道，殺蟲毒，辟不祥，久服益氣，輕身不老，通神明，一名水香，生池澤。	味苦，微溫，主乳婦內衄，中風餘疾，大腹水腫，身面四肢浮腫，骨節中水，金創癰腫瘡膿。一名虎蘭，一名龍棗。生大澤傍。
魏晉《名醫別錄》〔註2〕	無毒，除胸中痰癖，生大吳，四月、五月採。	味甘，無毒，主治產後金瘡內塞，一名虎蒲。生汝南諸大澤傍，三月三日採，陰乾。
南朝陶弘景《本草經集注》〔註3〕	味辛平，無毒，主利水道，殺蟲毒，辟不祥。除胸中痰癖。久服益氣，輕身不老，通神明。一名水香。生大吳池澤，四月、五月採。……大吳即應是吳國爾，太伯所居，故呼大吳。今東間有煎澤草名蘭香，亦或是此也，生濕地。	今處處有，多生下濕地。葉微香，可煎油，或生澤旁，故名澤蘭，亦名都梁香，可作浴湯。人家多種之，而葉小異。今山中又有一種甚相似，莖方，葉小強，不甚香。既云澤蘭，又生澤旁，故山中者爲非，而藥家乃採用之。
唐代蘇敬《新修本草》〔註4〕	此是蘭澤香草也，八月花白，人間多種之，以飾庭池，溪水澗傍往往亦有。陶云不識，又言煎澤草，或稱李云	莖方，節紫色，葉似蘭草而不香，今京下用之者是。陶云都梁香，乃蘭草爾，俗名蘭香，煮以洗浴，亦生澤畔，人家種之，花白，紫

〔註1〕 魏・吳普等述：《神農本草經》，北京：中華書局《叢書集成初編》本，1985年北京新一版，蘭草見卷1，頁32；澤蘭見卷2，頁74。《神農本草經》，簡稱《本經》，是現存最早的中藥學專著，作者不詳，約成書於秦漢時期，原書已佚。

〔註2〕 《名醫別錄》三卷乃魏晉間名醫繼漢代《神農本草經》後，集錄之第二部本草著作，陶弘景輯此書於《本草經集注》中。陶氏《本草經集注》問世後，《名醫別錄》無人鈔錄，遂亡佚。其書至陶氏後不曾一見，故後世誤爲陶氏所著。

〔註3〕 南朝梁・陶弘景編，尚志鈞、尚元勝輯校：《本草經集注》，北京：人民衛生出版社，1994年11月，蘭草見卷3（草木上品），頁246；澤蘭見卷5（草木下品），頁362。陶弘景爲《神農本草經》做注，並補充《名醫別錄》，編定爲《本草經集注》，共七卷。

〔註4〕 唐・蘇敬：《新修本草》，上海：上海古籍出版社《續修四庫全書》本，2002年4月，頁706。《新修本草》又名《唐本草》，又名《英公本草》，是世界上第一部官修藥典。

都梁香近之，終非的識也。	蕚莖圓，殊非澤蘭也。陶注蘭草，複云名都梁香，並不深識也。

　　最早釋「蘭」爲何物者，見引吳・陸璣（生卒年不詳）《毛詩草木鳥獸蟲魚疏》，認爲蘭是一種香草、藥草，並對蘭的形貌有了初步的介紹：「其莖葉似藥草澤蘭，但廣而長節，節中赤，高四、五尺。漢諸池苑及許昌宮中皆種之，可著粉中，故天子賜諸侯茝蘭，藏衣著、書中，辟白魚也。」〔註5〕可知蘭不但可入藥，因其氣味特殊，置於衣著、書中還可避蠹魚。

　　魏・吳普（生卒年不詳）等述《神農本草經》首載蘭草的性狀、功能和產地：「蘭艸，味辛平。主利水道，殺蟲毒，辟不祥。久服益氣，輕身不老，通神名，一名水香，生池澤。」可知蘭草又名水香，確爲生於水澤邊的一種藥用香草，並非後世認知的蘭花，其氣味濃烈，作用是「殺蟲毒，辟不祥」。

　　前章所述南朝宋・盛弘之（生卒年不詳）《荊州記》載：「都梁縣有山，山下有水，清泚，其中生蘭草，名都梁香，因山爲號。其物可殺蟲，毒除不祥。」〔註6〕又見北魏・酈道元（約470～527）《水經注》：「大溪（按：資水）逕建興縣南，又逕都梁縣南，漢武帝元朔五年，以封長沙定王子敬侯遂之邑也。縣西有小山，山上有淳水，既清且淺，其中悉生蘭草，綠葉紫莖，芳風藻川，蘭馨遠馥，俗謂蘭爲都梁山因以號縣受名焉。」〔註7〕可知蘭草又名都梁香，原產於都梁山（今湖南武岡）而得名。

　　魏晉以前，醫家明確區分蘭草與澤蘭，蘭草味道濃烈，可除痰避蟲；澤蘭則主治婦人產後膿瘡。到了南朝梁・陶弘景（456～536）

〔註5〕 吳・陸璣：《毛詩草木鳥獸蟲魚疏》，臺北：臺灣商務印書館《文淵閣四庫全書》本，1986年3月，卷上，頁3。

〔註6〕 南朝宋・盛弘之：《荊州記》，見錄於清・多隆阿：《毛詩多識》，收入金毓黻主編：《遼海叢書》，瀋陽：遼瀋書社，1985年3月，卷5，頁3397。

〔註7〕 北魏・酈道元：《水經注》，臺北：臺灣商務印書館《文淵閣四庫全書》本，1986年3月，卷38，頁559。

《本草經集注》載澤蘭「今處處有，多生下濕地。葉微香，可煎油，或生澤傍，故名澤蘭，亦名都梁香，可作浴湯，人家多種之。」是知陶弘景將澤蘭視爲蘭草，混用二物。

唐代的醫書糾正了陶弘景的誤用，如蘇敬（599～674）《新修本草》指出陶弘景描述的都梁香應爲蘭草而非澤蘭：「陶云都梁香，乃蘭草爾，俗名蘭香，煮以洗浴，亦生澤畔，人家種之，花白，紫萼莖圓，殊非澤蘭也。陶注蘭草，復云名都梁香，並不深識也。」陳藏器（681～757）《本草拾遺》亦云：「蘭草與澤蘭二物同名，陶公竟不能知」〔註8〕，直指蘭草和澤蘭不應混用。

從魏晉至唐代，「蘭」同名異物的情況屢見不鮮，前行學者認爲古代的蘭可能爲菊科澤蘭屬植物的澤蘭（Eupatorium japonicum Thunb.）、佩蘭（Eupatorium fortunei Turcz.）、華澤蘭（Eupatorium chinense L.）或是唇形科植物地瓜兒苗（Lycopus lucidus Turcz.）。

湯忠皓〈古代蘭蕙辨析〉依據植物生理特徵，判斷佩蘭即爲古代蘭草。〔註9〕陳心啟發表〈中國蘭史考辨──春秋至宋朝〉〔註10〕一文，詳述了古蘭混用的過程及流變，認爲不應將古蘭全數視爲佩蘭，因爲佩蘭與澤蘭都廣佈於全中國，兩者不僅外型相似，且又同功並用，難免在古籍中會出現張冠李戴或同名異物的問題。吳應祥於《中國蘭花》、《蘭花》指出古代的蘭爲菊科的澤蘭、華澤蘭。〔註11〕

〔註8〕 唐‧陳藏器撰，尚志鈞輯釋：《《本草拾遺》輯釋》，合肥：安徽科學技術出版社，2002年7月，卷3，頁95。

〔註9〕 湯忠皓：〈古代蘭蕙辨析〉，《中國園林》，1986年第3期，頁49～54。佩蘭，菊科多年生草本植物，莖直立，綠色或紅紫色。葉對生，揉碎後有香氣。花淺紫紅色，花期爲7～11月。生長於河邊濕地，分布於河北、山東、江蘇、四川、浙江、福建等地。參見中國植物志編輯委員會：《中國植物志》，北京：科學出版社，1999年9月，卷74，頁58。

〔註10〕 陳心啟：〈中國蘭史考辨──春秋至宋朝〉，《武漢植物學研究》，1988年第2期，頁79～83。

〔註11〕 吳應祥：《中國蘭花》，北京：中國林業出版社，1991年2月；《蘭花》，上海：上海科學技術出版社，1998年11月。澤蘭，菊科多年生草本，

張崇琛《楚辭文化探微》認爲楚騷所詠之蘭多爲佩蘭與地瓜兒苗。〔註12〕吳厚炎《蘭文化探微》認爲春秋時代具備巫術功能的蘭、屈原時方具審美品格的蘭、兩漢用於潔身除邪的蘭、魏晉南北朝詩文中的蘭，均指具實用功能的藥用香草古蘭，即今之菊科澤蘭屬植物佩蘭。〔註13〕

　　「蘭草」和「澤蘭」於《神農本草經》即出現相關紀錄，但蘭草一詞要到清・葉天士（1667～1746）《本草再新》後乃稱「佩蘭」，屬晚出之專名。對應到現代醫學知識，佩蘭具有芳香化濕，醒脾開胃，發汗解暑等功效。製成藥酒可治夏天蚊蟲叮咬，煎水沐浴可預防和治療多種夏季皮膚病的發生，做爲藥枕、香囊可起到芳香行散，開竅提神之功效〔註14〕，因此將古籍所稱之「蘭草」視爲現代佩蘭是合理的。但筆者認爲不應將古蘭草全數專斷爲佩蘭，而應採最廣義的看法，即古蘭蕙皆泛指菊科、唇形科、蘭科植物，可能包含澤蘭、佩蘭、華澤蘭、地瓜兒苗、蘭科蘭花等。

第二節　宋代：古今蘭蕙之辨

　　唐末以前所詠之「蘭」，混指蘭科、菊科或唇形科植物，而宋代以降詩文中的「蘭」，幾乎都是蘭科蘭花了。宋代花卉文化昌盛，種

莖方形，紫紅色，中空。葉對生，有短柄。花小，白色，花期 6～9 月。生於山野低濕地、水邊，全中國皆有分布。華澤蘭，菊科多年生草本，莖被白色短柔毛，葉對生，花白色、粉色或紅色，花期 6～11 月。生山谷、林下、灌叢，產於浙江、福建、雲南、四川。參見中國植物志編輯委員會：《中國植物志》，卷 74，頁 60、63。

〔註12〕張崇琛：〈楚辭之「蘭」探析〉，《楚辭文化探微》，北京：新華出版社，1993 年 12 月，頁 181～192。地瓜兒苗，唇形科多年生草本，莖直立，綠色帶紫紅色。花冠白色，花期 6～9 月。產黑龍江，河北，陝西，四川，生於沼澤、水邊下濕處。參見中國植物志編輯委員會：《中國植物志》，1977 年，卷 66，頁 277。

〔註13〕吳厚炎：《蘭文化探微》，貴陽：貴州人民出版社，2004 年 12 月。

〔註14〕資料來源見〈佩蘭的功效與作用〉http://www.jiankanghou.com/yinshi/34106.html（2017.1.10 檢索）。

植技術成熟，品種繁複多樣，文人開始分類蘭花，出現專文寫蘭花與蘭草之別，亦有專書寫蘭花的品種之分。

一、黃庭堅〈書幽芳亭〉

　　黃庭堅（1045～1105），字魯直，號山谷道人，晚號涪翁，北宋洪州分寧（今江西修水）人。與秦觀、張耒、晁補之等游於蘇軾門下，合稱蘇門四學士，又與蘇軾並稱蘇黃。其作詩爲文之修辭造句，追求奇拗硬澀的風格，開創江西詩派，著有《山谷集》。其〈書幽芳亭〉一文，不僅總結中國蘭文化的主要精神與特色，也是北宋以前對蘭花印象的總括，更首次涉及到蘭蕙之別，成爲後人區分蘭蕙的主要依據與準則：

> 士之才德蓋一國，則曰國士；女之色蓋一國，則曰國色；蘭之香蓋一國，則曰國香。自古人知貴蘭，不待楚之逐臣而後貴之也。蘭蓋甚似乎君子，生於深山薄叢之中，不爲無人而不芳；雪霜凌厲而見殺，來歲不改其性也，是所謂「遯世無悶，不見是而無悶」者也。蘭雖地香體潔，平居與蕭艾不殊。清風過之，其香藹然，在室滿室，在堂滿堂，所謂含章以時發者也。

> 然蘭蕙之才德不同，世罕能別之。予放浪江湖之日久，乃盡知其族。蓋蘭似君子，蕙似士大夫，大概山林中十蕙而一蘭也。〈離騷〉曰：「予既滋蘭之九畹，又樹蕙之百畝。」是以知不獨今楚人賤蕙而貴蘭久矣。蘭蕙叢出，蒔以砂石則茂，沃以湯茗則芳，是所同也。至其發花，一幹一花而香有餘者，蘭；一幹五七花而香不足者，蕙。蕙雖不若蘭，其視椒則遠矣！世論以爲國香矣，乃曰當門不得不鋤，山林之士所以往而不返者耶！〔註15〕

〔註15〕宋·黃庭堅：《山谷集》，臺北：臺灣商務印書館《文淵閣四庫全書》本，1986 年 3 月，卷 25，頁 270。黃庭堅另有〈幽芳亭記〉載：「蘭是山中香草，移來方廣院中。方廣老人作亭要東行西去，涪翁名曰幽芳。」見同書「別集」，卷 4，頁 571。

此文是由於一位方外之士（黃庭堅稱其爲方廣老人），建造一座亭子並栽種許多蘭花，黃庭堅遂以「幽芳」二字名之並作此文。歸納其要點有四：其一，黃氏首先揭示蘭之所以爲「國香」之緣由，就如才德之士被稱國士，蘭之香氣獨步群芳，遂被稱爲國香，自古人皆貴之，不待屈原而後尊貴。其二，蘭生於深山叢林中，不以無人賞識而不芳，正如君子的德行操守一般，不會因外在環境惡劣、遭遇困窮而改變其本性。「遯世無悶，不見是而無悶」一句典出《易・乾・文言傳》〔註 16〕，指逃離這個世俗不感到苦悶，不爲世人稱許也不苦悶。強調君子不爲外物左右，不隨世浮沉的人格獨立性特徵，體現剛健有爲的進取精神。其三，特別指出蘭蕙的不同之處，蘭似君子而尊貴；蕙似士大夫而較蘭爲卑賤，但仍遠勝於椒類花草。值得注意的是，「一幹一花而香有餘者，蘭；一幹五七花而香不足者，蕙」爲黃庭堅首次提出，作爲區別蘭蕙的準則，此觀點多爲後世所引用。其四，感嘆蘭既已被譽爲國香但仍遭忌；以三國時期劉備殺張裕之言「芳蘭當門，不得不鋤」，借喻政壇雙雄不能並存（見前章），無怪乎許多仁人志士寧可隱居山林，也不願返回汙濁的世俗。

　　黃庭堅此文首開蘭蕙分類之先河，然朱熹、李時珍認爲黃氏將古蘭與今蘭混爲一談，應予以區分才是（見下文）。但當代學者有不少認同黃氏之說者，認爲可大致以一幹一花、一幹數花來判別蘭蕙。如吳應祥將國蘭分爲蘭組（Sect. Uniflorum）與蕙組（Sect. Floribundum）；陳心啟認爲黃氏之說是對春蘭（Cymbidium goeringii（Rchb.f.）Rchb.f.）與蕙蘭（C. faberi Rolfe）的確切而科學的描述，也是首次用蕙來稱呼眞正的蘭花〔註 17〕；張豐榮認爲中國蘭即是春

〔註 16〕《易・乾・文言傳》：「初九日潛龍勿用。何謂也？子曰：『龍德而隱者也。不易乎世，不成乎名，遯世無悶，不見是而無悶，樂則行之，憂則違之，確乎其不可拔，潛龍也。』」見魏・王弼、韓康伯注，唐・孔穎達等正義：《周易正義》，臺北：臺灣古籍出版社《十三經注疏整理本》本，2001 年 9 月，卷 1，頁 17。

〔註 17〕蕙在宋代以前所指的也是一種香草，又名薰草或零陵香，蘭蕙在唐

蘭,「蘭是指一莖一花,在春天的三月開花,一莖多花者稱蕙花或蕙蘭。……蘭就是春蘭,蕙就是其他一莖多花的總稱。」〔註18〕

二、洪興祖《楚辭補注》

洪興祖（1090～1155）,字慶善,號練塘,北宋鎮江丹陽（今江蘇鎮江）人,歷任湖州士曹、太常博士、駕部郎官。平生好古博學,治學甚勤,《宋史》記載其著作有《老莊本旨》、《周易通義》、《繫辭要旨》、《古文孝經序贊》、《離騷楚詞考異》等,惜今只剩《楚辭補注》十七卷傳世。〔註19〕其《楚辭補注》於「紉秋蘭以爲佩」句下,詳細的解說了歷代的「蘭」爲何物,茲引錄如次:

> 蘭,香草也,秋而芳。佩,飾也,所以象德。故行清潔者佩芳,德仁明者佩玉,能解結者佩觿,能決疑者佩玦,故孔子無所不佩也。……師古曰:「蘭即今澤蘭也。」《本草注》云:「蘭草、澤蘭二物同名,蘭草一名水香,李云:都梁是也。」《水經》云:零陵郡都梁縣西小山上有淳水,其中悉生蘭草,綠葉紫莖。」澤蘭如薄荷,微香,荊湘嶺南人家多種之,此與蘭草大抵相類,但蘭草生水傍,葉光潤尖長,有歧陰,小紫花,紅白色而香,五六月盛;而澤蘭生水澤中及下濕地,苗高二三尺,葉尖微有毛,不光潤,方莖紫節,七月八月開花,帶紫白色,此爲異耳。……《文選》云:「秋蘭被涯」,注云:「秋蘭,香草,生水邊,秋時盛也。」《荀子》云:「蘭生深林」;《本草》亦云:「一種山蘭,生山側,似劉寄奴,葉無椏,不對生,花心微黃赤。」

末五代出現同名異物的現象,直至黃氏此文,蕙蘭才和零陵香共用「蕙」名。參見湯忠皓:〈古代蘭蕙辨析〉,《中國園林》,1986年第3期,頁49～54。

〔註18〕 參見吳應祥、吳漢珠:《蘭花》,上海:上海科學技術出版社,1998年11月,頁31～32;陳心啟:〈中國蘭史考辨——春秋至宋朝〉,《武漢植物學研究》,1988年第2期,頁79～83;張豐榮:《國蘭栽培入門》,臺北:雷鼓出版社,1989年7月,頁105～106。

〔註19〕 元‧脫脫等撰:《宋史》,臺北:新文豐出版公司,1975年4月,卷433,頁5197。

> 《楚辭》有「秋蘭」、「春蘭」、「石蘭」，王逸皆曰「香草」，
> 不分別也。劉次莊《樂府集》云：「《離騷》曰：『紉秋蘭以
> 爲佩』；又曰『秋蘭兮青青，綠葉兮紫莖。』今沅、澧所生，
> 花在春則黃，在秋則紫；然而春黃不若秋紫之芬馥也。」
> 由是知屈原眞所謂多識草木鳥獸，而能盡究其所以情狀者
> 歟！〔註20〕

洪興祖開篇釋〈離騷〉的「秋蘭」爲香草，秋天開花，可紉佩。接
著指出屈原作品中的「蘭」，或爲生於水傍湖畔之蘭草，或爲長於水
澤中及下濕地之澤蘭，或爲長於山側之山蘭。漢・王逸注《楚辭》
統稱作「香草」，不予分別，實過於籠統。洪興祖雖羅列《本草經集
注》、《昭明文選》、《證類本草》、《樂府集》等各家說法予以補注區
分，但也沒有進一步確指屈原作品中的「秋蘭」、「春蘭」、「石蘭」
等植物，哪些是指生於水邊，屬於菊科的蘭草；哪些是指生長山中，
屬於蘭科的蘭花。可知至北宋時期，對可紉佩的「蘭」之釋名，還
是諸說紛陳，並無定指。

三、羅願《爾雅翼・釋草》

羅願（1136～1184），字端良，號存齋，南宋徽州歙縣呈坎（今
安徽黃山）人。宋乾道二年（1166）進士，歷任鄱陽知縣、贛州通
判、鄂州知事，人稱羅鄂州。《宋史》稱他「博學好古，法秦、漢爲
詞章，高雅精煉，朱熹特稱重之。」〔註21〕著有《爾雅翼》二十卷、
《鄂州小集》七卷、《新安志》十卷。其《爾雅翼・釋草》亦稱「蘭」
爲一種香草：

> 蘭是香草之最，而古今沿習，但以蘭草當之。陸璣解
> 〈溱洧〉所秉之蕳，以爲蕳即蘭也。莖葉似澤蘭，廣而長
> 節，節中赤，高四五尺，漢諸池館及許昌宮中皆種之，可
> 著粉中，藏衣著書中，辟白魚。劉次莊《說樂府》又引《離

〔註20〕宋・洪興祖：《楚辭補注》，臺北：臺灣商務印書館《文淵閣四庫全
書》本，1986 年 3 月，卷 1，頁 119。
〔註21〕元・脫脫等撰：《宋史》，卷 380，列傳 139，頁 4644。

騷》「秋蘭兮青青，綠葉兮紫莖」，以爲沅澧所生花，在春
則黃，在秋則紫，春黃不若秋紫之芳馥。二家所説皆是蘭
草，一名都梁香，一名水香，以之解秉蕑可也，何關古之
所謂蘭乎？

　　予生江南，自幼所見蘭蕙甚熟，蘭之葉如莎，首春則
茁其芽，長五六寸，其杪作一花，花甚芳香。大抵生深林
之中，微風過之，其香蘙然，達於外，故曰：「芝蘭生於深
林，不以無人而不芳。」又曰：「株檅除兮蘭芷覩」，以其
生深林之下似慎獨也，故稱幽蘭。與蕙甚相類，其一幹一
花而香有餘者蘭；一幹五六花而香不足者蕙。今野人謂蘭
爲幽蘭，蕙爲蕙蘭，其名不變於古。然江南蘭只春芳，荊
楚及閩中者秋復再芳，故有春蘭、秋蘭。至其綠葉紫莖則
如今所見，大抵林愈深而莖愈紫爾。近世惟黃太史豫章人
說蘭蕙合此，餘皆蘭草。蘭草生水傍，非深林之物，又稱
紫莖，而解以紫花，皆非其理矣。〔註22〕

羅願詳細考證古蘭與今蘭的差異，認爲溱洧水畔之蕑、〈離騷〉綠葉
紫莖之秋蘭皆爲生於水旁，莖葉似澤蘭之蘭草，又名都梁香或水香，
可被除避邪，但與宋代所稱之蘭蕙實有分別。「何關古之所謂蘭乎」
一句爲文中轉折，區分古代蘭草與宋代蘭蕙。「予生江南，自幼所見
蘭蕙甚熟」，作者進一步以自我經驗提出有力的論證，描繪宋代的蘭
花外型特色：「蘭之葉如莎，首春則茁其芽，長五六寸，其杪作一花，
花甚芳香。」

　　羅願此文受黃庭堅〈書幽芳亭〉影響甚鉅，如「微風過之，其
香蘙然」轉化自黃氏「清風過之，其香蘙然」；並同意黃庭堅「一幹
一花而香有餘者蘭；一幹五六花而香不足者蕙」之說。最後「江南
蘭只春芳，荊楚及閩中者秋復再芳，故有春蘭、秋蘭」，清楚的解釋
了春蘭與秋蘭之別。這裡的秋蘭應爲今之建蘭，即第一章介紹原產

〔註22〕宋・羅願：《爾雅翼》，北京：商務印書館《文津閣四庫全書》本，
　　　2005 年 12 月，卷 2，頁 308。

於福建的蘭花。羅願此文在黃庭堅的基礎上，不僅區分蘭蕙，更進一步解釋歷來混用的古蘭草與今蘭花，以及春蘭與秋蘭之分，在蘭花分類學上極具突破性與代表性，是第一位爲國蘭進行分類的古代學者。

四、朱熹《楚辭辯證》

朱熹（1130～1200），南宋江南東路徽州婺源（今江西上饒婺源）人，字元晦，一字仲晦，齋號晦庵、考亭，晚稱晦翁，又稱紫陽先生、紫陽夫子、滄州病叟、雲谷老人，諡文。爲南宋程朱理學集大成者，著有《近思錄》、《四書章句集注》、《詩集傳》、《通鑑綱目》、《宋名臣言行錄》、《楚辭集注》（附《楚辭辯證》二卷、《楚辭後語》六卷）、《易學啓蒙》、《朱文公家訓》等。朱熹與羅願同爲徽州人，《楚辭辯證》中亦從個人經驗出發，辨別古今蘭的不同：

> 蘭蕙名物，補注所引《本草》言之甚詳，已得知矣！復引劉次莊云：「今沅澧所生花，在春則黃，在秋則紫，而春黃不若秋紫之芳馥。」又引黃魯直云：「一幹一花而香有餘者蘭，一幹數花而香不足者蕙。」則又疑其不同而不能決其是非也。
>
> 今按《本草》所言之蘭，雖未之識，然亦云似澤蘭，則今處處有之，可推其類以得知矣！蕙則自爲零陵香，尤不難識。其與人家所種，葉類茅而花有兩種如黃說者，皆不相似。劉說則又詞不分明，未知其所指果何物也。大抵古之所謂香草，必其花葉皆香，而燥濕不變，故可刈而爲佩。若今之所謂蘭、蕙，則其花雖香，而葉乃無氣；其香雖美，而質弱易萎，皆非可刈而佩者也。〔註23〕

朱熹明確地指出古今蘭的不同，認爲《本草經集注》中的蘭爲古蘭，似澤蘭，是一種香草，處處有之；蕙則爲零陵香，也是一種香草，所以才和黃庭堅描述的蘭科蘭花「皆不相似」，黃庭堅誤將〈離騷〉古

〔註23〕　宋‧朱熹：《楚辭辯證》，臺北：臺灣商務印書館《文淵閣四庫全書》本，1986 年 3 月，卷上，頁 382。

蘭和今蘭混用了。最後朱熹針對古今蘭提出簡單的辨別方法：「大抵古之所謂香草，必其花葉皆香，而燥濕不變，故可刈而爲佩。若今之所謂蘭、蕙，則其花雖香，而葉乃無氣；其香雖美，而質弱易萎，皆非可刈而佩者也。」朱熹認爲古代的蘭和宋代的蘭同名異物，雖同樣稱爲「蘭」，但只有作爲香草植物的蘭，其葉無論乾濕皆會散發香味，可以佩帶在身上；而宋代之蘭花，其花雖香，葉乃無氣，採摘後容易枯萎，不適合作爲佩帶之物。

　　明‧李時珍（1518～1593）對歷來蘭草與澤蘭、蘭與蕙等混用情形作統一整理與辨誤，茲引錄《本草綱目‧蘭草》如次：

> 蘭草、澤蘭，一類二種也。俱生水旁下濕處，二月宿根生苗，成叢紫莖，素枝、赤節、綠葉。葉對節生，有細齒，但以莖圓、節長，而葉光有岐者，爲蘭草；莖微、方節短，而葉有毛者，爲澤蘭。嫩時並可接而佩之，八九月後漸老。高者三四尺，開花成穗，如雞蘇花，紅白色中有細子。諸家不知二蘭乃一物二種，但功用有氣血之分，故無定指。……蘭有數種，蘭草、澤蘭，生水旁；山蘭，即蘭草之生山中者，蘭花亦生山中，與三蘭迴別。蘭花生近處者，葉如麥門冬而春花；生福建者，葉如菅茅而秋花。黃山谷所謂「一幹一花爲蘭，一幹數花爲蕙者」，蓋因不識蘭草、蕙草，遂以蘭花強生分別也。……古人所指甚明，古之蘭似澤蘭，而蕙即今之零陵香。今之似茅，而花有兩種者，不知何時誤也。……今之蘭，果可利水殺蠱，而除痰癖乎？其種盛于閩，朱子乃閩人，豈不識其土產，而反辨析如此？世俗至今猶以非蘭爲蘭，何其惑之難解也！〔註24〕

李時珍很明確的分辨蘭草與澤蘭「一類二種」，功用不同，有氣血之分，醫家應予以識別。〔註25〕接著詳述二者外型綠葉紫莖、高三四

〔註24〕明‧李時珍：《本草綱目》，臺北：國立中國醫藥研究所，1988年10月，卷14，頁527。

〔註25〕李時珍於《本草綱目‧澤蘭》指出澤蘭與蘭草的相異之處，說明二者藥性不同，不應混用：「蘭草、澤蘭氣香而溫，葉辛而散，陰中之陽，足太陰厥陰經藥也。脾喜芳香，肝宜辛散。脾氣舒，則三焦通

尺，可按而佩之。李氏認爲蘭有澤蘭、蘭草、山蘭、蘭花之分，蘭花又可依蘭葉型態分爲春蘭和秋蘭。最後指出黃庭堅不識蘭草、蕙草，故混用了古今蘭，進而肯定朱熹辨證之功。

至於古代「蕙」，唐代以前稱爲薰草，最早的古籍記載見於先秦《山海經‧西山經》：「浮山有草焉，麻葉而方莖，赤華而黑實，臭如蘪蕪，名曰薰草也。」〔註26〕陶宏景《本草經集注》：「世人呼鷰草，狀如茅而香者爲薰草，人家頗種之。《藥錄》云：『葉如麻，兩兩相對。』」〔註27〕可知薰草又名鷰草，葉質如麻葉般粗糙。唐‧孫思邈（約581～682）《千金翼方》進一步記載蕙草的性狀和藥用功能：「味甘平，無毒，主明目止淚，療洩精、去臭、惡氣、傷寒、頭痛、上氣、腰痛，一名蕙草，生下濕地，三月採，陰乾，脫節者良。」〔註28〕

唐代蕙草俗稱鈴鈴香或零陵香，宋‧沈括（1031～1095）《夢溪補筆談》特爲說明兩者爲音訛之變：「零陵香本名蕙，古之蘭蕙是也。又名薰。左傳曰：『一薰一蕕，十年尙猶有臭』，即此草也。唐人謂之鈴鈴香，亦謂之鈴子香，謂花倒懸枝間如小鈴也。至今京師人買零陵香，須擇有零子者，鈴子乃其花也。此本鄙語文士以湖南零陵郡，遂附會名之，後人又收入本草，殊不知本草正經自有薰草條，又名蕙草，注釋甚明，南方處處有，本草附會其名，言出零陵郡，亦非也。」〔註29〕是知蕙草按時代先後有薰草、鈴鈴香（鈴

利而正氣和。肝鬱散，則營衛流行而病邪解。蘭草至氣道，故能利水道，除痰癖，殺蠱辟惡，而爲消渴良藥；澤蘭走血分，故能治水腫，塗癰毒，酸瘀血，消癥瘕，而爲婦人要藥。」見明‧李時珍：《本草綱目》，卷14，頁528。

〔註26〕見錄於宋‧李昉：《太平御覽‧薰香》，臺北：臺灣商務印書館《文淵閣四庫全書》本，1986年3月，卷983，頁656。

〔註27〕南朝梁‧陶弘景編，尚志鈞、尚元勝輯校：《本草經集注》，卷4（草木中品），頁320。

〔註28〕唐‧孫思邈：《千金翼方》，台北：自由出版社《道藏精華》本，1989年7月，卷4，頁56。

〔註29〕宋‧沈括：《夢溪補筆談》，臺北：臺灣商務印書館《文淵閣四庫全

子香）、零陵香等別名。

　　清·吳其濬（1789～1847）《植物名實圖考·芳草類·零陵香》載「余至湖南遍訪，無知有零陵香者，以狀求之則，即醒頭香……，李時珍以醒頭香屬蘭草，不知南方凡可以置髮中、辟穢氣，皆呼爲醒頭，無專屬也。」吳其濬在「零陵香」條下先否定了零陵香爲薰草一說，亦不專斷醒頭香即爲蘭草。在「藿香」條下載：「《山海經》謂薰草，其葉如麻，今觀此草，非類麻者歟？……余疑藿香即古薰草，若零陵香，則葉圓小，殊不類麻，以藿爲薰雖屬創說，然其功用、氣味，實爲蘭匹。」〔註30〕吳氏認爲古蕙草爲藿香（Agastacherugosa O.Ktze），爲今之唇形科多年生草本雙子葉植物。

　　筆者整理歷代蘭蕙的名稱演變如下〔註31〕：

一、蘭

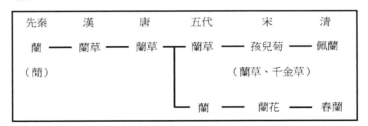

二、蕙

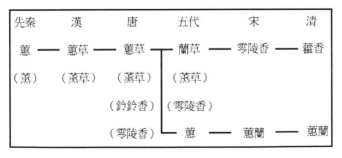

　　　　書》本，1986 年 3 月，卷下，頁 887。

〔註30〕清·吳其濬：《植物名實圖考》，見錄於李學勤主編：《中華漢語工具書庫》，合肥：安徽教育出版社，2002 年 1 月，冊 93，卷 25，頁 300。

〔註31〕參見湯忠皓：〈古代蘭蕙辨析〉，頁 54。

第三節　南宋：蘭譜的出現

　　宋代花卉文化大盛，出現許多花卉專著，主要是對花卉的品種紀錄和栽培解說，以牡丹、菊花為最多。牡丹有周師厚（1031～1087）《鄮江周氏洛陽牡丹記》、歐陽脩（1007～1072）《洛陽牡丹記》、張邦基（約 1131 前後在世）《陳州牡丹記》、陸游（1125～1210）《天彭牡丹譜》。菊花有劉蒙《劉氏菊譜》、史正志（高宗紹興二十一年（1151）進士）《史氏菊譜》、范成大（1126～1193）《范村菊譜》、史鑄《百菊集譜》。其他花卉亦多見花譜，如王觀（1035～1100）《揚州芍藥譜》、范成大《范村梅譜》、陳思《海棠譜》等。

　　綜合式的花書有張峋（神宗熙寧二年（1069）任太常博士）《洛陽花譜》、周師厚《洛陽花木記》、張翊《花經》、陳景沂《全芳備祖》。其中以《全芳備祖》最為重要，是宋代花卉植物類書集大成之作，也是現存最早、花木種類最多的專著。除花卉之外，水果、植物亦有專書，如韓彥直（1131～？）《橘錄》、蔡襄（1012～1067）《荔枝譜》、釋贊寧（919～1001）《筍譜》、陳仁玉（1212～？）《菌譜》等。〔註 32〕

　　到了南宋始見兩本養植培育蘭花的專書：趙時庚《金漳蘭譜》及王貴學《王氏蘭譜》，兩本蘭譜內容主要分為兩大主題，一為分類蘭花品種，二為養植方法概說。以下分項探討兩譜之內容異同：

一、版　本

　　《金漳蘭譜》（以下簡稱趙譜）目前可見流傳版本以《四庫》據浙江范氏天一閣藏本最全，上、中、下三卷皆備，前有趙時庚自序，末有嬾眞子跋。其次為《說郛》本，佚其下卷，而併上中二卷為一卷。另有《群芳清玩》本、《香豔叢書》本、《百川學海》本等。經查考明‧周履靖校《蘭譜奧法》與四庫趙譜卷下內容一致，或有一

〔註 32〕以上花譜，參見《文淵閣四庫全書‧子部，譜錄類》，臺北：臺灣商務印書館，1986 年 3 月，冊 845。

說《奧法》托名高濂（1573～1620），以單行本流行於世，有《夷門廣牘》本、《元明善本叢書》本、《說郛》本。〔註33〕而王貴學《王氏蘭譜》（以下簡稱王譜）目前流傳版本有《香豔叢書》本、《說郛》本、《山居小玩》本、《群芳清玩》本等，除王貴學自序外，另有蒲陽葉大有爲之作序。〔註34〕

二、作者與成書之因

趙時庚，號灊齋，生卒年不詳，〈四庫全書總目提要〉載：「時庚爲宗室子，其始末未詳。以時字聯名推之，蓋魏王廷美之九世孫也。」（頁121）趙時庚愛蘭源於其父辭官回故里種植了許多蘭花，趙時年尚幼，隨父親弄花蒔草，「艷麗之狀，清香之貌，目不能捨，手不能釋，即詢其名，默而識之。是以酷愛之心，殆幾成癖。」又多方採集各式珍奇品種，經過三十多年的辛勤蒔養，自成一套栽培蘭花的方法。故寫成《金漳蘭譜》三卷，成書於理宗紹定六年（1233）六月。期以繼北宋的《牡丹譜》、《荔枝譜》之後，達到啓發後進，廣爲傳播養蘭技藝之目的。（〈金漳蘭譜序〉，頁122）

王貴學，字進叔，生卒年不詳。從王氏自序可看出他對蘭花的情有獨鍾：

> 世稱三友，挺挺花卉中。竹有節而嗇花，梅有花而嗇葉，松有葉而嗇香，惟蘭獨並有之。蘭，君子也。餐霞飲露，孤竹之清標；勁柯端莖，汾陽之清節；清香淑質，靈均之潔操。韻而幽，妍而淡，曾不與西施同其等伍，以天地和氣香之也。予嗜焉成癖，志學之暇感於心，服於身，復於

〔註33〕宋・趙時庚：《金漳蘭譜》，臺北：臺灣商務印書館《文淵閣四庫全書》本，1986年3月，冊845，頁121～131。本文所引《金漳蘭譜》悉以此本爲主，並以括弧逕標頁碼於引文之後，不另行加注。

〔註34〕宋・王貴學：《王氏蘭譜》，臺北：新文豐出版公司《叢書集成續編》本，影印《香豔叢書》九集，1989年7月，冊83，頁437～439。本文所引《王氏蘭譜》悉以此本爲主，並以括弧逕標頁碼於引文之後，不另行加注。

　　　　聲譽之間，搜求五十餘種而徧植之。（頁 437）

王貴學認爲古人盛稱的歲寒三友，竹有節而無花，梅有花而無葉，
松有葉而無香，唯獨蘭兼有花色、葉形、幽香，比之松竹梅有過之
而無不及。將蘭比爲花中君子，從三方面盛讚蘭花，首言蘭的特性，
生於幽谷，餐霞飲露，不食人間煙火，正如孤竹國伯夷、叔齊一般
不食周粟。次言蘭的外觀，以「勁柯端莖」來形容汾陽清節的品格，
「勁、端」二字更建構出郭子儀武勇端直的形象。〔註 35〕三言蘭的
香氣，將蘭的清香淑質比爲屈原高標清節之潔操。除了觀賞外在幽
韻淡妍的花朵之外，進一步強調蘭花的內在特質，即天地同感的幽
香。王貴學愛蘭「嗜焉成癖」、「搜求五十餘種而徧植之」，於是著成
《王氏蘭譜》一卷，成書於理宗淳祐七年（1247），詳列蘭花品種及
栽種方法。

三、品種分類

　　　　趙譜全書分爲三卷，卷上分類蘭花品項，記錄了蘭花的形態特
徵，如白蘭名「濟老」者，「色白，有十二萼，標致不凡，如淡粧西
子，素裳縞衣，不染一塵。葉與施花近似，更能高一二寸，得所養
致岐而生，亦號一線紅。」（頁 123）透過這條對花形、花色的紀錄，
通體雪白，不染煙塵的白蘭名花躍然紙上。又將蘭花分爲上、中、
下三品，類分高下。卷中按品種依序詳列栽植、灌漑之法，適用泥
沙如「陳夢良，以黃淨無泥瘦沙種，而切忌肥，恐有靡爛之失。」
（頁 127）澆水施肥如「潘蘭雖未能愛肥，須以茶清沃之，冀得其
本地土之性。」（頁 128）卷下「奧法」爲蘭花栽培法通論。

　　　　王譜不分卷，內容分爲六個部分，先論品第，再論灌漑養植法，
最後羅列諸品，與趙譜次序有別。表列二書之目次對照如下：

〔註 35〕此處之「汾陽」，蕭翠霞提出兩種看法：「別號『汾陽』者，一爲唐
　　　　代郭子儀，因功封汾陽王，世稱郭汾陽；一爲北宋郭震，號汾陽山
　　　　人，博學能詩，才識過人，悠然有物外之志，亦王貴學前人。」參
　　　　見蕭翠霞：《南宋四大家詠花詩研究》，臺北：文津出版社，1994 年
　　　　5 月，頁 115。

表3　《金漳蘭譜》、《王氏蘭譜》之目次對照

	《金漳蘭譜》		《王氏蘭譜》
目次	卷上： 敘蘭容質、品外之奇、白蘭、品蘭高下、天地愛養		品第之等
	卷中： 堅性封植、灌溉得宜（紫花、白花）		灌溉之候
	卷下： 奧法（分種法、栽花法、安頓澆灌法、澆花法、種花肥泥法、去除蟣蝨法）、雜法。		分拆之法 泥沙之宜
			紫蘭、白蘭

　　就次序而言，趙譜卷上首標「敘蘭容質」，核其內容，實介紹紫蘭，下接「白蘭」則屬原文。是知「敘蘭容質」為標題，「紫蘭」二字疑缺漏。卷上又特列「品外之奇」一段，介紹紫蘭名品「金殿邊」〔註36〕。王譜「分拆之法」內容與趙譜卷三「分種法」相似；「泥沙之宜」與趙譜卷中按品種羅列之栽培法相似；卷尾的紫蘭、白蘭即類似於趙譜卷上諸品一覽。

　　就內容而言，二譜分項甚為一致，均為蘭種之辨、品第之分、培植之法，但趙譜篇幅多著重於培蘭方法，卷中及卷下突出趙氏多年養蘭經驗。而王譜著重於卷尾的「紫蘭、白蘭」部分，趙譜〈四庫全書總目提要〉比較了二書記錄品種之詳略：

> （趙譜）其敘述亦頗詳贍，大抵與王貴學《蘭譜》相為出入。若大張青、蒲統領之類，此書但列其名，及華葉根莖而已，王氏《蘭譜》則詳其得名之由。曰大張青者，張其姓，讀書巖谷得之。蒲統領者，乃淳熙間蒲統領引兵逐寇，至一所得之。記載互相詳略，亦足見著書之不剿說也。（頁121）

〔註36〕「金殿邊，色深紫，有十二萼，出於長泰陳家。色如吳花，片則差小，幹亦如之，葉亦勁健，所可貴者，葉自尖處分二邊，各一線許，直下至葉中處，色映日如金線。其家寶之，猶未廣也。」（頁123）金殿邊因其十分獨特的花形花色而成為趙譜「品外之奇」。

趙譜敘蘭容質時「但列其名，及華葉根莖而已」，但王譜更詳述蘭種得名的緣由來歷。如「大張青」即爲一張姓書生於巖谷間探得；又如「蒲統領」即南宋孝宗淳熙年間，一蒲姓將領引兵逐寇時「忽見一所，似非人世，四周幽蘭，欲摘而歸，一老叟前曰：『此處有神主之，不可多摘。』取數穎而歸。」（頁 438）可見王氏致力於展現四處搜求五十餘種蘭花的成果。

　　下表整理二本蘭譜紀錄的品種及其別稱，並按趙譜「品蘭高下」及王譜「品第之等」原文敘述爲之排序，以見二譜之異同：

表4　《金漳蘭譜》、《王氏蘭譜》之品種及數量

	紫　花	白　花
趙時庚《金漳蘭譜》	奇品之冠：金殿邊 甲：陳夢良	品外之奇：魚魷蘭
	上品：潘花、吳蘭	上品：濟老（一線紅）、竈山（綠衣郎、黃郎、碧玉幹）、施花、李通判、惠知容、馬大同（五暈絲）
	中品：趙十四（趙師傅）、何蘭、大張青、蒲統領、陳八尉、淳監糧	中品：鄭少舉、黃八兄、周染
	下品：許景初、石門紅、小張青、蕭仲和、何首座、林仲孔、莊觀城	下品：夕陽紅、雲嬌（嬌）、朱花、觀堂主、青蒲、名第（弟）、弱卿（弱腳）、王小娘。
		其他：肥瘦童
計 36 種	計 17 種	計 19 種
王貴學《王氏蘭譜》	紫袍奇品：金稜邊 甲：陳夢良	白花奇品：魚魷蘭 甲：竈山（碧玉幹）
	吳蘭、潘蘭（醉楊妃）	施蘭、惠知客
	趙十四（趙十使、趙師傅、趙師薄、趙師博）、何蘭、大張青、小張青、淳監糧、趙長秦	李通判、馬大同（朱撫、翠微、五暈絲）、鄭白善（大鄭）、大鄭少舉、小鄭少舉、濟老（一線紅）、十九蕊、黃八兄

	許景初、石門紅（趙蘭）、蕭仲紅（花梯）、何首座（仲美）、林仲禮（仲美）、粉粧成、茅蘭	周染、夕陽紅、雲嶠、林郡馬、青蒲、獨頭蘭、觀堂主、名第、碧蘭、翁通判、建蘭、碧蘭
	其他：蒲統領、陳八斜	其他：仙霞、朱蘭、高陽蘭、四明蘭
計 47 種	19 種	28 種
	二譜紫花合計共 20 種	二譜白花合計共 31 種
	二譜總計共 51 種	

　　趙譜明列上、中、下三品之蘭花，只有「灌漑得宜」白花下出現「肥瘦童」一品，未見相關形態特徵介紹或等次評定，故列於「其他」類。王譜未明確區分成三個品等，僅於「品第之等」見如下敘述：

　　　　紫蘭陳為甲，吳、潘次之。如趙、如何、如大小張、淳監糧、趙長秦（峽州（今湖北）邑名），紫蘭景初以下，又其次。而金稜邊為紫袍奇品。白蘭竈山為甲，施花、惠知客次之，如李、如馬、如鄭、如濟老、十九蕊、黃八兄、周染以下，又其次。而魚魷蘭為白花奇品，其本不同如此。

　　　　（頁 437）

筆者按內容等第整理成上表，但紫蘭「蒲統領、陳八斜」、白蘭「仙霞、朱蘭」為未能明確判定次第者，亦列入「其他」類。以下比較二譜異同：

（一）名稱與分類

　　二譜之蘭種名稱、品種分類略有不同。就蘭種名稱而言，趙譜「金殿邊」、「惠知容」、「陳八尉」、「林仲孔」，即王譜「金稜邊」、「惠知客」、「陳八斜」、「林仲禮」。就品種分類而言，如紫蘭之屬，趙譜則僅見「淳監糧」；王譜則將「淳監糧」、「趙長秦」分列：

　　　　（淳監糧）色深紫，多者十萼，叢生並葉，幹曲花壯，欹者如想，倚者如思。葉高三尺，厚而且直，其色尤紫，大紫壯者十四萼，出於長秦，亦以邑名，近五六載，葉綠而

茂，花韻而幽。（頁 438）

王氏認為淳監糧之屬多者十蕚，若為大紫、十四蕚者「出於長秦，亦以邑名」，且「品第之等」一段中載「紫蘭陳為甲，吳、潘次之。如趙、如何、如大小張、淳監糧、趙長秦（峽州邑名）」（頁 437）〔註37〕，淳、趙並列，可見不同，筆者遂計為二個品種。

（二）數量統計

趙譜紫蘭計 17 種、白蘭計 19 種，合計搜羅 36 種蘭花。王譜均較趙譜為多，紫蘭計 19 種、白蘭 28 種，合計搜羅 47 種蘭花，接近王氏於自序中說的五十餘種。紫蘭，王譜比趙譜多記趙長秦、粉粧成、茅蘭三種；而未見莊觀城。白蘭，王譜比趙譜多記鄭白善、十九蕊、林郡馬、獨頭蘭、碧蘭、翁通判、建蘭、碧蘭〔註38〕、仙霞、高陽蘭、四明蘭十一種；而未見弱卿、王小娘、肥瘦童三種。二譜紫花合計共 20 種；白花合計共 31 種，扣除同名者，二譜總計共 51 種蘭花。

（三）命名原則

趙譜多以產地或花形名之，如潘蘭「或云仙霞，乃潘氏西山於仙霞嶺得之，故人更以為名」、竈山「幹最碧，葉綠而瘦薄，開花生子，蒂如苦蕒菜葉相似，呼為綠衣郎、黃郎，亦號為碧玉幹」、鄭少舉「葉則修長而瘦，散亂，所謂蓬頭少舉也。」（頁 123～124）

王譜描述花形、花色均較趙譜仔細、豐富，更在許多品種下記

〔註37〕王偉勇於〈宋元兩代詠蘭詩及其相關問題考述〉一文中稱：「趙譜將潘花、何蘭，視為二類；王譜則視為一類。趙譜對潘花有較詳細之介紹，且稱乃潘西山於仙霞嶺得知，故又名『仙霞』；王譜則稱『潘蘭』號『醉楊妃』，似『仙霞』，明顯區分為兩類。」但王貴學「品第之等」載「紫蘭陳為甲，吳、潘次之。如趙、如何、如大小張」又將潘蘭、何蘭並列，故筆者暫將王譜潘、何分列，計為二種，以待商榷。該文見錄於《中國宋代文學學會第十屆年會暨宋代文學國際學術研討會論文集》，北京：中國人民大學國學院，2017 年 8 月，冊上，頁 398～413。

〔註38〕王譜出現二次「碧蘭」之名，核其內容，應為不同品種。

錄命名由來，呈現大部分蘭花命名背後的故事，實爲王譜最精彩、引人入勝之處。筆者認爲王譜紫蘭、白蘭以降的介紹，正是其最重要的價值所在。王譜命名原則可分三大類：

1. 發現者

以發現者、培養者的姓或名來命名者，除前述大張青、蒲統領之外，還有陳夢良、濟老、施蘭、朱蘭、名第等，茲舉陳夢良和濟老爲例：

> （陳夢良）昔陳承議得於官所而奇之，陳夢良字也。棄之雞柵傍，一夕吐萼二十五，與葉俱長三尺五寸有奇。人寶之曰：「陳夢良，諸蘭今年懶爲子，去年爲父，越去年爲祖，惟陳蘭多缺祖，所以價穹。」（頁 438）

> （濟老）紹興間，僧廣濟修養窮谷，有神人授數穎蘭在山陰久矣。師今行果已滿，與蘭齊芳。僧植之巖下，架一脈之水溉焉，人植而名之。（頁 438）

陳夢良得奇品蘭花於承議官所，值得注意的是「諸蘭今年懶爲子」的「懶」字，可能指開花數量少，觀賞價值低；抑或指新芽子株較少，導致難以分植。「惟陳蘭多缺祖，所以價穹」，在無法起後的情況下又無從承先，自然數量銳減，價格飆漲。濟老則爲南宋高宗紹興年間，一僧名廣濟栽培的品種，「行果已滿，與蘭齊芳」則將蘭香的神聖性與佛教掛上連結。

2. 產　地

以產地名之者，除前述趙長秦外，還有竈山、夕陽紅、雲嶠等。竈山「出漳浦，昔有煉丹於深山，丹未成，種其蘭於丹竈傍，因名。」夕陽紅乍看應以外在形貌名之，「尖處微紅者，夕陽返照」，也有一說是「產夕陽院東山因名。」雲嶠也是「以所得之地名」，王貴學還特別附註「雲嶠，海島之精寺也。」（頁 438～439）

3. 外在形貌

以外在形貌名之者，有金稜邊、夕陽紅、青蒲、獨頭蘭、碧蘭、

魚魷蘭等，其中以紫袍奇品與白花奇品最為特出。紫袍奇品金稜邊「其葉自尖處分為兩邊，各一線許，夕陽返照，恍然金色。漳人寶之，亦罕傳於外，是以價高十倍於陳吳，目之為紫蘭奇品。」（頁438）〔註39〕白花奇品魚魷蘭「一名趙蘭，十二萼，花片澄澈，宛似魚魷，折而沉之，無影可指。」（頁439）因花瓣晶瑩剔透，投入水中似與水相容，不辨花色，因此說「折而沉之，無影可指」。魚魷蘭有許多別稱，如玉魷、浴沉、魚沉、跑花、趙花等。趙譜「趙花又為品外之奇」指的就是魚魷蘭，因魚魷蘭在宋代為福建貢花名品，宋代皇帝姓趙，於是號為「趙花」。〔註40〕

四、培育養植

　　趙譜特為突出蘭花培育養植之法，為趙時庚三十餘年養蘭經驗總結，趙氏認為「是以聖人之人則順天地以養萬物，必欲使萬物得遂其本性而後已。」蘭花與自然天地萬物一樣有自己的本性，應知性愛養。養蘭需要弄清蘭花的山林生態環境，並按其立地生長條件，及生長習性和規律，創建適合的蘭花栽培場地。〔註41〕歸納趙譜卷中「堅性封植」、「灌溉得宜」與卷下奧法「分種法」、「栽花法」、「安頓澆灌法」、「澆花法」、「種花肥泥法」、「去除蟣蝨法」、雜法，可知養蘭按順序主要分為四個步驟：

〔註39〕現今之蘭花品種亦有名為「金稜邊」者，參見李豐園《國蘭栽培》：「金稜邊蘭原產於中國南部山地，耐寒性極強，葉如皮革，十分光滑，沒有鋸齒狀，缺乏藍底色。一莛上著五至六朵花，花色為葡萄色，不香。由於金稜邊價格便宜，栽培簡單，加上美麗的線蘭，頗富有大眾性，堪稱最適合入門者的國蘭品種。」臺北：福利文化公司，1986年10月，頁87。

〔註40〕〈魚魷大貢〉http://baike.baidu.com/view/4777995.htm（2017.01.21檢索）。但吳應祥認為閩語「趙」和「跑」同音，趙花從閩語跑花而來，並未提及魚魷大貢之說。參見吳應祥：〈話說「魚魷蘭」〉，《花木盆景（花卉園藝）》，1995年第1期，頁4。

〔註41〕黃孝國：〈古代蘭花專著──《金漳蘭譜》〉，《科學與文化》，1994年5月，頁40。

（一）換盆分栽

綜觀所有的園藝植物，換盆對大部分盆栽而言，幾乎是無法避免的手續，國蘭亦然。換盆的意義在於將舊的土壤換成新的培養土壤，並藉此手續促進蘭株的生長。「分種法」載蘭蕙換盆分栽的時節「須至九月節氣方可分栽。十月節候，花已胎孕，不可分種」（頁129），並見「堅性封植」記載「故必于寒露之後、立冬以前而分之」。其原因爲「取萬物得歸根之時，而其葉則蒼，根則老故也」（頁126）意即於植物的休眠期分種，就是新芽未出土、新根未生長之前。因分栽會損傷根系，無法保持正常功能，所以不要在植物生長旺盛、代謝活躍時換盆分植。〔註42〕

換盆時需輕輕擊碎花盆，緩緩拆解蘭花交互錯雜的根，切記不能拔斷。先用用竹篦把盆裡的泥土挑鬆之後，分花時「用手劈開，劈不開時，用竹刀劈之，休要損動了根」（頁 131），一再強調分種時切勿損根。然後「取出積年腐蘆頭」，分開的蘭株要進行整理，剪去爛根與枯葉，接著「每三篦作一盆，盆底先用沙填之，即以三篦叢之互相枕藉」（頁 127），分割叢生蘭花的假球莖，每二到三個爲一組，獨立栽種。〔註43〕

（二）擇土施肥

蘭花對於土壤有一定的要求，蘭喜肥沃、含有大量腐植質、排水良好、微酸性的砂質土壤。而沙又可分爲上沙和下沙，「下沙欲疏，疏則連雨不能淫；上沙欲濡，濡則酷日不能燥。」（頁126）下沙粗而大，能及時排水疏通，不至於根部被雨水浸漬而腐爛；上沙

〔註42〕周肇基、魏露苓：〈中國古代蘭譜研究〉，《自然科學史研究》，1998年第 1 期，頁 69～81。

〔註43〕吳應祥、吳漢珠：《蘭花》，上海：上海科學技術出版社，2000 年 7月，頁 90～91。又，所謂「蘆頭」即爲蘭科植物特有的假球莖（pseudobulb，或稱爲假鱗莖），是貯存養分和水分之處。參見丘才新（C.S. Hew）、楊遠方（J.W.H Yong）著，陳福旗譯：《熱帶蘭花生理學》，屏東：睿煜出版社，2007 年 10 月，頁 14～15。

細而小，可含蓄更多水源，不致於很快就被烈日曝曬致死。〔註44〕

　　不同品種的蘭花，因山巔、水邊、石旁的土質、溫度不同，須配合其原生環境的氣候條件與狀況，挑選適合的沙土肥泥栽種。如陳夢良要以「黃淨無泥瘦沙種，而切忌肥，恐有靡爛之失」；吳蘭、潘蘭「用赤沙泥」；何蘭、蒲統領、大張、金殿邊「各用黃色粗沙和泥，更添紫沙、赤沙泥種爲妙。」（頁127）

　　培育蘭花的泥土或肥料需經曝曬、火燒等前置處理，方可使用。「堅性封植」載：「更有收沙晒之法，此乃又分蘭之至要者。當預于未分前半月，取之篩去瓦礫之類，曝令幹燥。或欲適肥，則宜淤泥沙，可用便糞夾和，惟晒之，候乾或復濕，如此十度，視其極燥，更須篩過，隨意用。」（頁127）「種花肥泥法」亦載：「栽蘭用泥，不管四時，遇山上有火燒處，取水流火燒浮泥，尋蕨茱草燒灰，和火燒之泥用。」（頁130）以現代園藝學的角度來看，土壤應經火燒、加肥、積存之後再使用，可起消毒、滅菌、殺死雜草種子、減少病蟲害和培肥的作用〔註45〕，而早在南宋，趙時庚就提出此類方法，實爲蘭花栽培學的先端。

（三）灌溉日照

　　如同擇土施肥之理，不同品種的蘭花也需選擇不同水質灌溉。「灌溉得宜」記載如陳夢良「極難愛養，稍肥隨即腐爛。貴用清水澆灌，則佳也」；潘蘭「雖未能愛肥，須以茶清沃之，冀得其本地土之性」；魚魷蘭「質瑩潔，不須過肥，徐以穢膩物汁澆之。」（頁128）所謂清水，趙氏於「澆花法」中特加說明：「用河水或陂塘水或積留雨水最好，其次用溪澗水，切不可用井水。」（頁128）係因地表水較地下水肥沃，含氧量較高，且水溫與土溫接近，所以選用河水而

〔註44〕張文娟：《宋代花卉文獻研究》，武漢：華中師範大學歷史文獻學碩士論文，2012年3月，頁24～25。

〔註45〕周肇基、魏露苓：〈中國古代蘭譜研究〉，頁78；吳應祥、吳漢珠：《蘭花》，頁118。

忌生冷之井水。〔註46〕

　　至於四季需依天氣狀況及日照長度配合調節水量，「安頓澆灌法」載：春二三月「四向皆得水澆，日晒不妨」。四五月梅雨季不必澆，無雨時才澆；此時潮濕悶熱，需注意通風。又考慮到此時午後雷陣雨的劇烈天氣變化，「梅天忽逢急雨，須移花盆放背日處，若逢大雨又逢日晒，盆內熱水則盪，害葉亦損根。」〔註47〕五月至九月需注意土壤乾濕，乾澆濕不澆。冬十月到隔年正月「不澆不妨，最怕霜雪，須用密籃遮護，安頓朝陽有日照處，在南窗簷下。但是向陽處三兩日一番施轉，花盆四面俱要輪轉，日晒均勻，開花時則四畔皆有花，若晒一面，只一處有花。」（頁 129～130）總結來說，蘭花整年都要注意土壤乾濕、氣溫冷熱，使之日照均勻、避免烈日曝曬。

　　由於日照實為養蘭需考量的重要因素之一，故對於蘭臺設置也有一定的要求，不能太高也不能太低，「為臺太高則沖陽，太低則隱風，前宜面南，後宜背北，蓋欲通南薰而障北吹也。地不必曠，曠則有日，亦不必狹，狹則蔽氣。右宜近林，左宜近野，欲引東日而避西陽。夏遇炎熱則蔭之，冬逢沍寒則曝之。」（頁 126）花臺太高，易被太陽直接曝曬；太低則不利於通風透氣。前宜面南，可以充分受到陽光照射，後宜背北，以防寒風引起霜凍。右宜近林，中午可以吸收陽光，下午可有樹林蔭護，避免太陽曝曬灼傷。〔註48〕

〔註46〕周肇基、魏露苓：〈中國古代蘭譜研究〉，頁 78。又可參照《最新蘭花栽培指南》：「最好的水質是來自雨水或軟水，而自來水或井水都屬於硬水，較不宜用於蘭花。」見綠生活雜誌編輯部編：《最新蘭花栽培指南》，臺北：綠生活出版公司，2001 年 4 月，頁 138。

〔註47〕趙時庚此法可與現代蘭花栽培相對照：「夏季溫度高，需水量大，應在晚間七點以後澆水，較不會傷及蘭株。」參見綠生活雜誌編輯部編：《最新蘭花栽培指南》，臺北：綠生活出版公司，2001 年 4 月，頁 138。

〔註48〕張文娟：《宋代花卉文獻研究》，武漢：華中師範大學歷史文獻學碩士論文，2012 年 3 月，頁 24～25。

（四）防蟲照護

除了日常培土澆灌、日照遮護之外，平時還要注意病蟲害，「去除蟣蝨法」載：「肥水澆花，必蟣蝨在葉底，恐壞葉，則損花。如生此物，研大蒜和水，以白筆蘸水，拂澆葉上幹淨，去除蟣蝨。」（頁130）這裡的「蟣蝨」喜歡躲在葉底，以大蒜水澆葉可去之，可能為現今介殼蟲、蟎類、粉虱等生物。

「雜法」則載蘭花的盆栽底部通常有竅孔，不能放置於泥地上，恐蚯蚓、螞蟻鑽入盆內，對花造成損壞。花盆應該要「放在南邊架上安頓，令風從底入為妙」，既能接收日照，又能維持良好通風環境。如果出現黃葉，應「用茶清澆灌，遇有黃葉處，連根披去。」（頁131）

五、價值與影響

（一）明清蘭譜之圭臬

《金漳蘭譜》與《王氏蘭譜》為中國目前可見最早的蘭花專著，記錄了南宋時的蘭花型態、品種、特性與栽培技術，是作者藝蘭經驗的總結，其體例、內容均對明清蘭譜有很大的影響。如明・高濂（1573～1620）《蘭譜》全轉錄自趙譜卷上、卷中〔註49〕；明・李奎《種蘭訣》中七項「分種法」也是錄自趙譜卷下之「奧法」。〔註50〕至於清代出現的藝蘭專著多達二十餘部，其蘭花品種鑑別和栽培技

〔註49〕高氏將趙譜收入其《遵生八箋》，後人誤以為是高氏所著而收入《廣百川學海》。參見周肇基、魏露苓：〈中國古代蘭譜研究〉，頁70。

〔註50〕王偉勇考證南宋兩本蘭譜作者，趙時庚與王貴學均為閩人；明代蘭花相關著作之作者張應文、李奎、馮京第均為江、浙人，似欲與宋代福建人分庭抗禮。參見王偉勇：〈明代詠蘭詩及其相關問題考述〉，《回眸・凝視──2016年明清文學與文化國際學術研討會》，桃園：中央大學明清研究中心、古典文學的「物」與「我」研究團隊、古典文學藝術與文獻研究室主辦，2016年11月。筆者認為因生長地域不同，蘭花的品種與培植法也可能有所差異，宋明兩代蘭譜之內容異同有待進一步比較研究。

術亦在趙譜與王譜的基礎上加以發展。〔註51〕

（二）蘭花栽培技術之先驅

王譜與趙譜的栽培法紀錄與現今之蘭花栽培技術非常相似，如於春秋兩季換盆、以三個芽為一單位分株、四季澆水和日晒皆不同法、用雨水而非井水澆灌，以及除去病蟲害之法等，大抵而言，蘭花栽培法古今相差無幾。〔註52〕李寅《中國傳統蘭譜綜合研究》對於蘭譜的價值有很好的結論：「蘭譜反映不同時期人們對蘭花的認識，具生物學史價值；記載蘭花栽培方法和技術，具有農史和園藝史價值。中國古代出現大量的蘭譜，是與古人對蘭花認識的加深和栽培技術的積累發展分不開的，同時也與古代文人對蘭花的偏愛有密切關係。」〔註53〕

六、宋代其他蘭花栽培手冊

宋代除兩本蘭譜以外，還有其他典籍記錄養蘭法，如託名朱熹業師李侗（1093～1163）〔註54〕撰的《藝蘭月令》中編有一段〈養蘭口訣〉；託名鹿亭翁（生卒年不詳）撰的《蘭易》係以復、臨、泰、大壯、夬、乾、姤、遯、否、觀、剝、坤十二卦，對應十二月養蘭之道，二人皆詳述每個月種蘭的不同注意事項。茲將二人的培蘭觀點列表比較如次：

〔註51〕周肇基、魏露苓：〈中國古代蘭譜研究〉，頁 70～73。邱仲麟：〈蘭癖、蘭花會與蘭花賊：清代江浙的蘭蕙鑑賞及其多元發展〉，《中央研究院歷史語言研究所集刊》冊 87，105 年 3 月，頁 177～242。

〔註52〕張豐榮：《國蘭栽培入門》，頁 110～127。

〔註53〕李寅：《中國傳統蘭譜綜合研究》，廣州：華南農業大學科學技術史碩士論文，2009 年，頁 1。

〔註54〕李侗，字願中，世稱延平先生，諡文靖，南宋劍浦（今福建南平）人，高宗紹興二十三年（1154），朱熹受業於門，有《延平問答》及《語錄》行世。

表 5 《藝蘭月令・養蘭口訣》、《蘭易》之培蘭法比較

	《藝蘭月令・養蘭口訣》〔註55〕	《蘭易》〔註56〕
一月	正月安排在坎方，離明相對向陽光。晨昏日曬都休管，要使蒼顏不改常。	泰蘭，正月卦也，陽道將長，與蘭俱開 繫曰：春日向陽，乘時也。時有餘寒，復閉置也。莫不仁於春雪葉之災也。厥性好風，宜高臺也。臺高不過五尺，亢陽方來也。向南倚北，左林右野，居之宜也。
二月	二月栽培其實難，須防葉作鷓鴣斑。四圍插竹防風折，惜葉猶如惜玉環。	大壯蘭，二月卦也，見風雪凶 繫曰：霜雪既消，出於中庭也。庭廣多陽，庭狹多陰，必有方也。蟲囓其葉，不亦傷乎？削竹為箴，除去殃也。油帛以拭之，法之良也。灑用鱗羽之瀋，亦可以滅形也。束之從橫風之防也，蛛網必除，埻埃必除，除穢之象也。
三月	三月新條出舊叢，花盆切忌向西風。隄防濕處多生虱，根下猶嫌太糞濃。	夬蘭，三月卦也，有風自西來吝 繫曰：去寒就煖必位乎其所也，灌水汲於河，且貯雨也。豆麻皮鱗及毛羽也，漬之為肥，三春之所用也。灌則四注，勿灑乎上也。上灑之，致葉黃也。茗汁以滌之，黃去而復常也。
四月	四月中庭日乍炎，盆間泥土立時乾。新鮮井水休澆灌，膩水時傾味最甜。	乾蘭，四月卦也，香升于天，利見大人 繫曰：水清濁有宜，慎誤用井也。三日為期，夏之正也。灌必未明，或日未升也。再灌以曛黃，是為經程也。
五月	五月新芽滿舊窠，綠陰深處最平和。此時葉退從他性，窮了之時愈見多。	姤蘭，五月卦也，辟暑雨小，有悔無咎 繫曰：自夏徂秋，恒避日也。雨三日以往，宜入室也。雨徃日來，驟致下熱也。傷根及葉，乃大有害也。肥以救溼，亟不敗也。敗葉必剪，自治也。

〔註55〕見清・康熙敕撰：《御定佩文齋廣群芳譜》，臺北：臺灣商務印書館《文淵閣四庫全書》本，1986 年 3 月，卷 44，頁 377。

〔註56〕宋・鹿亭翁撰，明・草溪子輯校：《蘭易》，臺南：莊嚴文化《四庫全書存目叢書》本，1995 年 9 月，冊 81，卷上，頁 234～235。按：據明・草溪子稱，此書係受之四明山（在浙江鄞縣西南一百五十里）中田父，蓋一隱者所作也。

六月	六月驕陽暑氣加， 芬芳枝葉正生花。 涼庭水閣堪安頓， 或向簷前作架遮。	遯蘭，六月卦也，陰伏於下，不爲水困 繫曰：六月維暑，何可當也。水亭涼架，各于其方也。華大盛則衰，來茲窮也。長兄去弟，大有功也。
七月	七月雖然暑漸消， 只宜三日一番澆。 最嫌蚯蚓傷根本， 苦皂煎湯尿汁調。	否蘭，七月卦也，蠹去濕出利貞 繫曰：秋陽維烈，蔭之爲貴也。毆蚓有術，溺中甚快也。其後用水，未悖也。
八月	八月天時稍覺涼， 任他風日也無妨。 經年污水今須換， 卻用雞毛浸水漿。	觀蘭，八月卦也，壅灌以時，華落氣滋 繫曰：熱則用水，涼則用肥，至於八月有事也。花退澆培，自此始也。焚牛之骨，用其灰肥之尤也。
九月	九月時中有薄霜， 堦前簷下愼行藏。 若生蟻蟮妨黃腫， 葉灑油茶庶不傷。	剝蘭，九月卦也，分蘗族元吉 繫曰：上畏陰霜，下蟻食也。投骨餌之，殫慕意也。是月何晦，分種亟也。三歲之叢，根可折也。根老者芟，少足惜也。其種箆如以三爲節也，宿中新外根各有合而相得也。揜土欲浮，不欲實也。盆底竅之，風氣不相塞也。革履芒屩，敝勿棄也。燒土種之，以爲鋪屑也。
十月	十月陽春暖氣回， 年來花筍又胚胎。 幽根不露眞奇法， 盆滿尤須急換栽。	坤蘭，十月卦也，萬物終始，藏于天根 繫曰：陽月華胎，灌宜肥也。戒之爲分種後時也，陰往陽來，氣含滋也。藏于月窟，復于天根，是爲陰陽之樞機也。
十一月	十一月天宜向陽， 夜間須要愼收藏。 常教土面微生濕， 乾燥之時葉便黃。	復蘭，十一月卦也，天根大始，蘭退藏於室元亨 繫曰：知用知藏，易之道也。藏蘭勿用，又何咎也。蘭然後可大亦可久也，復者易之終始，君子藝蘭以自考也。
十二月	臘月風寒雪又飛， 嚴收暖處保孫枝。 宜教凍解春司令， 移向庭前對日暉。	臨蘭，十二月卦也，納日自牖吉 繫曰：日至自南向之有喜也，自冬至於孟春澆可已也，天煦土乾澆有之矣，旬以爲期，微潤勿止也。

　　筆者進一步比較李侗與鹿亭翁的養蘭技術，發現十二個月之種蘭法近乎一致，臚列如次：一月要使蘭株多曬太陽，即「離明相對

向陽光」與「春日向陽，乘時也」；二月防風需插竹，即「須防葉作
鷓鴣斑。四圍插竹防風折」與「蟲囓其葉，不亦傷乎？削竹為篾，
除去殃也。……束之，從橫風之防也」；三月可施肥，即「根下猶嫌
太糞濃」與「漬之為肥，三春之所用也。灌則四注，勿灑乎上也」；
四月灌溉勿用井水，即「新鮮井水休澆灌」與「水清濁有宜，慎誤
用井也」；五月可適時剪除敗葉，即「此時葉退從他性，翦了之時愈
見多」與「敗葉必剪，自治也」；六月酷暑應設架遮陽，即「涼庭水
閣堪安頓，或向簷前作架遮」與「水亭涼架，各于其方也」；七月以
尿液防止蚯蚓傷蘭，即「最嫌蚯蚓傷根本，苦皂煎湯尿汁調」與「敺
蚓有術，溺中甚快也」；八月施以氮、磷、鉀肥，即「卻用雞毛浸水
漿」與「焚牛之骨，用其灰肥之尤也」；九月需防霜害、防螞蟻，即
「九月時中有薄霜……若生蟻蟥妨黃腫」與「上畏隕霜，下蟻食也」；
十月蘭花預備來年長出新芽，即「十月陽春暖氣回，年來花筍又胚
胎」與「陽月華胎」；十一月天寒，需移蘭收藏，即「夜間須要慎收
藏」與「知用知藏，易之道也。藏蘭勿用，又何咎也」；十二月要注
意保暖，即「嚴收暖處保孫枝」與「日至自南向之有喜也」。

　　《蘭易》上卷載錄十二月對應十二卦的養蘭之道，下卷論種蘭
喜、畏之事，依次為：「喜日而畏暑、喜風而畏寒、喜雨而畏潦、喜
潤而畏濕、喜乾而畏燥、喜土而畏厚、喜肥而畏濁、喜樹蔭而畏塵、
喜煖氣而畏煙、喜人而畏蟲、喜聚族而畏離母、喜培植而畏驕縱。」
〔註57〕敘述詳盡，包羅萬象，丘才新（Hew Choy Sin）教授將《蘭
易》譽為「最詳盡的中國古代藝蘭專著」，特舉「喜聚族而畏離母」
細論，「聚族」指蘭花喜好群生，「離母」指自母株分離或單株栽培。
但是當蘭株生長茂盛，充塞盆器中時就必須移盆分株，以免根系纏
繞。分拆之法不僅與趙譜相似：「用銛椎向外輕擊盆裂，用雙手捧出，
撥去濕土爛根，須輕便詳慎，漸漸疏析，性躁手重者不可任此事」，
更提出新方法：「或將盆入水，俟土化根出，或出盆後用水浸根，漾

〔註57〕宋・鹿亭翁撰，明・萱溪子輯校：《蘭易》，卷下，頁237～241。

去宿土，此二法皆散氣洩精拙法也。」〔註58〕此段文字係指蘭花在移盆時，需輕擊盆器，取出潮溼的介質，移除腐爛的根系。〔註59〕

碎盆去土之後，作者總結種蘭培土「深種淺栽」四字並詳細說明執行步驟：

> 初下根貴深，壅土後漸提起，搖實則土入根中，而無空虛
> 積水之憂矣。提葉欲總，搖盆欲緩，不可太高，使根盡出；
> 不可太低，使根不舒；不可旁高中陷，使根積水腐萎。蘭
> 名露根草，性不喜深，根齊盆口則瀉水面易發也。盆面以
> 瘦沙少許覆之，種畢，以新汲塘水、雨水灌之，以定其根。
> 分後不可驟晒，宜置樹陰或西簷下，夜間受露，日以水點
> 灑之，止可一次，半月後方灌肥水，始可向陽。〔註60〕

陳加忠〈傳統的蘭花栽培與現代的蘭花產業〉翻譯丘教授釋論此文，並以現代科學養蘭技術詮解之：「植株必須放置較深位置，鋪下介質後再將蘭株向上輕輕移動。此方式可避免在根系形成空隙。而在澆水時可避免根系浸泡於水中。蘭花不喜歡覆蓋太厚的介質，盆器底部附上能夠幫助排水的材料。盆器下半部鋪陳破碎的磚塊，上半部鋪設細沙。移植後以雨水或池塘水加以澆灌，根系要維持固定。在移植後半個月內不可澆水與施肥。」〔註61〕《蘭易》所載種蘭法步驟明確，析論入微，在趙譜、王譜的基礎上加以發展革新，無怪乎丘才新教授如此推崇此書。

〔註58〕宋・鹿亭翁撰，明・蓽溪子輯校：《蘭易》，卷下，頁240〜241。

〔註59〕丘才新（Hew Choy Sin）教授爲新加坡致力於蘭花研究的學者，代表作爲《熱帶蘭花生理學》。丘教授於 "Ancient Chinese orchid cultivation-A fresh look at an age-old practice" 一文中，以現代化的蘭花栽培技術評估中國古代培蘭經驗，列舉宋代以降有關蘭花栽植的古籍專著，從種植與移植、灌溉、蟲害防治等三面向探討中國古籍所載培蘭技術的合理性與可行性。該文見錄於 *Scientia Horticulturae* 87，2001年，頁1〜10。

〔註60〕宋・鹿亭翁撰，明・蓽溪子輯校：《蘭易》，卷下，頁240〜241。

〔註61〕陳加忠：〈傳統的蘭花栽培與現代的蘭花產業〉http://amebse.nch・u.edu.tw/new_page_310.htm（106.07.06 檢索）。

小　結

　　本章主要探討魏晉至宋代對「蘭」之釋名與分類，從魏晉到唐代，蘭爲可入藥的香草，生大湖池澤畔，其氣味濃烈，可「殺蟲毒、辟不祥」，又名水香、都梁香，醫家曾將蘭草與婦科用藥的澤蘭混用。「蘭」到了唐末五代，與江浙地區的蘭花對接重合，筆者認爲宋代以前的「蘭」，應採廣義的看法，混指菊科、唇型科、蘭科植物，可能包含澤蘭、佩蘭、華澤蘭、地瓜兒苗、蘭科蘭花等。

　　宋代文人開始辨議蘭、蕙，黃庭堅〈書幽芳亭〉一文，總結北宋以前對蘭花的印象，更首開蘭蕙分類之先河：「一幹一花而香有餘者，蘭；一幹五七花而香不足者，蕙。」尤值一提的是，以花朵數量來判別蘭蕙，可對應到現代國蘭分類，一幹一花者爲春蘭，一幹數花者爲蕙蘭，確如黃氏之說！

　　羅願《爾雅翼》不僅區分蘭蕙，更辨析古蘭草與今蘭花，以及春蘭與秋蘭之分，是首位分類國蘭的古代學者。朱熹《楚辭辯證》認爲古今蘭同名異物，並指出黃庭堅誤混古今蘭，古蘭花葉皆香，可刈而佩；今蘭質弱易萎，不能紉佩。明代李時珍有感於歷代混用古今蘭的狀況，於《本草綱目》正誤辨析蘭草與澤蘭、古蘭與今蘭之不同，十分詳盡，可知到了明代，蘭花分類學系統已十分完整成熟。

　　南宋農業發達，栽培技術進步，花卉文化極盛，帶動花譜的出現，文人著作專書以類分蘭花，出現趙時庚《金漳蘭譜》與王貴學《王氏蘭譜》二書。蘭譜內容主要可分兩部分，一爲品種分類，一爲種植之法。就品種分類而言，兩書都將蘭花分成紫蘭、白蘭兩大類，再將所見蘭花名列其下，敘述花形特色。王譜所載蘭花品種較趙譜爲多，描述外型也較爲仔細，其命名方式有發現者、產地、外在形貌等。就種植之法而言，趙譜特爲突出栽培法，歸納卷中與卷下，可知養蘭按順序主要分爲四個步驟：一、換盆分栽；二、擇土施肥；三、灌溉日照；四、防蟲照護。南宋兩本蘭譜價值重大，不

僅爲明清蘭譜體例之圭臬，其中記載的蘭花栽培須知更能與現代科學技術相對應，對後世影響深遠。

　　宋代另有述及蘭花栽培的文獻，見李侗《藝蘭月令》與鹿亭翁《蘭易》，二書均以十二月天候示人養蘭應留意之事項，二書培蘭之法近乎一致，可知到了南宋，南方江浙、福建等地，一年養蘭該注意之事項已然完備，實有法可循。

第四章　文學之蘭：宋代詠蘭詩之內容特色

　　宋代詠蘭詩從作者的創作心態和表現手法而言，大致可分為兩類：第一類側重描寫蘭花的自然型態，透過對蘭花外在姿態如花色、香氣的觀賞與描繪，傳達作者自身的審美體驗，不僅逼真再現蘭花外觀，更力求神似，致力於寫出蘭花或墨蘭的神韻姿態。第二類著眼於作者內心的情感抒發，詩人多藉蘭花以言志抒懷，透過蘭花的本質特色與生長環境，借喻自身美好的道德情操。而宋代詠蘭詩依其內容特色，大致可分為五類：一、藉蘭比德；二、以蘭審美；三、藉蘭傳情；四、歌詠墨蘭；五、以詩類蘭。茲分節敘述如次：

第一節　藉蘭比德：從個人到家國

　　中國文學傳統中，山水花鳥常為君子比德。儒家最初提出「比德說」，將自然物的屬性特徵與「君子」所應具有的倫理道德思想，加以形象化的比擬說明，使人能夠更具體形象的領會，以宣揚並促進儒家倫理道德的傳播。比德說明確肯定道德與自然之間存在的對應關係，因人的精神與自然有內在的同形同構之處，從而能引起人的聯想感應與體驗交流，這正是人對自然美的欣賞與感受。〔註1〕

―――――――――――――

〔註1〕中國孔子基金會編：《中國儒學百科全書》，北京：中國大百科全書出

　　講究花卉德操，是中國花卉文化的一大特色，主要在宋代建立完備。由於宋代理學勃興的影響，士人重視萬物的賦性與稟氣，對於上天賦予各種花木的內涵精神，感受特別深刻。〔註 2〕宋・張翊《花經》將七十一種花卉按其品格高下而分為九品九命，「蘭」列為一品九命，足見時人對蘭花之重視。〔註 3〕前章所述，蘭花從先秦孔子、屈原以降，承襲比德抒情傳統，君子佩蘭已成為深谷自芳、不與雜草同流、不與桃李爭豔的高潔象徵。詩人將一己風骨透過蘭花的君子形象呈現出來，在詠蘭詩中寄寓自身人格潔操，以及對理想道德的堅持與期望。

一、不與惡草同流

　　屈原〈離騷〉：「蘭芷變而不芳兮，荃蕙化而為茅。何昔日之芳草兮，今直為此蕭艾也。」〔註 4〕屈原以蘭、芷等香草變為蕭、艾等惡草，比喻士人改變氣節。「蕭艾」遂代稱君子避之、不與之同流的惡草，如張詠（946～1015）〈蕭蘭〉：

　　　　種蕭芳蘭中，蕭生蘭亦瘁。它日秋風來，蕭蘭一齊敗。

　　　　自古賢者心，所憂在民泰。不復夢周公，中夜獨慷慨。

　　　（冊 1，卷 48，頁 527）〔註 5〕

張詠，字復之，號乖崖，諡忠定，濮州鄄城（今山東鄄城）人，亦稱張忠定、張乖崖。真宗時官至禮部尚書，為太宗、真宗兩朝名臣，著有《張乖崖集》。其為人剛毅正直、清節自立，為時人及後世所推

　　　版社，1997 年 3 月，頁 273～274。

〔註 2〕蕭翠霞：《南宋四大家詠花詩研究》，臺北：文津出版社，1994 年 5月，頁 60。

〔註 3〕《花經》收錄於宋・陶穀：《清異錄》，北京：商務印書館《文津閣四庫全書》本，2005 年 12 月，卷上，頁 634。

〔註 4〕宋・洪興祖：《楚辭補注》，臺北：臺灣商務印書館《文淵閣四庫全書》本，1986 年 3 月，卷 1，頁 125。

〔註 5〕本文所引宋詩皆出自北京大學古文獻研究所編：《全宋詩》，北京：北京大學出版社，1991 年 7 月第一版。以下凡引用《全宋詩》原文，皆援引此版本，並於文末附註卷數及頁碼，不再另行加注出版資訊。

重。詩題以「蕭蘭」並列，詩作前半段感嘆蕭蘭並植會使二者皆荒
穢蕪瘁，比喻君子若與小人共處，最後必會淪於衰頹喪敗；後半段
詩人引孔子夢周公典，流露憂國憂民、以天下蒼生為念的情懷。

梅堯臣（1002～1060）〈和石昌言學士官舍十題・蘭〉首先提出
蘭有特殊的馨香以區別蕭艾：

　　楚澤多蘭人未辯，盡以清香為比擬。
　　蕭茅杜若亦莫分，唯取芳聲襲衣美。（冊5，卷249，頁2946）

石昌言（995～1057），字揚休，眉州（今四川眉山）人。為唐代兵
部郎中石仲覽後人，原籍江都，祖輩遷至眉州。十八歲州舉進士，
與司馬光同年。善為詩，與司馬光、蘇軾、梅堯臣等人常有唱和之
作，累官至中書舍人，終官知制誥。本詩首句先點出「楚澤多蘭」
此一客觀地理與歷史事實，屈原於《楚辭》中列舉許多以蘭為名的
植物，故說「人未辨」。接著從蘭的清香得到啟發，如果無法辨認香
草杜若與惡草蕭艾的話，那就用襲衣之芳馨來當成鑑別準則。

詠蘭詩中喜用典「蕭敷艾榮」，見於《世說新語・言語第二》：「毛
伯成既負其才氣，常稱：『寧為蘭摧蕙折，不作蕭敷艾榮。』」〔註6〕
詩人多以香氣為憑據，暗喻自身的高潔品格如蘭般芳香，如何耕
（1127～1183）〈蘭坡〉：「蘭與高人臭味同，含薰聊復待清風。紛紛
蕭艾無相笑，爾輩敷榮轉眼空。」（冊43，卷2335，頁26847）、劉
克莊（1187～1269）〈留山間種藝十絕・其四〉：「蕭艾敷榮各有時，
深藏芳潔欲奚為。世間鼻孔無憑據，且伴幽窗讀楚辭。」（冊58，
卷3041，頁36261）劉詩寫出蘭的特性為「深藏芳潔」，從空間上來
看，是馨香四溢、香滿人鼻，從時間上來看，是屈原人格、楚辭傳

〔註6〕南朝宋・劉義慶著，南朝梁・劉孝標注，余嘉錫箋疏：《世說新語箋
　　　疏》，臺北：華正書局，2008年5月，卷上，頁148。毛伯成（生卒
　　　年不詳），即毛玄，潁川（今河南）人，仕至征西行軍參軍。此處「蘭
　　　摧蕙折」與「蕭敷艾榮」借鑑自屈原〈離騷〉：「人好惡其不同兮，惟
　　　此黨人其獨異。戶服艾以盈要兮，謂幽蘭其不可佩」；以及「何昔日
　　　之芳草兮，今直為此蕭艾。」見錄於宋・洪興祖：《楚辭補注》，卷1，
　　　頁136、138。

統的延續與再現。〔註 7〕詩人透過蘭花寄寓本身潔身自好的堅定心
志，並點出蕭艾等惡草終究無法如香蘭般長存世間。

二、不與桃李爭芳

蘭雖和大部分花卉一樣，在春天開花，但因生於深山幽谷，不
到人間塵世與桃李爭豔，文人大多以此喻蘭之清標高節，以蘭為雅、
以桃李為俗。如饒節（1065～1119）〈灌蘭一首〉「看渠吐胸中，一
洗桃李俗。」（冊 22，卷 1286，頁 14547）而透過雅與俗的比照，
不僅寄託詩人的隱逸思想，更凸顯蘭花不隨波逐流的特色，見以下
二詩：

> 許棐（？～1249）〈蘭花〉
>
> 竹底松根慣寂寥，肯隨桃李媚兒曹。
>
> 高名壓盡離騷卷，不入離騷更自高。
>
> （冊 59，卷 3090，頁 36862）
>
> 丘葵（1244～1333）〈入忠軒書院詠蘭〉
>
> 階庭暫託根，只與綠苔親。自少枝條分，不爭花卉春。
>
> 輕寒青瘦硬，出檻紫鮮新。風雨時吹洗，含芬待主人。
>
> （冊 69，卷 3653，頁 43858）

許棐，字忱夫，浙江海鹽（今浙江海鹽）人，宋理宗嘉熙年間隱居
秦溪，於水南種梅數十樹，旁建書齋，因自號梅屋，室中對懸白居
易、蘇軾二像事之，著有《梅屋詩稿》。此詩前二句以象徵清節的松
與竹設喻以對比桃李，竹底松根與蘭花皆「慣寂寥」，不肯隨桃李一
同媚俗附庸。而「慣寂寥」與「媚兒曹」的對比，引出三四句蘭花
之「高名」，詩人正面讚頌蘭花之名於〈離騷〉中壓倒群芳，但末句
轉折寫若屈原沒有大量關注到蘭花，則生性喜幽獨、不想為世所知
的蘭花將沉潛山林，更能與其「高名」相符。此詩末句可謂神來一
筆之作，宋末元初宋無（1260～1340）詠〈蘭〉，即借鑑入其詩中：

〔註 7〕 參見周建忠：《蘭文化》，北京：中國農業出版社，2001 年 6 月，頁
174。

「分向湖山伴野蒿，偶並香草入離騷。清名悔出群芳上，不入離騷更自高。」（冊71，卷3723，頁44777）

　　丘葵，又作邱葵，字吉甫，號釣磯，泉州同安（今福建廈門）人，爲朱熹四傳弟子，時稱「泉南名賢」。宋亡後不仕，隱居海島，今有《周禮補亡》、《釣磯詩集》存世。〈入忠軒書院詠蘭〉首句「暫」字意指蘭花本生深山，隱含不得已而暫時託根於書院階庭之意，因生性幽獨，故「只與綠苔親」。詩人不寫庭階他物，獨以亦生階庭的「綠苔」入詩，使得平時不顯眼的綠苔，在詩人筆下能與蘭花爲伍，頗具新意。第四句的「不爭」看似與世無爭、不求功名，但末二句「風雨時吹洗，含芬待主人」，卻蘊含默默等待，希望知音見賞之情。〔註8〕

三、蘭爲國香

　　蘭於先秦即享有「國香」之美譽，詩人詠蘭亦常以「國香」代稱之，如丁謂（966～1037）〈蘭〉：

　　　　彼羨南陔子，其誰粉署郎。渥丹承露彩，紺綠泛風光。

　　　　屢結騷人佩，時飄鄭國香。何須尋九畹，十步即芬芳。

　　　　（冊2，卷102，頁1153）

此詩用典，以「南陔子」、「粉署郎」、「騷人佩」、「鄭國香」、「九畹」、「十步」來代稱蘭花，前五者語出《詩經》、〈離騷〉、《左傳》、《漢官儀》等（詳見本論文第二章）。而以「十步」名之，典出唐・喬彝〈幽蘭賦〉「薄秋風而香盈十步，汎皓露則花飛九畹。」唐・韓伯庸〈幽蘭賦〉亦載：「芬芳十步之內，繁華九畹之中。」〔註9〕可知「十

〔註8〕《易經》所謂「遯世無悶」即爲隱士「逃」的處世哲學，是一種與世無爭、遯世安居的心態。「凡事自己不與人爭，人來爭的也就少了。如果別人來與自己爭，就躲，就逃，使矛盾緩和，使矛盾消失。這是一種迴避矛盾、委曲求全的處世哲學。」參見劉文剛：《宋代的隱士與哲學》，成都：四川大學出版社，1992年10月，頁70。

〔註9〕清・康熙敕撰：《御定歷代賦彙》，臺北：臺灣商務印書館《文淵閣四庫全書》本，1986年3月，卷121，頁554～555。

步」與「九畹」相對，指蘭隨風飄香不絕，十步之內皆可聞其香，故以「十步」作爲蘭的代稱。

劉宰（1167～1240）〈和趙季行用蘭花韻三首・其三〉：

> 鵜鴂潛消百草芳，清芬散逐楚風揚。
> 洛陽姚魏空增價，愧死嵒隈有國香。
>
> （冊 53，卷 2806，頁 33349）

劉宰，字平國，號漫塘病叟，鎮江金壇（今江蘇常州）人，歷任眞州司法參軍、知泰興縣、浙東倉使幹官，以不樂韓侂冑用兵，遂引退，屏居雲茅山之漫塘三十餘年。其間雖一再徵召，皆不就，著有《漫塘文集》。首句用典〈離騷〉：「恐鵜鴂之先鳴兮，使夫百草爲之不芳」，詩人反用其意，引出蘭吐芬芳，清風遠播。「洛陽姚魏」語出歐陽脩《洛陽牡丹記・花釋名》，指兩種牡丹名品：「姚黃者，千葉黃花，出於民姚氏家⋯⋯魏家花者，千葉肉紅花，出於魏相仁溥家。⋯⋯人謂牡丹花王，今姚黃眞可爲王，而魏花乃后也。」[註10] 詩人以俗世名貴的花種，對比在山坳巖穴中生長的蘭花，「空增價」、「愧死」更襯得蘭花「國香」二字的清高自持，亦可見詩人自喻之意。

四、家國之嘆

南宋詩人經歷北方故土淪喪的家國離亂，多藉文學作品表達心中的悲痛與慨嘆，如趙蕃（1143～1229）〈幽蘭坡〉：

> 斗坡能曲折，亂石故崢嶸。
> 篁竹幾成蔽，幽蘭何處生。（冊 49，卷 2633，頁 30753）

趙蕃，字昌父，號章泉，原籍鄭州（今河南鄭州），靖康之變後，居信州玉山（今江西上饒）。師從劉清之，任太和（今江西泰和）主簿時與楊萬里多有酬唱，後調辰州（今湖南阮陵）司理參軍，因與知州爭獄罷官。居家三十三年，年五十猶問學於朱熹。詩風宗法黃庭堅，對江西詩派有所繼承與發展，與韓淲（號澗泉）合稱「二泉先

[註10] 宋・歐陽脩：《洛陽牡丹記》，臺北：臺灣商務印書館《文淵閣四庫全書》本，1986 年 3 月，頁 4。

生」。趙蕃一生歷經高宗、孝宗、光宗、寧宗、理宗五朝，孝宗中興
之後的幾任皇帝在位時間皆不長，朝廷混亂、社會動盪、民生疾苦，
使詩人產生憂國憂家之感。此詩末句藉幽蘭發出百姓何處著根的嘆
問，詩人憂時傷國的情懷躍然紙上。

　　再看陸游（1125～1209）〈蘭〉：

> 南巖路最近，飯已時散策。香來知有蘭，遽求乃弗獲。
> 生世本幽谷，豈願爲世娛。無心託階庭，當門任君鋤。
>
> （冊 40，卷 2189，頁 24973）

首句「南巖」指紹興南邊的會稽山，詩人飯罷拄杖散步，偶聞蘭香
急尋但不得。生世二句說明「遽求乃弗獲」的原因，係指蘭花本居
深山幽谷，不願娛世媚俗而爲人所得。結尾無心二句用謝玄及劉備
典，呼應生於幽谷的蘭花不想托身階庭，恐因對門擋路而任人除
去。〔註 11〕這是一首詠物寄情之作，詩人一生堅持抗金的政治主
張，渴望王師北伐收復失地，可惜壯志難酬，在仕途上不斷受到當
權主和派的排擠與打壓，但詩人仍不屈不撓，懷有強烈愛國情懷，
以及鐵血般的傲骨與勇氣。此詩表面上寫採蘭、求蘭的經過與「弗
獲」的原因，實際上透過對幽蘭本性的詮釋與讚頌，寄寓自己潔身
自好、不隨從流俗的美好道德情操。〔註 12〕

第二節　以蘭審美：反映宋人日常生活

　　隋、唐、五代時期的詠蘭詩，大抵不出芬芳、高潔、德配君子
等內容。唐代首次出現以〈種蘭〉爲題的詩，可見唐人開始培植蘭
花。〔註 13〕宋代農業技術發達、花卉品種豐富、經濟貿易繁榮，促

〔註 11〕陶今雁主編：《中國歷代詠物詩辭典》，南昌：江西教育出版社，1992
　　　　年 8 月，頁 710。
〔註 12〕周建忠：《蘭文化》，頁 168。
〔註 13〕王偉勇：〈唐代以前詠蘭詩及其相關問題考述〉，《第八屆中國韻文學
　　　　國際學術研討會論文集》，天津：南開大學，2016 年 6 月，冊上，頁
　　　　38～51。

成花卉文化的蓬勃發展。〔註14〕因此宋人更將大量蘭花從深山幽谷轉移到室內栽培，因不僅培育有成，更能分辨蘭花品種，進而將蘭花發展爲觀賞用花卉，出現買賣、酬贈、繪畫等文化社會活動，可知蘭花在宋代已走入文人的生活。

一、栽培與觀賞

（一）種　蘭

1. 以「種蘭」爲題

宋代大量以人工栽培蘭花，出現許多以「種蘭」爲題的詩作，如蘇轍（1039～1112）〈種蘭〉：

> 蘭生幽谷無人識，客種東軒遺我香。
> 知有清芬能解穢，更憐細葉巧凌霜。
> 根便密石秋芳早，叢倚修篁午陰涼。
> 欲遣蘼蕪共堂下，眼前長見楚詞章。（冊15，卷861，頁9992）

蘇轍於神宗元豐三年（1080）因受烏臺詩案牽連，被貶江西筠州（今江西高安），遇洪水氾濫，遂借部使者府開闢東軒，種杉木與竹，作爲宴休之所，此詩爲蘇轍居東軒時所作。〔註15〕三四句以視覺、嗅覺摹寫蘭花，清芬解穢，細葉凌霜，蘭花於艱苦的外在環境中依然盛放，比喻詩人身處惡劣的政治環境仍卓然自立。五六句寫秋蘭的生長環境，「密石」應爲細小的砂石，培植蘭花的土壤應較爲疏鬆，

〔註14〕 宋・歐陽脩《洛陽牡丹記・風土記》載宋人愛花之情狀：「洛陽之俗，大抵好花，春時城中無貴賤皆插花，雖負擔者亦然。花開時，士庶競爲遨遊，往往於古寺廢宅有池臺處爲市，并張幄幕，笙歌之聲相聞。最盛於月陂堤、張家園、棠棣坊、長壽寺東街與郭令宅，至花落乃罷。」臺北：臺灣商務印書館《文淵閣四庫全書》本，1986年3月，頁6。

〔註15〕 事見〈東軒記〉：「余既以罪謫監筠州鹽酒稅，未至，大雨，筠水泛溢，蔑南市，登北岸，敗刺史府門。鹽酒稅治舍，俯江之滸，水患尤甚。既至，敝不可處，乃告於郡，假部使者府以居。郡憐其無歸也，許之。歲十二月，乃克支其欹斜，補其圮缺，辟聽事堂之東爲軒，種杉二本，竹百個，以爲宴休之所。」見錄於宋・蘇轍：《欒城集》，臺北：臺灣商務印書館《文淵閣四庫全書》本，1986年3月，卷24，頁254。

能透氣排水，以便氣根生長爲佳；蘭花喜歡陰暗潮濕的環境，所以傍倚修竹而種最適合不過了。末句化用《楚辭・九歌・少司命》「秋蘭兮靡蕪，羅生兮堂下」，希望能時常看見蘭花羅生東軒，與己相伴，既表達了對屈原的敬佩與神往，也寫出詩人種蘭、藝蘭、賞蘭的品味與志趣。

范成大（1126～1193）〈次韻溫伯種蘭〉以蘭花比喻朋友高潔不俗的品性，表達出對湯溫伯的理解與推崇：

> 靈均墮荒寒，采采紉蘭手。九畹不留客，高丘一迴首。
> 嶔崟路孔棘，悽愴肘生柳。遂令此粲者，永與窮愁友。
> 不如湯子遠，情事只詩酒。但知愛國香，此外付烏有。
> 栽培帶苔蘚，披拂護塵垢。孤芳亦有遇，洒濯居座右。
> 君看深林下，埋沒隨藜莠。（冊 41，卷 2247，頁 25794）

南宋紹興二十六年（1156）至紹興三十年（1160），范成大爲徽州司戶參軍，在徽州的五年中，范氏經常與屬僚在官閑之時組織詩社，一起大量唱和，推動詩藝的學習，是范氏詩歌藝術開始成熟的重要時期。此時期的五言古詩，風格學習黃庭堅的以文爲詩、奇險俊逸、求新求奇，亦出現大量用典的傾向。詩作常句句用典甚至一句數典，選擇無關聯的典故，將其巧妙的組接在一起，構成新穎奇特的聯想，表達出豐富而別緻的內涵，顯示了駕馭語言的高超能力。〔註 16〕

此詩爲范成大於徽州五年間所作，湯溫伯，即湯子遠，爲詩人於徽州時常往來唱和的友人之一。此詩前四句均脫胎自《楚辭》〔註 17〕，五六句用《詩經》、《莊子》典〔註 18〕，以翻案手法寫屈原與蘭，指蘭

〔註 16〕 劉薇：《范成大酬贈詩研究》，重慶：重慶師範大學中國古代文學專業碩士論文，2007 年 4 月，頁 56～60。

〔註 17〕 〈離騷〉：「扈江離與辟芷兮，紉秋蘭以爲佩。」、「余既滋蘭之九畹兮，又樹蕙之百畝。」、「忽反顧以流涕兮，哀高丘之無女。」；〈大招〉：「長袂拂面，善留客只。」見宋・洪興祖：《楚辭補注》，卷 1，頁 119、122、133；卷 10，頁 237。

〔註 18〕 〈小雅・采薇〉：「豈不日戒，玁狁孔棘。」鄭玄箋：「孔，甚也；棘，急也。」見漢・毛亨傳、鄭玄箋，唐・孔穎達疏：《毛詩正義》，臺北：臺灣古籍出版社《十三經注疏整理本》本，2001 年 9 月，卷 9，

雖因屈原而顯名，但也因屈原的悲慘遭遇，在遷客騷人筆下只能呈現窮困愁傷的意象，未免委屈。中段轉折，慶幸蘭花碰上湯溫伯（湯子遠）這樣的愛蘭人，以詩酒相待，仔細地栽培照拂，置於座前視如珍寶。「栽培帶苔蘚，披拂護塵垢」，可知南宋已經懂得用苔蘚裝飾盆面，以養護蘭草。[註19] 湯溫伯所種的蘭花是爲「有遇」，免於埋沒深林，隨野草共腐朽的命運。

南宋趙時伐（生卒年不詳）亦有〈種蘭花〉一詩：

深林瘦徑傲朝昏，牙髮消疏氣骨存。
九畹誰移炎海角，半庭新補冷雲痕。
圃翁認葉非漳種，墨客知花是楚魂。
從此國香春不斷，光風滿地長兒孫。

（冊 43，卷 2258，頁 27070）

《全宋詩》載趙時伐爲「宋魏王廷美九世孫」（冊 43，卷 2258，頁 27070），前述《金漳蘭譜》作者趙時庚亦爲魏王廷美九世孫，可推知趙時伐應爲趙時庚之兄弟輩。首二句寫蘭花的生長環境和姿態，以牙鬆齒動喻花葉消疏，於蘭花外型描寫獨樹一格，創意獨具，又以「牙髮」對照「氣骨」，呼應首句之「傲」字。「九畹誰移炎海角」一句可知趙時伐種蘭地點在氣候炎熱的南方；「圃翁認葉非漳種」，趙時伐認爲所種之蘭並非漳蘭，此句說明當時已能從花葉特色分辨蘭花品種，末句呈現趙氏亦屬種蘭高手，故能見滿園盛開之景況。

頁 687。〈至樂〉：「支離叔與滑介叔觀於冥伯之丘，昆侖之虛，黃帝之所休。俄而柳生其左肘，其意蹶蹶然惡之。」後以「肘生柳」比喻生死、疾病等意外的變化。見清・郭慶藩撰，王孝魚點校：《莊子集釋》，臺北：天工書局，1989 年 9 月，卷 6，頁 615～616。

[註19] 以現代養蘭技術的觀點而言，在蘭盆表面鋪上一層苔蘚，主要功能爲調節水分，還可保護葉面不被泥水污染，新芽也不致感染泥土中病菌；亦可減緩雨水對盆土的沖刷，保持盆土疏鬆。資料來源見〈蘭花種養技術〉https://kknews.cc/zh-tw/agriculture/n49n2.html（2016.07.03 檢索）此觀點並見吳應祥、吳漢珠《蘭花》：「種好之後，在盆面鋪上一層水苔……，以保護盆面清潔，不被澆水污染。」上海：上海科學技術出版社，1998 年 11 月，頁 122。

　　王十朋（1112～1171）有 11 首詠蘭詩傳世，在宋人詠蘭詩數量
中排名第二〔註20〕，其中四首皆以「種蘭」為題，可知王十朋喜歡培
植蘭花：

〈種蘭有感〉

芝友產巖壑，無人花自芳。苗分鄭七穆，秀發謝諸郎。
世競憐春色，人誰賞國香。自全幽靜操，不采亦何傷。

（冊 36，卷 2018，頁 22617）

〈人日有雪竹間種蘭〉

人日又飛雪，竹林仍種蘭。陽浮屑瓊玖，風泛馥檀欒。
花點黃金勝，叢依碧玉竿。世間桃李眼，肯向此中看。

（冊 36，卷 2029，頁 22747）

〈懺院種蘭次寶印叔韻〉二首

偶向緇林植子芳，光風入院泛幽香。
他時倘免芟鋤患，餘馥猶堪供道場。

不放凡花染道場，故栽芳友伴友郎。
一盤喜遇高人賞，卻勝家園十八香。

（冊 36，卷 2022，頁 22660）

王十朋，字龜齡，號梅溪，溫州樂清左原（今浙江樂清梅溪村）人，
歷官秘書省校書郎，知饒州、夔州、泉州，以龍圖閣學士致仕。著
有《梅溪王先生文集》、《杜陵詩史》、《梅溪奏議》等。古之香草，
多以芝蘭並稱，故第一首王十朋以「芝友」稱蘭。「苗分鄭七穆，秀
發謝諸郎」二句用鄭穆公與謝玄之典：鄭七穆，是春秋時期鄭國七
家卿大夫家族的合稱，包括駟氏、罕氏、國氏、良氏、印氏、游氏、
豐氏，皆為鄭穆公的後代；謝諸郎，謝玄以「欲使芝蘭玉樹生於庭
階」，代指希望自家門庭培養出優秀子弟。二典皆有子孫興旺之意，

〔註20〕據筆者統計，宋代詩人以個人為單位創作的詠蘭詩數量約為一至二
首，大多不超過四首，創作五首以上詠蘭詩者只有 12 人。按詩作數
量排序，由多到少依次為方回 17 首、釋紹曇 14 首、王十朋 11 首、
劉克莊 11 首、王庭珪 10 首、釋居簡 9 首、李綱 8 首、楊萬里 8 首、
朱熹 7 首、鄭清之 6 首、薛季宣 5 首、韓淲 5 首。

故可知「苗分」二句希望所種蘭花能代代盛開。

　　第二首寫於農曆正月初七人日，臨安大雪，詩人於竹林間種蘭。「花點黃金勝」可知應開黃白色的花，「王十朋詩於色彩之關鍵字眼及其附近輔助字眼既能烘托濃烈情感，且又能營造形成立體空間動靜效果，使讀者內心更具圖畫心像之具象感。」〔註21〕故「黃金勝」與「碧玉竿」此類鮮明的色彩用字，表現出搶眼明亮、生意盎然的視覺效果。

　　一二首皆點出世人多愛桃李春色，與幽靜自持的蘭花形成強烈對比。三四首為王十朋於其叔父寶印大師的懺院種蘭，揭示蘭花與「道場」的關係，又稱蘭花為「芳友」，認為清幽的蘭花適合種植於佛寺懺院中，成為佛前供花。

　　宋人栽植蘭花，除了以「種蘭」一詞入詩之外，還可見「藝蘭」、「栽蘭」、「植蘭」、「蒔蘭」等詞彙，如周紫芝（1082～1155）〈秋蘭詞〉「藝蘭當九畹，蘭生香滿路」、方岳（1199～1262）〈藝蘭〉「猗蘭杳幽茂，深林自吹香。何必九畹滋，一枝有餘芳」、張栻（1133～1180）〈城南雜詠二十首（蘭澗）〉「藝蘭北澗側，澗曲風紆餘」、陸游〈窗前作小土山，蓺蘭及玉簪，最後得香百合併種之，戲作〉「方蘭移取徧中林，餘地何妨種玉簪」、艾性夫（字天謂，約1279前後在世）〈玄都韓植蘭楚香〉「春風九畹花繞屋，冶紫妖紅失顏色」、韓愛山〈栽蘭〉「不能隨俗辦生涯，剗草栽蘭當理家」、蘇籀（約1091～約1164）〈蒔蘭一首〉「藝植便應彌九畹」，可知宋代人工種植蘭花的情況蔚為普遍。〔註22〕

2. 蘭花的「登堂入室」

宋代花藝技術成熟，蘭花已從深山窮谷正式走入小院人家，不但

〔註21〕鄭定國：《王十朋及其詩》，臺北：臺灣學生書局，1994年10月，頁309。
〔註22〕以上詩作，見錄於《全宋詩》冊26，卷1496，頁17086、冊61，卷3215，頁38425、冊45，卷2420，頁27934、冊40，卷2198，頁25106、冊70，卷3701，頁44430、冊72，卷3770，頁45464、冊31，卷1766，頁19661。

是庭院常見的花卉之一，更以許多型態「登堂入室」，從庭階又移到
花盆水瓶中栽種，以便細觀。如陳著（1214～1297）〈午酌對盆蘭有
感〉「山中酒一樽，樽前蘭一盆」、釋居簡（1164～1246）〈盆蘭〉「采
采芳根綠綴苔，一莖只放一花開」、趙汝績（字庶可，號山臺，太宗
八世孫，與戴復古多唱和）〈溪翁惠秋蘭〉「勿嫌盆盎小，能貯雪霜
根。」、郭印（徽宗政和五年（1115）進士）〈蘭坡〉「高人採擷紉爲
佩，養之盆盎移中堂。」〔註23〕

　　唐代已見盆景的記載，盆栽的出現與推廣，對宋代發展花卉業具
有重要的意義。因爲盆栽花卉便於搬運，在惡劣的氣候條件下，如嚴
冬、酷暑、風害、雨潦來臨時，可移置室內或其他適於植物生長的處
所，便能使花木的分佈區域更爲廣闊。盆栽花卉更適宜於裝飾居室、
窗臺和案几，在盆景的製作過程中，對植物的栽植、藝術加工與養護
都積累不少經驗。〔註24〕

　　又如戴復古（1167～1248）〈濟以秋蘭一盆爲供〉：
　　　吾兒來侍側，供我一秋蘭。蕭然出塵姿，能禁風露寒。
　　　移根自巖壑，歸我几案間。養之以水石，副之以小山。
　　　儼如對益友，朝夕共盤桓。清香可呼吸，薰我老肺肝。
　　　不過十數根，當作九畹看。（冊54，卷2813，頁33459）

　　薛季宣（1134～1173）〈刈蘭〉：
　　　束畹刈眞香，靜院簪瓶水。高遠不勝情，時逐微風起。
　　　和雨剪閑庭，誰作騷人語。記得舊家山，香來無覓處。
　　　（冊46，卷2469，頁28643）

宋人除了將蘭花栽種於自家庭院土壤中，「移根自巖壑，歸我几案
間」，還從巖壑幽谷中移植蘭花，用花盆培養，變成盆景置於座前、
案頭，以便朝夕皆能聞其清香。或插於水瓶裡近距離觀賞，也能令滿
室皆香。

〔註23〕以上詩作，見錄於《全宋詩》冊64，卷3380，頁40271、冊53，卷
　　　　2792，頁33101、冊54，卷2821，頁33617、冊29，卷1667，頁18669。
〔註24〕舒迎瀾：《古代花卉》：北京，農業出版社，1993年2月，頁55。

3. 蘭花栽培法

　　宋人對蘭花栽培已頗有心得和研究，自成一套栽培方法，如朱熹（1130〜1200）〈蘭〉：

> 謾種秋蘭四五莖，疏簾底事太關情；
> 可能不作涼風計，護得幽蘭到晚清。

　　（冊 44，卷 2392，頁 27646）

朱熹為福建人，其所種的秋蘭應為建蘭，一年開兩次花，第一次在七月下旬到八月上旬，花較多；第二次在十月上旬，花較少，每梗著花三至五朵，雖萌發力強，朱熹種植時也備加小心：搭棚設簾以避免烈日直射，目的是為了保護秋蘭的芳香能清遠久長。古人種蘭，棚頂以茅草蔽之，既可擋烈日，又可防暴雨，夜間還要收卷，以散暑承露，不論白晝黑夜都不能疏忽大意。對生長環境如此要求的蘭花，朱熹特設疏簾以「護得幽蘭到晚清」，詩人細心照護秋蘭，實為賞蘭、種蘭的行家。〔註25〕

　　朱熹如此細心看護秋蘭，可知蘭花栽培需要花費不少心思，若不得其箇中要領，便不能常得清香，劉克莊〈詠鄰人蘭花〉即為一例：

> 兩盆去歲共移來，一置雕闌一委苔。
> 我拙事持令葉瘦，君能調護遣花開。
> 隸人挑蠹巡千匝，稚子澆泉走幾迴。
> 亦欲效顰耘小圃，地荒終恐費栽培。

　　（冊 58，卷 3036，頁 36188）

「隸人」二句寫照護蘭花的勤奮，怕有病蟲害所以「挑蠹巡千匝」，蘭花喜濕潤故常澆水，最後不諳養蘭法的詩人還是「費栽培」，充分顯現出蘭花的嬌貴難養，亦流露對園圃栽種的嚮往與無奈。

　　論及蘭花栽培法的詩作，除前引戴復古〈湛以秋蘭一盆為供〉「養之以水石」，最常見的為「移」字，如前詩「移根自巖壑」、釋道潛（1043〜1106）〈送蘭花與毛正仲運使〉「今日移根庭下植」、呂

〔註25〕參見李文祿、劉維治：《古代詠花詩詞鑑賞辭典》，長春：吉林大學出版社，1990 年 8 月，頁 423。

頤浩（1071～1139）〈蘭室〉「最好移根來一室」、王灼（約 1081～
1162 後）〈王氏碧雞園六詠・層蘭〉「僊翁有蘭癖，肆意搜林坰。負
牆累爲臺，移此萬紫青」、張栻〈題城南書院三十四詠〉「移得幽蘭
幾本來，竹籬深處手栽培」、釋居簡（1164～1246）〈移蘭〉「移傍瘦
筠同雨露，怕隨行葦踐牛羊」、趙崇鉘（字元治，南豐人，通判南安，
宋亡隱居以終）〈答碧山〉「欲種梅花無古根，手移蘭茁上瓷盆」等
句〔註 26〕，係因蘭花原生於深林幽谷，若要在庭院几案間種植，皆
須移栽入盆，仔細澆灌之故。

（二）賞　蘭

1. 蘭花外觀之白描

宋代文人將蘭花帶入日常生活中，於庭院窗前即可時常看到原
本生於深山幽谷、無人聞問的蘭花。除記敘種植經驗外，更以觀賞
的角度側重於花葉、姿態的描寫，如史彌寧（字安卿，鄞縣人，約
1200 前後在世）〈秋蘭三絕〉「葉葉低垂翠帶長，花清韡瘦吐微香」、
「砌蠟成花淺帶黃，紫莖綠葉媚秋光。」（冊 57，卷 3026，頁 36043）
以白描法寫秋蘭外型特色，綠葉紫莖，葉細長而莖清瘦，是常見描
寫蘭花外觀的筆法。

潘牥（1204～1246）〈蘭花〉「長身大葉聳叢叢，生處雖殊臭味
同。全帶安期溪澗碧，微偷勾漏箭砂紅」、「聞說吾家又一種，移來
遠自劍津灣。葉如壯士衝冠髮，花帶癯仙辟穀顏。」（冊 62，卷 3289，
頁 39206）前者用典安期生與葛洪〔註 27〕，摹寫蘭葉碧綠與蘭花微

〔註 26〕釋道潛等人之詩作，見錄於《全宋詩》冊 16，卷 917，頁 10765、冊
　　　　 23，卷 23，頁 15054、冊 37，卷 2066，頁 23300、冊 45，卷 2419，
　　　　 頁 27923、冊 53，卷 2791，頁 33068、冊 60，卷 3172，頁 38092。
〔註 27〕「安期」即爲安期生，秦漢傳說中的仙人，曾於東海邊賣藥，《史記・
　　　　 封禪書》最早有記：「臣嘗游海上，見安期生，安期生食臣棗，大如
　　　　 瓜。安期生僊者，通蓬萊中，合則見人，不合則隱。」事見漢・司
　　　　 馬遷撰，劉宋・裴駰集解，唐・司馬貞索隱、張守節正義：《史記》，
　　　　 西安：陝西人民出版社《四部文明》本，2007 年 7 月，卷 28，頁 455。

紅之外型美，更襯蘭花整體姿態如仙人般脫俗，不染凡塵。後者所載之「劍津」即今福建南平，可知詩人所得蘭種爲建蘭。「葉如壯士」二句形象化的描繪出蘭葉茂盛壯健之貌，以及花朵如不食五穀的仙人般清瘦小巧。

王柏（1197～1274）五言律詩〈蘭〉以獨到的眼光寫出對蘭花的喜愛之情：

> 早受樵人貢，春蘭訪舊盟。謝庭誇瑞物，楚澤擷芳名。
> 蒼玉裁圭影，紫檀含露英。奚奴培護巧，苔蘚綠菁菁。
>
> （冊 60，卷 3167，頁 38008）

一二句寫詩人家中雖有樵人送的蘭花，但還是會親自探尋新開春蘭，句中的「早受」、「舊盟」，將詩人一貫摯愛蘭花的情感表達得淋漓盡致。三四句引屈原與謝玄典；五六句以寥寥十字呈現蘭的色、姿、韻。詩人以「蒼玉」、「紫檀」，正面描寫蘭葉與蘭花之顏色美、型態美。以「蒼玉」喻碧綠蘭葉的用法，最早可溯源到唐‧唐彥謙〈蘭〉「涼露滴蒼玉」一句。「圭影」寫蘭祥瑞珍貴的本質；「裁」字與賀知章〈詠柳〉「不知細葉誰裁出」一句有異曲同工之妙，用以歌頌大自然的造化之功。末二句側寫花旁日益茂盛的青青苔蘚，更凸顯花奴對蘭花栽培之精巧細心。

王柏（1197～1274），字會之，號長嘯，後以「長嘯非聖門持敬之道」改號魯齋，諡文憲，婺州金華（今浙江金華）人。從朱熹門人游，又受學於何基，於《論語》、《大學》、《中庸》、《孟子》、《通鑑綱目》標注點校，尤爲精密，著述甚多，明代王迪裒集爲《王文憲公文集》二十卷。〔註28〕

王柏在麗澤、上蔡書院講學時，因學識淵博、節操高尚，四方

「勾漏」典出晉‧葛洪，其聞交趾出丹砂，求爲勾漏令，至廣州羅浮山煉丹。事見清‧康熙敕撰：《御定淵鑑類函》，臺北：臺灣商務印書館《文淵閣四庫全書》本，1986 年 3 月，卷 319，頁 385。

〔註28〕元‧脫脫等撰：《宋史‧王柏傳》，臺北：新文豐出版公司，1975 年 4 月，卷 438，頁 5257。

從學者眾。此詩頗有以春蘭芳名自喻之意，又可從首聯及末聯對「樵人」和「奚奴」的讚美、感激之情，看出詩人敦厚的性格。

2. 國香之芬芳

李綱（1083～1140）見友人家中蘭花盛開而作四首組詩〈鄧純彥家蘭盛開見借一本〉，在詠蘭詩中添加了嗅覺摹寫：

> 誰道幽蘭是國香，山林僻處更芬芳。
> 從今借得佳人佩，伴我春堂晝夢長。
>
> 特地聞時卻不香，暗中芬馥度微芳。
> 寂然鼻觀圓通處，深院無人春晝長。
>
> 噴了清香開了花，卻歸盆檻付公家。
> 來春花發香尤好，預借幽根茁露芽。
>
> 纖纖碧葉淺黃花，暗淡香飄物外家。
> 培壅莫教摧露下，春風歲歲長靈芽。
>
> （冊 27，卷 1545，頁 17549）

李綱這四首詩從押韻特色即可初步看出其創意巧思，其一、其二同押平聲七陽韻，有蘭香長伴的日子顯得沉靜安適。其三、其四同押六麻韻，聚焦於春天蘭花盛開並冒出新芽，生機無限。詩人除了有對蘭芽碧葉黃花的視覺摹寫外，更著重凸顯嗅覺感官的刺激。蘭花花朵較小，素淨不顯，不似桃李一般鮮豔燦灼，其氣味亦不濃烈，「特地聞時卻不香，暗中芬馥度微芳」、「暗淡香飄物外家」二句寫出蘭香幽微暗度的特色，呼應無人深院的靜謐寂寥。但是第三首「噴了清香開了花」的「噴」字又尤爲生動，使全詩迸發蓬勃旺盛的生命力。此詩用語淺近平實，爲白話入詩的典型宋詩特色。

3. 擬人法之運用

蘇轍有〈幽蘭花〉二首，頌揚蘭花的昂揚精神：

> 李徑桃蹊次第開，穠香百和襲人來。
> 春風欲擅秋風巧，催出幽蘭繼落梅。
>
> 珍重幽蘭開一枝，清香耿耿聽猶疑。
> 定應欲較香高下，故取群芳競發時。（冊 15，卷 861，頁 9992）

第一首讚揚蘭花的馨香，春蘭靠春風化育，隨著春風的腳步，繼梅花飄零而盛開；而蘭花散發出的幽香，在桃李盛開的季節，與各種花草的香味調和匯聚，更加濃烈襲人，成為春天、春色的主要特徵。第二首讚揚春蘭的進取、競爭意識，春蘭選擇春天開花放，不僅是為了與眾芳調和，香薀襲人，也是為了與群芳的濃香一較高下，表現出生機蓬勃，積極進取的精神面貌。擬人手法的運用，既寫出春意盎然的生機與氣息，又寫出作者不甘人後，努力向上的進取精神，具有濃烈的主體意識。〔註29〕

有別於較直接的外觀描寫，楊萬里（1127～1206）〈三花斛三首之三・蘭花〉猶為精彩：

> 雪徑偷開淺碧花，冰根亂吐小紅芽。
> 生無桃李春風面，名在山林處士家。
> 政坐國香到朝市，不容霜節老雲霞。
> 江蘺圃蕙非吾耦，付與騷人定等差。

（冊 42，冊 2302，頁 26455）

此首七言律詩先描繪蘭花的外在形色，後讚美其內在品格。一二句對偶十分工整，「雪徑」、「冰根」點出天氣嚴寒，接著「偷開」、「亂吐」兩個動詞用得極佳，充分顯示出蘭花頑強旺盛的生命力，以及甘願無聞又自得其樂的品格。於是在惡劣的氣候下，「淺碧花」與「小紅芽」的嬌嫩躍然紙上。三四句由繪形轉而寫神，以桃花李花的雍容媚俗的美麗嬌豔，對比蘭花不以貌悅人的清雅不凡之姿，將蘭花比喻為隱居處士，讚其高潔不俗之美。

五六句可對照詩題自注：「省前見賣花擔上有瑞香、水仙、蘭花同一瓦斛者，買至舟中，各賦七字。」詩人於京城中看到蘭花，認為蘭花的節操高潔如霜，以其國香之高貴，應受世人珍愛而名聞於朝市，不當默默老死深山，埋沒於山林雲霞。有別於空谷幽蘭的文學傳統，楊萬里此句創意獨具。末兩句指「江蘺」、「蕙」等香草都不能與

〔註29〕參見周建忠：《蘭文化》，頁 166。

蘭花相提並論，只有具備像蘭花一樣品格的人，才能知道蘭花的眞正價值。詩人以此自喻，意在表明自己與蘭花一般清高芳潔。

此詩立意新巧，在物格到人格的昇華過程中，不僅是物與人的簡單比附，而是描寫中夾染議論，議論中不忘描寫，虛實結合，既有實筆描繪，又有虛筆襯托，把物格與人格融成一體，手法多變，詩盡其意。〔註30〕

劉克莊〈蘭〉情趣盎然，頗有宋詩以文爲詩的特色：

> 深林不語抱幽貞，賴有微風遞遠馨。
> 開處何妨依蘚砌，折來未肯戀金瓶。
> 孤高可挹供詩卷，素淡堪移入臥屏。
> 莫笑門無佳子弟，數枝濯濯映階庭。

（冊 58，卷 3083，頁 36773）

一二句用《孔子家語》「芝蘭生於深谷，不以無人而不芳」、黃庭堅〈書幽芳亭〉「清風過之，其香藹然」之語典，寫蘭花生於深林中自抱幽獨、不求人知，但芳香遠傳難以掩抑的超塵脫俗品格。三四句以擬人之筆，續寫蘭花的特性。苔蘚滿佈的臺階，係貧士隱居之處，蘭花開在此處實爲幽貞懷抱的具體顯現。如果將蘭花折來插於金瓶中，違背其自然之性，反而會萎謝凋零，從而寄寓詩人安於清貧、不慕富貴的思想。〔註31〕全詩主旨緊扣「幽貞」二字，詩人讚美蘭花獨抱幽貞，並稱道蘭花不戀富貴（金瓶）。

五六句「孤高」、「素淡」正是蘭花幽貞品格的寫照；詩卷、畫屏都刻劃了蘭花的形象與品格，寫出詩人對離世索居、以讀書爲樂的羨慕之情。最後二句以議論作結，引用謝玄「芝蘭玉樹生於階庭」之典，讚美蘭花如佳子弟立於門戶使之生輝，給人自然親切之感。

〔註30〕李文祿、劉維治：《古代詠花詩詞鑑賞辭典》，長春：吉林大學出版社，1990 年 8 月，頁 421。
〔註31〕唐・花蕊夫人徐氏〈宮詞〉有「一枝插向金瓶里，捧進君王玉殿來」之句，劉克莊此詩反用其意。見清・康熙敕撰：《全唐詩》，北京：中華書局，2005 年 4 月，卷 798，頁 9063。

劉克莊筆下的蘭花，不僅體現了幽貞品格、孤高氣節、素淡形象，也使主人有家子弟立於門戶的欣喜之感，將蘭花的品格與詩人對蘭花的讚美之情融而為一。〔註32〕

二、闢蘭室、蘭軒

前述蘭花於宋代正式「登堂入室」，宋人詠蘭詩中首見以蘭為名的書齋、房室，有許多以「蘭軒」、「蘭室」為題的詩，以借喻自己的品格與蘭一般高標清節。如宋祁（998～1061）〈蘭軒初成，公退獨坐，因念若得一怪石立於梅竹間，以臨蘭上，隔軒望之，當差勝也。然未嘗以語人，沈吟之際，適髯生歷階而上，抱一石至，規製雖不大而巉巖可喜，欲得一書籍易之，時予几上適有二書，乃插架之重者，即遣持去，尋命小童置石軒南，花木之精彩頓增數倍，因作長句，書以遺髯生，聊志一時之偶然也〉：

> 竹石梅蘭號四清，藝蘭栽竹種梅成。
>
> 一峰久矣思湖玉，三物居然關友生。
>
> 賴得髯參令我喜，飛來靈鷲遣人驚。
>
> 小軒從此完無恨，急掃新詩為發明。（冊4，卷214，頁2462）

宋祁最早以竹石梅蘭為「四清」，因四者之清節高致而並列。〔註33〕詩人於軒中「藝蘭栽竹種梅成」，卻獨缺一石。恰得一巉巖怪石立於梅竹間，更襯花木之精彩。詩人以「飛來靈鷲」喻石，特顯得石驚喜之狀。值得注意的是，軒中種植竹、梅、蘭，卻獨以蘭名軒，可見蘭

〔註32〕參見李文祿、劉維治：《古代詠花詩詞鑑賞辭典》，頁425。又見周建忠：《蘭文化》，頁175、176。周建忠認為，趙以夫〈詠蘭〉「几案」與「林下」之別，一如劉克莊此詩「蘚砌」與「金瓶」之喻。

〔註33〕關於「四清」，歷來說法不一，宋祁之後有楊萬里〈跋劉敏叔梅蘭竹石四清圖〉：「老夫老伴竹千竿，湖石江梅更畹蘭。不道外人將短紙，一時捲去也無端。」（《全宋詩》冊42，卷2288，頁26252），仍以梅蘭竹石為四清。宋末元初仇遠（1247～？）〈花竹圖〉：「梅癯竹潤楚蘭馨，相約凌波作四清。最愛此君秋一片，湘江煙水曉初晴。」（《全宋詩》冊70，卷3683，頁44224）以梅、竹、蘭、水仙為四清。元代李衎（1245～1320）畫有「四清圖」傳世，以蘭、竹、石、梧為四清。

花在宋祁心中的地位特殊。

　　劉才邵（1109～1157）〈題從兄和仲國香軒〉：

　　　靈均志與日爭光，收拾香草供篇章。
　　　高冠奇服事修潔，辛夷爲楣葯爲房。
　　　滋蘭九畹多不厭，似更有意憐幽香。
　　　當時楚俗寶蕭艾，誰知紉佩芙蓉裳。
　　　高情如兄能有幾，封植靈根當砌傍。
　　　芝英玉樹宜相映，清芬宛轉隨風長。
　　　結根得所異晚菊，不向籬邊混眾芳。
　　　早晚知音垂採摘，玉盤霞綺升中堂。

　　　（冊 29，卷 1681，頁 18844）

劉才邵，字美中，自號檥溪居士，吉州廬陵（今江西吉安）人，歷校
書郎、吏部員外郎、中書舍人，官至吏部尚書，加顯謨閣直學士，贈
通奉大夫，著有《檥溪居士集》。劉和仲，筠州高安（今江西高安）
人，父劉恕，兄劉羲仲，有超軼材，作詩清奧刻厲，欲自成家，爲文
慕石介，有俠氣，早卒。〔註34〕

　　此詩前半段大量化用屈原〈離騷〉典，寫屈原愛蘭之風於當時獨
樹一格。後半段以「高情」開頭，稱頌劉和仲的清高風骨，在庭院中
種植芝蘭玉樹，並將書齋名爲「國香軒」。「結根得所異晚菊，不向籬
邊混眾芳」二句，詩人藉由蘭花的清雅獨芳，以喻從兄劉和仲的不媚
世俗，末二句進而寫出和仲的高潔自持與對知音見賞的期待。

　　楊萬里〈題劉直卿崇蘭軒〉：

　　　風亦何須過，林仍不厭深。莫將春色眼，來看歲寒心。
　　　政坐香通國，端令佩滿襟。楚人更饒舌，得免世間尋。

　　　（冊 42，卷 2281，頁 26170）

蕭翠霞《南宋四大家詠花詩研究》中註解此詩詳盡而有趣，茲引錄
如次：「楊萬里此詩純粹以『隱士』的形象來看待蘭花，既然真心隱
逸山林，那就隱地越深越好，頂好連風也別來招惹，突然外洩芳香！

〔註34〕元・脫脫等撰：《宋史》，卷 422，頁 5075。

偏偏有那多嘴的屈原，在他的作品中把蘭說了又說，這一來哪裡還躲的了世人殷殷相詢呢？結尾二句，居然批評屈子『饒舌』，出人之所未想，此乃誠齋之詩趣，未必眞的對屈子有什麼不滿。」〔註35〕筆者發現「政坐香通國」一句與前引誠齋〈三花斛三首之三・蘭花〉「政坐國香到朝市」句十分相似，而結尾「楚人更饒舌」二句更爲一大創意發想，此乃「誠齋體」幽默詼諧、另闢蹊徑之特點。〔註36〕

詩作題爲「蘭室」者亦所在多有，且有不少相似之處：

呂頤浩（1071～1139）〈蘭室〉
秋蘭馥鬱有幽香，不謂無人不吐芳。
最好移根來一室，試紉幽佩意何長。（冊23，卷23，頁15054）

李綱(1083～1140)〈十二詠・蘭室〉
盡道幽蘭是國香，沐湯紉佩慕芬芳。
何如邂逅同心士，一吐胸中氣味長。（冊27，卷1569，頁17807）

張守（1084～1145）〈蘭室〉
分得騷人九畹香，時人不服更幽芳。
小窗低戶維摩室，苒苒奇芬春晝長。（冊28，卷1604，頁18029）

劉一止（1080～1161）〈次韻江西李相君七詠・蘭室〉
蓍蘭同林一等香，芝蘭在室不知旁。
而今閱世如翻手，底處交情有許長。（冊25，卷1450，頁16711）

四首〈蘭室〉詩，爲不同作者於不同時地所作，但卻不約而同爲七言絕句，且選擇下平七陽韻成詩：首句韻腳皆爲「香」，次句韻腳多爲「芳」，末句韻腳皆爲「長」，實爲一大特殊現象。筆者認爲可能因蘭花散發出的幽香與其深谷自芳之特質，暗合作者閒淡自適的性格，故詩人多選擇以七陽韻來表現悠遠綿長、和緩從容的情調。而「香」、「芳」二字皆著重凸顯蘭花的香氣特徵，結尾「長」字則表現了時間與情懷的無限延伸。

〔註35〕參見蕭翠霞：《南宋四大家詠花詩研究》，頁92。
〔註36〕周啟成：《楊萬里和誠齋體》，臺北：萬卷樓圖書公司，1980年1月，頁114～115。

宋人的屋房瓦舍除以蘭軒、蘭室名之以外，另見有題爲「蘭堂」、「蘭塢」、「蘭墅」、「蘭所」等詩作，如程俱（1078～1144）〈山居・崇蘭塢〉、釋雲岫（1242～1324）〈寄蘭屋府教〉、劉克莊〈寄題趙尉若鈺蘭所六言四首〉、黃公度（1109～1156）〈張雲翔采蘭堂〉、樓鑰（1137～1213）〈寄題王以道蘭墅〉。〔註37〕

三、買賣蘭花

宋代花卉貿易繁榮，品種豐富，《夢粱錄・暮春》載南宋臨安（今浙江杭州）花市極盛：「是月春光將暮，百花盡開，如牡丹、芍藥、棣棠、木香、酴醾、薔薇、金紗、玉繡球、小牡丹、海棠、錦李、徘徊、月季、粉團、杜鵑、寶相、千葉桃、緋桃、香梅、紫笑、長春、紫荊、金雀兒、笑靨、香蘭、水仙、映山紅等花，種種奇絕。賣花者以馬頭竹籃盛之，歌叫於市，買者紛然。」〔註38〕

除了在百花盛開的春天買花者眾多，購買情況熱烈之外，一年四季依花期產季相異，各有不同種類的花卉可買，《夢粱錄・諸色雜買》：「四時有撲帶朵花，亦有賣成窠時花，插瓶把花、柏桂、羅漢葉，春撲帶朵桃花、四香、瑞香、木香等花，夏撲金燈花、茉莉、葵花、榴花、梔子花，秋則撲茉莉、蘭花、木樨、秋茶花，冬則撲木春花、梅花、瑞香、蘭花、水仙花、臘梅花，更有羅帛脫蠟像生四時小枝花朵，沿街市吟叫撲賣。」〔註39〕可知四時百花紛陳，花市頗具規模。

方岳（1199～1262）〈買蘭〉：

〔註37〕以上詩作分別見錄於《全宋詩》冊 25，卷 1415，頁 16302、冊 69，卷 3634，頁 43542、冊 58，卷 3056，頁 36477、冊 36，卷 2029，頁 22746、冊 47，卷 2540，頁 29401。

〔註38〕宋・吳自牧：《夢粱錄》，北京：商務印書館《文津閣四庫全書》本，2005 年 12 月，卷 2，頁 753。

〔註39〕宋・吳自牧：《夢粱錄》，卷 13，頁 781。南宋杭州花卉貿易之盛況，又可見於楊萬里〈經和寧門外賣花市見菊〉：「君不見內前四時有花買，和寧門外花如海！」（《全宋詩》冊 42，卷 2297，頁 26381）

幾人曾識離騷面，說與蘭花枉自開。

卻是樵夫生鼻孔，擔頭帶得入城來。（冊 61，卷 3194，頁 38289）

詩人以「離騷」借代蘭花，原本生於深山的蘭花不易為人所識，卻因為幽香而被山中樵夫發現，並擱在擔子上挑進城來販賣，詩人遂得以於城市中買蘭。「枉自」二字為山中幽蘭、屈原、作者自身道盡冤屈，直指古今朝政未識人才之失；「卻是」二字筆鋒一轉，樵夫為蘭之伯樂，暗喻人才終究能獲賞識，感慨深沉含蓄、意在言外。

宋代花卉價格隨著品種的稀有、珍貴程度而有所變化，長期寓居錢塘的方回（1227～1305），作有〈猗蘭秋思三首〉，其三記錄了南宋蘭花價格高昂的情況：「老子今年忽不貧，價方玉佩有蘭紉。一枝半朵懸衣帶，肯羨腰間大羽人。」（冊 66，卷 3498，頁 41718）南宋末年蘭花的價格竟然堪比玉佩，筆者推測可能是福建一帶珍稀的蘭種名品，不易於浙江種植，因此價格飆漲如斯，若偶得一枝半朵繫衣帶間，便能羨煞高官貴族。劉克莊〈漳蘭為丁竊貨其半紀實〉四首更能看出詩人所藏之蘭花因價格不菲而遭竊：

> 五十盆蒼翠，皆從異縣求。不能防狡窟，未免破鴻溝。
> 慘甚兵初過，苛于吏倍抽。渠儂慕銅臭，肯為國香謀。

> 主人拙樊圃，家賊巧穿窬。鼠子敢予侮，麟翁以盜書。
> 空搔雙白鬢，不奈一長鬚。自笑關防晚，花傍且燕居。

> 池遠疎澆溉，牆低劣蔽遮。初無虎守杏，況有蝶穿花。
> 薄采難紉佩，深培待茁芽。嗟余愧迂叟，招汝興仍賒。

> 離騷賞風韻，百卉莫之先。菊止香九日，猶曾臭十年。
> 麝房吾割愛，鮑肆爾垂涎。晏相惜花者，紅梅被竊然。

（冊 58，卷 3061，頁 36517）

其一說五十盆蘭花皆非本地所產，是詩人從異縣求得的名品蘭種，如今被竊，損失十分慘重，更甚高額賦稅。其二揭示原來竊者為「家賊」，詩人自嘲沒有將園圃圍上籬笆，疏於防範，故蘭花被家丁所偷，生氣責罵家丁為鼠子之餘，只能搔鬢嘆息。〔註40〕其三記敘種植蘭

〔註40〕按：「麟翁以盜書」一句下詩人自注：「溓溪有感麟翁之句。」此處

花的環境條件惡劣，以致疏於澆水和遮陽，接著反用醫家「虎守杏林」之典，以詩人種蘭之辛苦，對比名蘭被竊的容易，更顯無奈嗟嘆。其四大力讚賞蘭花爲百卉風韻之先，因蘭花芳香遠溢，才引得家丁垂涎覬覦。如同北宋晏殊紅梅名品遭竊一般〔註41〕，想來竊者亦爲識蘭、惜蘭、愛蘭之人，詩人如此安慰自己，希望家丁終能不負珍稀的蘭花。

第三節　藉蘭傳情：文化活動與詩人交遊

宋代是「舉世重交遊」的時代，文士交往成爲最重要的人際互動方式。宋人交遊極爲廣泛，無論是同年之誼，僚友之情，姻親之契，方外之緣，逸老之會等，皆記錄於宋人的酬贈作品中。〔註42〕宋代詠蘭詩更可見文士藉蘭花衍生出的文化活動，並可從詩人的酬贈詩考察出其交遊網絡。

一、酬贈蘭花

酬贈詩是贈詩與酬詩兩類詩的總稱，贈詩包括贈人詩、贈物

「濂溪」應指周敦頤，但筆者查考「感麟翁」，係出自蘇軾〈劉壯輿長官是是堂〉：「當爲感麟翁，善惡分錙銖。」(《全宋詩》冊 14，卷 825，頁 9958)

〔註41〕《苕溪漁隱叢話》引《西清詩話》云：「紅梅清豔兩絕，昔獨盛於姑蘇，晏元獻始移植西岡第中，特稱賞之。一日，貴遊賂園吏，得一枝分接，由是都下有二本。公嘗與客飲花下，賦詩曰：『若更遲開三二月，北人應作杏花看。』客曰：『公詩固佳，待北俗何淺也。』公笑曰：『顧倉父安得不然。』一坐絕倒。王君玉聞盜花事，以詩遺公云：『館娃宮北舊精神，紛瘦瓊寒露蕊新，園吏無端偷折去，鳳城從此有雙身。』自爾名園爭培接，遍都城矣。」晏殊（991～1055），字同叔，宋臨川（今江西撫州）人，景德年間進士，慶曆年間任集賢殿學士、同平章事兼樞密使，諡元獻。此段記載可印證宋代花卉嫁接技術已臻成熟。見宋‧胡仔纂輯：《苕溪漁隱叢話前後集》，北京：中華書局《叢書集成初編》本，1985年北京新一版，卷26，頁173。

〔註42〕方健：《北宋士人交遊錄》，上海：上海書店出版社，2013年11月，頁14。

詩、贈別詩等；酬詩包括應答詩、唱和詩等。酬贈詩歷經漢魏六朝與唐代的發展演變，到宋代出現繁盛的情況。

（一）贈蘭、寄蘭

　　朱熹有一系列的酬贈蘭花詩，紹興二十六年（1156）秋七月，朱熹任同安主簿三年期滿時，寓所敝壞不可居，乃暫居梵天寺兼山閣，多有歸歟之吟，縣人葉學古送來秋蘭〔註43〕，有感而詠〈謝人送蘭〉二首：

> 幽獨塵事屏，腕晚秋蘭滋。芳馨不自媚，掩抑空相思。
> 晤對日方永，披叢露未晞。脩然發孤詠，九畹陳悲詩。
>
> 淹留閱歲序，契闊心懷憂。獨臥寄僧閤，一室空山秋。
> 徘徊起顧望，俯仰誰爲儔。伊人遠贈問，孤根亦綢繆。
> 芳馨不我遺，三載娛清幽。愧無瓊琚報，厚意竟莫酬。
> 瞻彼南陔詩，使我心悠悠。（冊44，卷2384，頁27492）

此詩重在抒情議論，詩人在「幽獨」、「獨臥」的秋天，幽靜獨居，雖能屏除塵雜事物，但難掩寂寥落寞，幸有伊人贈問，送來秋蘭，陪伴詩人度過漫長而孤獨的日子，使生活增添光彩。詩人並直寫此蘭之芳馨，並不足以取媚於人。末四句典出《詩經》，表達自己孤獨可慰、期待有所報答的心情。詩人以蘭花爲傾訴對象，寄託了無人賞識的幽思情致。〔註44〕

　　隔年（1157），朱熹的秋蘭花落凋零，遂將蘭根歸返葉學古，而有了來年蘭花花期共賞之約：

> 〈秋蘭已悴，以其根歸學古〉
> 秋至百草晦，寂寞寒露滋。蘭皋一以悴，蕪穢不能治。
> 端居念離索，無以遺所思。願言託孤根，歲晏以爲期。
>
> （冊44，卷2384，頁27493）

〔註43〕束景南：《朱熹年譜長編》，上海：華東師範大學出版社，2001 年 9 月，卷上，頁 209～211。

〔註44〕周建忠：《蘭文化》，頁 169。又見胡迎建：《朱熹詩詞研究》，廣州：中山大學出版社，2011 年 7 月，頁 383。

〈去歲，蒙學古分惠蘭花清賞，既歇，復以根叢歸之故畹，
而學古預有今歲之約，近聞頗已著花，輒賦小詩以尋前約，
幸一笑〉

秋蘭遞初馥，芳意滿沖襟。想子空齋裏，淒涼楚客心。
夕風生遠思，晨露瀼中林。頗憶孤根在，幽期得重尋。

（冊 44，卷 2384，頁 27493）

〈秋蘭已悴〉旨在以平常心看待花開花落、榮枯盛衰，在逆境中依然
能看到希望。秋蘭在秋風寒露中逐漸蕪穢凋零，雖無以為治，但孤根
猶在，詩人相信秋蘭明年定會再度萌芽開花，遂與葉學古相約，於來
年蘭花盛放時一賞芳姿。

〈去歲〉詩旨在讚美秋蘭的芳香及高尚品格，兩句一層，按遇
花、憐花、悲花、約花的依序開展意境。每層寫花兼寫人，將詠物
與詠懷相結合。一二句寫秋蘭開放時清香滿襟，「遞」、「滿」、「沖」
三字生動寫出香氣的飄散、彌漫與濃烈。三四句詩人由秋蘭之芳馥
聯想到楚客（屈原）的一片丹心，屈原忠而被謗，佩秋蘭以自喻，
貞潔芳香始終如一，顯示其高尚的美德情操。詩人用「空齋」與「楚
客」，將生於門前冷落的庭院之蘭花，喻為貶謫異地寂寞淒涼的逐
臣，而「淒涼」一語道盡楚客逐臣的悲苦心境。五六句上承「楚客
心」，詩人的關注又回到眼前秋蘭，在晨露和夕風中，楚客之思油然
而生，進一步渲染楚客的淒涼。和前首詩的結尾一般值得注意的是，
因花雖凋謝但孤根尚在，希望不滅。詩人以正面樂觀的態度面對秋
蘭開落，更能呼應詩題「近聞頗已著花，輒賦小詩以尋前約，幸一
笑」。〔註 45〕

王庭珪（1079～1171）作十首詠蘭詩，在宋人詠蘭詩數量中排名
第四，尤值一提者，王庭珪十首全為題贈和韻之作：〈次韻路節推瑞
香幽蘭〉、〈和葛德裕寄紙覓蘭四絕句〉、〈幽蘭寄向文剛二絕句〉、〈秋

〔註 45〕周建忠：《蘭文化》，頁 170。又見李文祿、劉維治：《古代詠花詩詞
　　　　鑑賞辭典》，頁 122。

蘭寄知縣陳邦直〉、〈李仲孫佩蘭〉、〈次韻黃超然〉。〔註46〕從以下兩
詩可知王庭珪種蘭,並樂於與友人分享國香:

〈幽蘭寄向文剛二絕句〉

西風黃葉深林下,忽有新蘭動地香。

公子夜寒誰對語,應容幽客到書房。

連夜風吹碧玉枝,山深寒重得香遲。

窮秋故出邁往韻,要就高人覓好詩。(冊25,卷1472,頁16846)

〈秋蘭寄知縣陳邦直〉

昨夜西風茁紫芽,不應獨著野人家。

安仁未倦栽桃李,添此清香一種花。(冊25,卷1475,頁16860)

從詩作中「西風」、「窮秋」可知王庭珪所種為秋天開花的秋蘭,「忽
有新蘭動地香」的「忽」字,充分表達詩人聞到遍地花香的驚喜之感,
「公子夜寒」二句寫詩人寄贈幽蘭的目的,意在寂寞寒夜給友人向文
剛一點溫情。〈秋蘭寄知縣陳邦直〉「安仁」二句指西晉潘岳遍植桃李
之事,這裡反用其意,更添詩趣。

王庭珪種蘭以贈友人,前述王十朋亦種蘭,但也常收到諸位友人
所贈送的蘭花,有詩〈龍瑞道士贈蘭〉(冊36,卷2025,頁22701)、
〈元章贈蘭〉(冊36,卷2035,頁22818)、〈二道人以抹利及東山蘭
為贈,再成一章〉等,茲舉〈二道人〉一詩為例:

西域名花最孤潔,東山芳友更清幽。

遠煩丈室維摩詰,分韻小園王子猷。

入鼻頓除浮利盡,同心端與國香侔。

從今日講通家好,詩往花來卒未休。(冊36,卷2021,頁22655)

詩題「抹利」見詩人自注:「抹利見佛經,名義未究,或云沒者,無
也。謂聞此花香者,令人寬悟,而好利之心沒,故前作沒利,此作
抹利,姑兩存之。」筆者認為宋代所謂「抹利」應為今之「茉莉」。

〔註46〕王庭珪十首詩作分別見錄於《全宋詩》冊25,卷1468,頁16820、
冊25,卷1471,頁16839、冊25,卷1472,頁16846、冊25,卷
1475,頁16860、冊25,卷1454,頁16743、冊25,卷1472,頁16846。

此詩並寫茉莉與蘭花，因二者皆爲清幽孤潔之花，故能超塵脫俗，悠遠曠達。第三句的「維摩詰」，是《維摩詰經》的主角，是位在家修行的居士，他活在三界中，卻不留戀三界而能超脫塵世，禪宗理事無礙的形象，與士大夫通達自由、遊戲人生的處世態度廣泛被文人所接受。〔註47〕

蘭花還可用於祝賀獻祥，如陳傅良（1137～1203）〈蘭花供壽國舉兄〉「但以清白傳之萬子孫，歲供蘭花美無度」（冊47，卷2530，頁29248）、趙公豫（1135～1212）〈次韻奉和蔣元甫雛瑞蘭詩兼賀誕孫〉「名花不與衆爲行，特向瑤階獻吉祥。一幹亭亭標異彩，數枝燦燦發幽香。高懷直與同清艷，雅韻猶能並潔芳。積厚流光邀美報，蘭孫應瑞慶華堂。」（冊46，卷2502，頁28944）

（二）題贈、和韻

在宋代詠蘭詩作中，最具完整故事性的酬贈詩當屬趙子晝（1089～1142）、陳與義（1090～1138）、程俱（1078～1144）三人之作。趙子晝，字叔問，號西隱老人，燕王德昭五世孫，累官憲州通判、禮部侍郎、太常少卿、樞密都承旨。有《崇蘭集》二十卷已佚，又有《肯綮錄》一卷行世。趙子晝南渡後在三衢（即衢州，今浙江常山，因境內有三衢山而得名）築新居，號爲崇蘭館，請江參爲崇蘭館作畫，並令畫史將自己與當時在場的友人陳與義、程俱一同入畫〔註48〕，三人皆有詩作以記此事：

〔註47〕黃河濤：《禪與中國藝術精神的嬗變》，北京：商務印書館，1994年8月，頁33～35。

〔註48〕事見宋・陳與義撰，胡穉箋《（增廣）箋注簡齋詩集》：「趙叔問居三衢治園築館，取楚詞之言名之曰崇蘭。嘗與先生及程致道從容其中，命江參貫道爲之圖，及令畫史各繪像其上，乃賦詩焉，今留叔問子平甫家。」臺北：臺灣商務印書館，1981年10月，頁456。清・王毓賢《繪事備考》亦載此事：「江參，字貫道，江南人，形貌清癯，性嗜香茗，工畫山水，師董源、巨然，卜居霅川，盡攬湖天之勝，故下筆清曠，寫景道美，有咫尺千里之勢。趙叔問在三衢時築崇蘭館，與陳簡齋、程致道謙游其中，命貫道爲之圖，而令畫史繪像其

趙子畫〈題崇蘭館圖〉二首

勝境茲辰得重尋，喚人同屬碧溪深。

兩公未遽嘲糠粃，舊悉山林勇往心。

疏食深山謝擊鮮，瓠肥那得此枵然。

祇應久絕紛華念，亦笑朧儒不是仙。（冊30，卷1707，頁19220）

此二詩旨在表現山林隱居之樂，叔問的崇蘭館應築於三衢山中，旁有碧溪深林，幽靜淡美。「糠粃」指粗劣的食糧，呼應「疏食深山謝擊鮮」，寫粗食淡飯的深林生活。下句「枵然」可作腹空飢餓解，諷刺在紛華塵世嘗遍美食的瓠肥官員哪裡懂得飢餓之感呢？末句「朧儒」指清瘦的儒者，化用蘇軾〈雪後劉景文左藏和順闍黎詩見贈次韻答之〉：「載酒邀詩將，朧儒不是仙」（冊14，卷827，頁9574），堅定其隱居不仕之意。

陳與義〔註49〕〈題崇蘭圖〉二首

兩公得我色敷腴，藜杖相將入畫圖。

我已夢中都識路，秋風舉袂不跚蹕。

奕奕天風吹角巾，松聲水色一時新。

山林從此不牢落，照影溪頭共六人。（冊31，卷1756，頁19566）

接著看陳與義詩作，可漸漸拼湊出江參的畫作內容：畫面中以松林為背景，碧溪畔有三人拄藜杖、頭帶象徵隱士有稜角的冠巾，秋風吹拂，衣袖角巾微飄，給予觀畫者悠然自適之感。「我已夢中都識路」，胡穉箋注簡齋詩集時，謂此句典出《韓非子》：「六國時張敏、高惠二人為友，每相思不能得見，敏便於夢中往尋，但行至半道即迷不知路，遂回，如此者三。」〔註50〕這裡陳與義反用其意，與末句「照影溪頭共六人」合觀，更顯三人友情彌篤。

上，各賦詩焉。」臺北：臺灣商務印書館《文淵閣四庫全書》本，1986年3月，卷6，頁255。

〔註49〕陳與義，字去非，號簡齋，洛陽（今河南洛陽）人。累官兵部員外郎、中書舍人、翰林學士、以資政殿學士知湖州，有《簡齋集》三十卷。

〔註50〕宋・陳與義撰，胡穉箋：《箋注簡齋詩集》，卷29，頁457。

程俱〔註51〕〈叔問作崇蘭館圖畫，叔問、去非與余相從林
壑間，二公各題二絕句，余同賦〉四首

嬰朔千年契義深，秖今林壑共幽尋。
同心更結崇蘭伴，衰世誰知有斷金。

崇蘭深寄北山幽，何日追隨得自由。
下石向來多賣友，斷金投老得良儔。

道義寧論故與新，紛紛誰復繼雷陳。
圖形預作山林約，笑殺青雲得路人。

置我正須巖石裏，如公總合上凌煙。
要令他日看圖畫，不愧平生與昔賢。（冊25，卷1420，頁16368）

程俱詩中「斷金」二字重複出現兩次，三人同心，千年契義的堅定
友情顯露無遺。「衰世誰知有斷金」、「下石向來多賣友，斷金投老
得良儔」，皆感嘆在衰亂世道中，投井下石、出賣友人之例屢見不
鮮，詩人慶幸感激自己於垂老暮年時還能得二位良友。第三首詩「雷
陳」語出《後漢書‧獨行傳》，東漢陳重和雷義二人交情深厚，遇
有為官良機，皆禮讓對方，鄉里傳誦為：「膠漆自謂堅，不如雷與
陳。」〔註52〕三人的友情踵繼雷陳，以此幅圖畫預作一同退隱山林
之約，笑殺爭相出仕之人。第四首詩「凌煙」為凌煙閣（亦作凌煙
閣）的省稱，貞觀十七年（643），唐太宗懷念當初和自己一起打天
下的二十四位功臣，將其畫像繪於凌煙閣上，以表彰他們的功績，
是為凌煙閣二十四功臣。〔註53〕程俱引此典故，將三人此圖比擬為

〔註51〕程俱，字致道，衢州開化（今浙江衢州）人，官至中書舍人，有《北
　　　　山小集》四十卷。
〔註52〕劉宋‧范曄《後漢書‧獨行傳》：「陳重，字景公，豫章宜春人也。少
　　　　與同郡雷義為友，俱學魯詩、顏氏春秋。太守張雲舉重孝廉，重以讓
　　　　義，前後十餘通記，雲不聽。義明年舉孝廉，重與俱在郎署。……義
　　　　歸，舉茂才，讓於陳重，刺史不聽，義遂陽狂被髮走，不應命。鄉里
　　　　為之語曰：『膠漆自謂堅，不如雷與陳。』」西安：陝西人民出版社《四
　　　　部文明》本，秦漢文明卷，2007年7月，冊18，卷71，頁297～298。
〔註53〕事見唐‧劉肅《大唐新語‧褒錫》：「貞觀十七年，太宗圖畫太原倡
　　　　義及秦府功臣趙公長孫無忌、河間王孝恭、蔡公杜如晦、鄭公魏徵、

凌煙閣功臣像，期許自己他日再看圖畫之時，能「不愧平生與昔
賢」。透過三人的詩作相互對照，更能看出他們的深情厚意與同心
斷金的堅定友情。〔註54〕

再看蘇轍〈次韻答人幽蘭〉：

　　幽花耿耿意羞春，紉佩何人香滿身。

　　一寸芳心須自保，長松百尺有爲薪。（冊15，卷861，頁10006）

詩人以幽蘭爲喻，勉勵友人保持高尚的節操。前二句寫幽蘭的高雅
優美，其花「耿耿」，光彩奪目，令百花見之，自感不如而羞愧；其
香氣芬芳，使紉蘭爲佩者馨香滿身。詩人稱頌完幽蘭後，發出勉勵
和警語，以蘭、松對比，強調自身品德修養的保持。蘭花看似纖小，
羞春不語，卻芳香馥郁，襲人心腑。雖然僅有「一寸芳心」，卻持重
自保，故受人賞愛，或紉或佩；而高大的松樹，儘管長逾百尺，但
若一旦喪失其青翠挺拔、堅貞不屈的本性，也可能會被砍下來當成
柴薪。〔註55〕

二、宋代詩僧群體

詩僧，指善詩或以詩文名世的特殊僧侶群體，亦僧亦俗，亦俗
亦僧。唐代開始形成詩僧群體，宋代社會在多元開放的氛圍下，禪

梁公房玄齡、申公高士廉、鄂公尉遲敬德、郳公張亮、陳公侯君集、
盧公程知節、永興公虞世南、渝公劉政會、莒公唐儉、英公李勣、
胡公秦叔寶等二十四人於凌煙閣，太宗親爲之贊，褚遂良題閣，閻
立本畫。」西安：陝西人民出版社，2007年12月《四部文明》本，
隋唐文明卷，冊41，卷11，頁565。

〔註54〕曹勛〈跋崇蘭圖三賢者：簡齋、叔問、程志道〉亦載此事：「余比自渡
江皆識三鉅公，及知崇蘭同心之約，今題與公肯攜軸相示，諷誦數日
不能置。是知賢者相與之眷，可警流俗，又跋尾極一時豪俊，太半知
舊，尤增魯靈光之歎，輒寄言於末，且愧珠玉在側也。星聚西豪里，
光風扇田廬。冠珮藹三賢，契義翔九區。善類悵埋玉，崇蘭煥圖書。
斑斑文章在，揭與日月俱。」見宋·曹勛：《松隱集》，北京：商務印
書館《文津閣四庫全書》本，2005年12月，卷33，頁429。

〔註55〕俞爲民：《深谷幽香·蘭花》，南京：江蘇古籍出版社，1997年8月
第1版，頁59～60。

宗逐漸發展爲中國佛教的主流，佛教日益趨向世俗化，僧人在參學說法之餘，浸淫於詩文、書畫的鑑賞與創作，並以所學互相惕勵，納交於公卿，來往酬贈，留下許多作品。葛兆光《禪宗與中國文化》：「經過唐五代禪宗與士大夫的互相滲透，到了宋代，禪僧已經完全士大夫化了⋯⋯他們不僅歷遊名山大川，還與士大夫們結友唱和，塡詞寫詩，鼓琴作畫，生活安逸恬靜，高雅淡泊又風流倜儻。」〔註 56〕

　　筆者統計宋代詠蘭詩共 292 首，其中有 40 首爲詩僧之作，占了約 13%；詠蘭詩作者共 133 人，其中詩僧即 15 人，占了 12%，詠蘭詩作者中的詩僧群體及創作數量蔚爲大觀，故特爲探討之。

　　宋代詩僧出現所謂「文字禪」，廣義而言，即以文字爲禪，黃庭堅〈題伯時畫松下淵明〉最早有「遠公香火社，石門文字禪」（冊 17，卷 1007，頁 11514）之語，釋德洪亦有《石門文字禪》一書；狹義而言，指禪僧或士大夫所作帶有佛理禪機的詩歌，以禪入詩便成爲宋詩的一大特點，如《竹莊詩話》論禪詩「幽深清遠，自有林下一種風流」〔註 57〕，而如此林下風流體現於詩僧詠蘭的作品中。

（一）釋道潛（1043～1106）

　　釋道潛，本名曇潛，號參寥子，賜號妙總大師，俗姓王，錢塘（今浙江杭州）人，一說姓何，於潛（今浙江杭州）人。幼時即出家爲僧，少善詩律，與蘇軾、秦觀、陳師道等交情深厚，時有倡和。哲宗紹聖年間，蘇軾貶謫海南，道潛亦因詩獲罪，責令還俗。徽宗建中靖國元年（1101），曾肇爲之辯解，復爲僧。崇寧末歸老江湖，其徒法穎編有《參寥子詩集》十二卷傳世。

　　〈寄題濟源令楊君蘭軒〉是道潛爲濟源（今河南濟源）令楊姓友人而作的：

〔註 56〕葛兆光：《禪宗與中國文化》，臺北：臺灣東華書局，1989 年 12 月，頁 43～44。
〔註 57〕宋・何谿汶：《竹莊詩話》，臺北：臺灣商務印書館《文淵閣四庫全書》本，1986 年 3 月，卷 21，頁 779。

> 昔人慕猗蘭，佩服比脩潔。往往卒歲間，山中行採掇。吁
> 哉昔人去已久，此花憔悴今誰折。濟源長官眞好古，王屋
> 天壇馳遠步。陽崖月窟得芳叢，滿握歸來誇所遇。淨掃幽
> 軒植蘚墀，紫莖綠葉弄奇姿。疏簾風軟日華薄，芳馥滿懷
> 君自知。（冊16，卷911，頁10722）

一二句點出昔人佩蘭的原因是「佩服比脩潔」，不只以佩蘭自比德行
修潔，還身體力行，終年不斷的在山中採掇蘭花。接著詩人感嘆昔
人離去已久，蘭花無人摘折而憔悴空山。中段出現主角濟源長官，
於書齋旁種滿蘭花，因而名之爲「蘭軒」。濟源令愛蘭，故道潛說他
「好古」，不僅四處尋訪幽蘭，覓得芳叢後「滿握歸來誇所遇」，以
實際行動表現出好古愛蘭的精神。末四句「淨掃幽軒」、「疏簾風軟」，
可知濟源令培蘭之用心。

　　道潛另有〈送蘭花與毛正仲運使〉兩首：

> 幽姿冷艷匪天饒，曾伴靈均賦楚騷。
> 今日移根庭下植，可無佳句與揮毫。

> 從來託迹喜深林，顯晦那求世所聞。
> 偶至華堂奉君子，不隨桃李鬭氤氳。（冊16，卷917，頁10765）

毛漸（1038～1096），字正仲，衢州江山（今浙江江山）人。英宗治
平四年（1067）進士，曾知寧鄉、安化（今湖南）兩縣、任兩浙轉
運副使、右司郎中、陝西轉運使、邊鎮元帥等。著有《毛漸詩集》
十卷、《毛氏世譜》一部、《毛漸表奏》十卷等。從詩題可知，釋道
潛此詩作於毛漸任陝西轉運使時期。此二詩皆著重描寫蘭花託迹深
林、不求顯貴的習性，「偶至華堂奉君子，不隨桃李鬭氤氳」二句，
更以蘭不與桃李爭妍，隱喻君子不隨世浮沉的美好情操。道潛贈蘭
以託喻，藉由蘭花來讚美毛漸的高尚品德。

（二）釋寶曇（1129～1197）

　　釋寶曇，字少雲，俗姓許，嘉定龍游（今四川樂山）人。幼習
章句經論，後出世住四明仗錫山，歸蜀葬親，住無爲寺，復至四明，
爲史浩深敬，築橘洲使居，因自號橘洲老人。寶曇爲詩追慕蘇軾、

黃庭堅，有《橘洲文集》十卷。〔註58〕《全宋詩》收〈和李中甫知錄採蘭〉（冊43，卷2360，頁27086）、〈畫石與蘭〉兩首詠蘭詩作，茲引錄後者如次：

> 石怒不近人，國香爾何有？
> 我以道眼觀，無心得相守。（冊43，卷2363，頁27127）

寶曇將蘭石並畫於一幅圖中，但詩作首句卻說「石怒不近人」，刻意營造出蘭石的幽獨氛圍。三四句才揭示詩人以「道眼」觀之，得出「無心」才能長久相伴相守的結論。「無心」在禪宗語言裡指的是破除執念，回歸本心真如。《景德傳燈錄》：「若欲求佛，即心是佛；若欲會道，無心是道……道本無心，無心名道。若了無心，無心即道。」〔註59〕寶曇此詩以蘭石並畫，旨在闡述「無心即道」的哲理禪趣。

（三）釋居簡（1164～1246）

釋居簡，南宋名僧，俗姓龍，一作王，號敬叟，晚年又號北磵，潼川府（今四川三台）人。少習儒，後棄儒出家，長慕禪道。因文名籍甚，又歷主大剎（如常州顯慶、湖州道場、杭州淨慈寺），故常有文人聞名造訪，如許棐、葉適、劉震孫、韓淲、徐集孫等。居簡對佛典以外的文史典籍涉獵甚廣，故所著詩文用典自如，且興趣廣泛，善書能畫，與典型宋代文士相似，藉詩託物言志、以詩會友，故各方文士都樂於與之交游。所寫詩文甚多，有宋刊本詩集九卷與文集十卷分別流傳。黃啟江稱北磵居簡「鍾情於古詩賦，遠自〈離騷〉，近至歐、蘇都頗有心得。吟唱之餘，神交古名家巨擘，或賦詩讚頌，或次韻唱和，常表現他對前代詩人思慕景仰之情。他作詩時，

〔註58〕 參見《全宋詩》冊43，卷2360，頁27084；並見黃啟江：《一味禪與江湖詩──南宋文學僧與禪文化的蛻變》，臺北：臺灣商務印書館，2010年7月，頁119。

〔註59〕 宋・釋道原：《景德傳燈錄》，上海：上海古籍出版社《續修四庫全書》本，2002年4月，卷5，頁422。鄧克銘：〈禪宗之「無心」的意義及其理論基礎〉，《漢學研究》，第25卷第1期，2007年6月，頁161～188。

時而鍛鍊江西詩派的『奪胎換骨』之法，且樂此不疲，是典型之『詩僧』。」〔註60〕

居簡爲宋代詩僧中，詠蘭作品數量最多者，《全宋詩》收其詠蘭詩九首，茲將詩題臚列如次：〈移蘭〉、〈盆蘭〉、〈雙頭蘭〉、〈石罅蘭竹〉、〈蘇叔黨所作蘭蕙〉、〈書菊磵屏蘭〉、〈菊磵蘭石松菊手卷〉、〈今歲蘭柳相先梅最後〉、〈圓無外一春不歸蘭猶有花〉。〔註61〕從詩題可知，居簡不僅親手種植蘭花，累積了豐富的培蘭經驗，更與蘇過、高翥等文士有題贈墨蘭之作，可說是全方位關注蘭花的文學僧了！

試看居簡〈圓無外一春不歸，蘭猶有花〉：

> 一春寂寞無人問，不爲無人不謹初。
>
> 猶有兩花藏葉底，隙簷三見月如梳。
>
> （冊 43，卷 2363，頁 27127）

居簡將生活中的細心觀察記錄成詩，首句「一春寂寞」呼應詩題「一春不歸」、「無人問」，寫出春光已逝，百花凋殘的寂寥落寞。但是次句卻緊接「不爲無人」，強調蘭花不因爲無人聞問而不謹守深谷自芳的初心。第三句的「藏」字爲詩眼，寫出在平淡生活中偶然發現的驚喜，並體現禪宗追求適意澹泊的生活情趣。

（四）釋廣聞（1189～1263）

釋廣聞，臨安徑山如琰禪師法嗣，賜名佛智，號偃溪，俗姓林，侯官（今福建福州）人，臨濟宗大慧派著名禪師，曾爲靈隱寺住持。少時誦書如流，十五歲出家，十八歲受具足戒，歷參諸山名宿。有《偃溪廣聞禪師語錄》傳世，收入《續藏經》。廣聞積極與文士、當朝官員（左丞相鄭清之、吳潛、賈似道）交往，名動公卿，出現「貴

〔註60〕黃啟江：《一味禪與江湖詩──南宋文學僧與禪文化的蛻變》，頁 97～100、210～211、278。

〔註61〕釋居簡九首詠蘭詩作分別見於《全宋詩》冊 53，卷 2791，頁 33068、卷 2792，頁 33101、卷 2792，頁 33086、卷 2798，頁 33238、卷 2797，頁 33215、卷 2797，頁 33224、卷 2795，頁 33181、卷 2792，頁 33081、卷 2792，頁 33088。

卿名士，爭先游從」之盛況。〔註62〕其〈送蘭與樗寮張寺丞〉一詩表達了對修潔文士的推崇：

> 綠葉叢叢間紫莖，芳心細細爲誰傾。
>
> 不如去入芝蘭室，湊得仙家一段清。（冊59，卷3100，頁37008）

張即之（1186～1263），字溫夫，號樗寮，宋寧宗嘉泰四年（1204）參知政事張孝伯之子，愛國詞人張孝祥之姪，因祖先從四明鄞縣移居歷陽（今安徽和州），遂爲歷陽人。張即之曾以父蔭銓中兩浙轉運使，後舉進士，以司農寺丞知嘉興，不赴，五十一歲及提早引年告老，以中散大夫、直秘閣學士致仕。里居三十年，自適田池之樂。張即之出身世家，長於書法，以能書聞天下，喜校書，經史皆手定善本，博學有儒風，因喜抄寫佛經，以翰墨爲佛事，多筆墨布施，叢林禪僧樂於結交。〔註63〕

　　黃啟江認爲張即之是廣聞所交，也是廣聞所敬重的文士之一，故有此詩表示他對張即之的仰慕。此詩將張即之的寓所比爲「芝蘭室」，當爲潔淨芬芳的蘭花之歸宿。此蘭進入張即之的住宅，自然與此「仙家」的主人一樣，並得其清。張即之的清正之風，再次獲得叢林禪僧肯定。〔註64〕

（五）釋紹曇（？～1298）

　　釋紹曇，無準師範（1178～1249）禪師法嗣，住天台佛隴，移平江法華，後遷明州雪竇，法號希叟紹曇，有《希叟紹曇禪師廣錄》

〔註62〕宋・林希逸〈徑山偃溪佛智禪師塔銘〉載廣聞生平事蹟，見錄於氏
　　　　著：《竹溪鷹齋十一稿續集》，北京：商務印書館《文津閣四庫全書》
　　　　本，2005年12月，卷21，頁260。又見水月齋主人：《不立文字・
　　　　不離文字──宋代禪宗概說》，臺北：久佑達文化，2008年4月，頁
　　　　183。又見黃啟江：《一味禪與江湖詩──南宋文學僧與禪文化的蛻
　　　　變》，臺北：臺灣商務印書館，2010年7月，頁622。
〔註63〕參見元・脫脫等撰：《宋史》，卷445，頁5333。又見清・臧麟炳、
　　　　杜璋吉著，龔沛烈點注：《桃源鄉志》，北京：方志出版社，2006年
　　　　4月，卷3，頁104～105。
〔註64〕黃啟江：《一味禪與江湖詩──南宋文學僧與禪文化的蛻變》，臺北：
　　　　臺灣商務印書館，2010年7月，頁601～602、622。

七卷。紹曇亦爲宋代詩僧中詠蘭作品之多產者，《全宋詩》收其詠蘭詩十四首，分別爲〈題蘭蕙〉二首、〈題四蘭〉四首、〈題秋堂四蘭〉四首、〈題秋堂四蘭〉四首。〔註65〕其中〈題四蘭〉四首頗見禪趣：

> 深藏巖谷裡，初不要人知。苦是香難掩，春風得意吹。
>
> 喜晴彈玉指，林下見幽人。楚楚湘靈樣，肌膚不染塵。
>
> 珮玉半零亂，繫誰吊楚英。醉香魂未返，愁聽打蓬聲。
>
> 一再荒林雪，全身掩薛蘿。直饒埋沒得，爭奈鼻頭何？
>
> （冊 65，卷 3431，頁 40822）

〈題四蘭〉四首組詩分別呈現不同旨趣，但又互相連貫，首尾呼應。第一首「香難掩」與「得意吹」著意描寫蘭香的芳馥遠播；第二首用擬人法將生於深林，不染凡塵的潔淨蘭花，譬喻爲「林下幽人」，「楚楚」二字寫出蘭花柔美可人的姿態。第三首「楚英」指屈原，詩人看到蘭花就會聯想到怨懟沉江的屈子，已成爲詠蘭文學的通用現象。第四首回到嗅覺摹寫，一二句「荒林雪」、「掩薛蘿」寫蘭花被雪層層掩蓋，看似身處困境、遭逢困厄而無法突破，但三四句用激問法，寫蘭香依然撲鼻而來，不使蘭花埋沒荒林。「爭奈鼻頭何」一句饒富詩趣，爲典型宋人創意發想之作。

除了詩僧詠蘭融合禪宗思想外，文人亦有林下風流之作，如蘇轍〈答琳長老寄幽蘭白朮黃精三本二絕・其一〉：

> 谷深不見蘭生處，追逐微風偶得之。
>
> 解脫清香本無染，更因一嗅識眞如。
>
> （冊 15，卷 862，頁 10010）

「無染」、「眞如」爲佛教語，前者謂性本潔淨，無沾污垢；後者見《大乘起信論》云：「一切諸法，從本已來，離言說相，離名字相，離心源相，畢竟平等，無有變異，不可破壞，唯是一心，故名眞如。」《六祖壇經》進一步說解：「不悟即佛是眾生，一念悟時眾生是佛，故知萬法盡在自心。何不從自心中，頓見眞如本性。」〔註66〕故知

〔註65〕釋紹曇八首詠蘭詩作皆見錄於《全宋詩》，冊 65，卷 3431，頁 40822。
〔註66〕南朝梁・釋眞諦譯：《大乘起信論》，臺北：新文豐出版公司《景印

眞如乃指一切眾生之自性清淨心，萬法本在自心，應從自心中頓現
眞如本性，才能識心見性，自成佛道。〔註67〕

　　這首是蘇轍寫給徑山（今浙江餘杭）維琳長老的贈答詩，蘇轍以
嗅覺觀察貫串全詩，雖因谷深而不能親眼得見蘭花，但微風吹過傳來
蘭花不染凡塵的清香，可令聞者一嗅後識得其眞如本性；意喻擺脫外
在本相實體，觀照自在清淨的本心。此詩可見禪宗追求以自我精神解
脫爲核心的適意人生哲學，與澹泊自然的生活情趣。

　　鄭清之（1176～1251）〈謝天童老秋蘭〉三首亦爲典型的文字禪
之作：

> 楚畹春曾汎曉光，直留雅艷到虹藏。
> 山中不把一枝到，世外那聞千佛香。
>
> 秋色追隨入慧光，肯攜幽卉問行藏。
> 深林未省炎涼態，來爲閑人特地香。
>
> 綠葉青青帶紫光，拈來笑處沒遮藏。
> 密圓應具楞嚴偈，非木非空出妙香。

　　（冊55，卷2901，頁34641）

鄭清之，初名燮，字德源，後字文叔，別號安晚，慶元道鄞縣（今浙
江寧波）人。少能文，從樓昉學，爲樓鑰稱賞。紹定六年（1233），
累官右丞相兼樞密使，接替史彌遠。端平二年（1235）特進左丞相，
後歷封申國公、衛國公、越國公、齊國公等。淳祐七年（1247）獲准
辭官，放浪湖山，寓身僧刹。兩年後復相位，致仕卒，謚忠定，贈尙
書令，追封魏郡王，撰有《安晚集》六十卷。

　　鄭氏一生仕途宦達，身居高位、憂國憂民日久，退隱湖山之意愈
深，故有此作。這三首詩韻腳皆爲下平七陽韻「光」、「藏」、「香」，
營造平和舒緩、淡遠自適之感。第一首用「千佛香」喻蘭香遠傳沁人；
第二三首多用佛教語，「慧光」謂能使一切明澈，破除黑暗的智慧之

佛教大系》本，1992年6月，頁165。唐・釋惠能：《六祖壇經》，
　　上海：上海古籍出版社《續修四庫全書》本，2002年4月，頁12。
〔註67〕黃河濤：《禪與中國藝術精神的嬗變》，頁28～29。

光，見《無量壽經》卷下：「慧光明淨，超踰日月」，三四句道出隱居深林閒適快意的心境。第三首「密圓應具楞嚴偈，非木非空出妙香」二句全自《楞嚴經》中轉化而來〔註68〕，意為蘭香來無所黏，過無蹤跡，均歸於空寂，與佛經所謂生滅變異、無我無常之理相應，更可見真如清淨的本性。此詩可見受禪宗影響，士大夫追求內心寧靜、超塵脫俗的生活，審美情趣趨向清幽寒靜，詩作中流露自然適意、平淡幽遠的閒適之情。〔註69〕

綜上所述，禪宗的悟道並非通過禁慾、苦行、坐禪、念佛求解脫；而是要求將禪滲透到日常生活中，以隨緣任運的態度對待，重視實踐的工夫。〔註70〕禪宗重視的是現世的內心自我解脫，尤其注意從日常生活的細微小事中得到啟示，和從大自然的陶冶欣賞中獲得超悟，因而不大有迷狂式的衝動和激情；有的是一種體察細微、幽深玄遠的清雅樂趣，一種寧靜、純淨的心的喜悅。〔註71〕

筆者查詢「CBETA 電子佛典集成」資料庫後發現，在佛經中並沒有特別提到蘭花，可推知蘭花在佛教中並無特殊象徵意涵。蘭本是君子、士大夫品德之象徵，但南宋詩僧群體卻創作了大量的詠蘭詩，筆者認為宋代詩僧藉由詠蘭、栽蘭、畫蘭等文化活動，進一步以詠蘭作品與文人交流，蘭花遂成為文士與詩僧文化交流的管道與媒介。詩僧的主動創作，擺脫了魏晉時期僅侷限於弘揚佛法的需要，此時禪林文宗的暢盛，更多是為了表現生活情趣而創作大量的詠蘭詩。

〔註68〕《楞嚴經》：「香嚴童子，即從座起，頂禮佛足，而白佛言：我聞如來教我諦觀諸有為相。我時辭佛，宴晦清齋。見諸比丘燒沈水香，香氣寂然來入鼻中。我觀此氣，非木非空，非煙非火，去無所著，來無所從，由是意銷，發明無漏。如來印我得香嚴號。塵氣倏滅，妙香密圓。我從香嚴，得阿羅漢。佛問圓通，如我所證，香嚴為上。」見唐・天竺沙門般剌密帝譯、烏萇國沙門彌伽釋迦譯語、房融筆受：《大佛頂首楞嚴經》，臺南：和裕出版社，1998年，卷5，頁235。
〔註69〕葛兆光：《禪宗與中國文化》，頁122。
〔註70〕黃河濤：《禪與中國藝術精神的嬗變》，頁41。
〔註71〕葛兆光：《禪宗與中國文化》，頁122。

第四節 歌詠墨蘭：北宋始見「墨蘭」

宋代繪畫是中國繪畫史上的鼎盛時期，北宋太宗雍熙元年（984）建「翰林圖畫院」，大力推動繪畫藝術的發展，使人物畫、山水畫與花鳥畫均出現新氣象。宋代崇尚理學，提倡格物精神，以分析研究法觀察每一件事物，從宇宙萬物到一草一木都有所關懷。與這種時代精神相符，宋代繪畫表現出嚴謹寫實的風格，顯著體現於院體花鳥畫中，用筆工整細緻、設色富麗堂皇。北宋神宗熙寧、元豐時期，隨著蘇軾（1036～1101）、黃庭堅、李公麟（104～1106）、米芾（1051～1107）、文同等文士的積極倡導和參與，水墨梅竹「士人畫」聲勢漸起。至南宋，花鳥畫突破北宋嚴格的寫實要求，增添沒骨、點染、寫意、減筆等技法，擺脫形似的拘束而追求寫意，或婉約清麗、或粗筆減墨，梅蘭菊竹等典型士人畫在南宋時遂成為固定的繪畫題材。〔註72〕

由於北宋文人積極參與繪畫，畫家、詩人雅集盛行，相互以題畫詩唱和，促進了題畫詩詞創作風氣的繁榮與發展，詩畫理論的融通與互補，達到「詩畫合一」的境界。衣若芬定義題畫文學：「所謂『題畫文學』，向來有廣義與狹義兩種界定方式，狹義的『題畫文學』單指書寫畫幅上的文字；廣義的『題畫文學』，則泛稱『凡以畫為題，以畫為意，或讚賞，或寄興，或議論，或諷諭，而出之以詩詞歌賦及散文等體裁的文學作品。』」〔註73〕本節採廣義的題畫文學定義，討論宋代題墨蘭（畫蘭）詩與畫蘭名家。所謂墨蘭題詠，指詩人以水墨蘭花為對象，所進行的詩歌創作。

〔註72〕參見陳野：《南宋繪畫史》，上海：上海古籍出版社，2008年12月，頁33～36、251～252。並見張海鷗：《雅美風俗之兩宋雅韻》，臺北：雲龍出版社，1996年1月，頁276～278。

〔註73〕衣若芬：《觀看、敘述、審美──唐宋題畫文學論集》，臺北：中央研究院出版社，2005年12月，頁2。

一、題墨蘭詩

（一）文人墨蘭

1. 楊傑（生卒年不詳）

　　楊傑，字次公，自號無爲子，無爲軍（今安徽無爲）人。仁宗嘉祐四年（1059）進士。神宗元豐中官太常博士。哲宗元祐中爲禮部員外郎，出知潤州，除兩浙提點刑獄。著有文集二十餘卷、《樂記》五卷，已佚。〔註74〕宋代最早的題墨蘭詩應爲蘇軾與友人楊傑唱和的二首作品：

　　〈題楊次公春蘭〉

　　春蘭如美人，不采羞自獻。時聞風露香，蓬艾深不見。
　　丹青寫眞色，欲補離騷傳。對之如靈均，冠佩不敢燕。

　　（冊14，卷815，頁9428）

　　〈題楊次公蕙〉

　　蕙本蘭之族，依然臭味同。曾爲水仙佩，相識楚辭中。
　　幻色雖非實，眞香亦竟空。云何起微馥，鼻觀已先通。

　　（冊14，卷815，頁9428）

楊傑曾作〈春蘭〉：「春蘭如美人，不採羞自獻。時聞風露香，蓬艾深不見。」（冊12，卷677，頁7888）、〈蕙花〉：「蕙本蘭之族，依然臭味同。曾爲水仙佩，相識楚辭中。」（冊12，卷677，頁7888）蘇軾此二首題畫詩前四句，均轉錄自楊傑二首五言律詩，其後再加以發揮。〈題楊次公春蘭〉開篇即用美人來比喻春蘭，讚美春蘭美麗的姿容和端莊的品行，雖生於荒原僻野、叢棘蓬艾環繞，仍能自強不息。前四句讚畫中春蘭之可人，後四句稱作畫技巧之高明。用「眞色」一詞評價畫中春蘭形象逼眞自然；用「離騷傳」之典，說明畫中春蘭再現〈離騷〉中蘭的樣貌，肯定楊傑的繪畫造詣。末兩句進而對如此逼眞的潔花聖草肅然起敬，表達不敢有絲毫輕慢褻瀆之意。

　　〈題楊次公蕙〉前四句蘇軾認爲蘭蕙同族，筆者認爲蘇黃（黃

〔註74〕楊傑生平見《全宋詩》所附詩人小傳，冊12，卷672，頁7846。

庭堅）二人對蘭蕙之辨的觀點應有相互影響。《楚辭》中往往蘭蕙並
舉，言蘭多及蕙，故在此引屈原（水仙）紉蘭爲佩之典。〔註75〕後
四句稱讚楊傑的畫，雖幻卻實，雖空卻眞，乃至於觀畫時，一縷微
馥彷彿由遠而近、若隱若現撲鼻而來，反襯楊傑所畫之逼眞、畫技
之高超。末兩句所表現的「見畫聞香」之境，對南宋鄭思肖產生直
接影響，鄭詩「未有畫前開鼻孔，滿天浮動古馨香」即化用此詩，
達到胸中有蘭、未畫聞香的境界，對蘭花香馥特徵的渲染，比蘇軾
又更進一步。〔註76〕

　　蘇軾〈題楊次公春蘭〉一詩，影響了陳與義〈墨戲二首・蘭〉：
「鄂州遷客一花說，仇池老仙五字銘。併入晴窗三昧手，不須辛苦
讀騷經。」（冊 31，卷 1758，頁 19577）此詩首句肯定黃庭堅〈書
幽芳亭〉所謂：「一幹一花而香有餘者蘭」〔註77〕，次句指蘇軾五言
律詩〈題楊次公春蘭〉〔註78〕，三句「三昧」呼應詩題〈墨戲〉，指

〔註75〕晉・王嘉《拾遺記》：「屈原以忠見斥，隱於沅湘，披蓁茹草，混同
　　　　禽獸，不交世務，採柏實以全桂膏，用養心神；被王逼逐，乃赴清
　　　　泠之水。楚人思慕，謂之水仙。」北京：商務印書館《文津閣四庫
　　　　全書》本，2005 年 12 月，卷 10，頁 51。
〔註76〕周建忠：《蘭文化》，頁 163～164。
〔註77〕元祐元年（1086），黃庭堅奉敕編修《神宗實錄》，紹聖元年（1094）
　　　　六月任鄂州知州，後被新黨誣陷，指爲修《神宗實錄》以「誣毀先
　　　　帝」、「修實錄不實」加罪，貶涪州（今四川涪陵）別駕，黔州（今
　　　　四川彭水）安置，故「鄂州遷客」應指稱黃庭堅。參見宋・黃䇕：《山
　　　　谷年譜》，臺北：臺灣商務印書館《文淵閣四庫全書》本，1986 年 3
　　　　月，卷 26，頁 911～922。
〔註78〕此處之「仇池老仙」應指蘇軾，係因蘇軾傳撰有《仇池筆記》一書；
　　　　宋・程珌〈醉江月〉（丙子自壽）：「因憶坡公，仇池有約，莫誤歸
　　　　時候。」；《四朝聞見錄》載南宋詞人張孝祥（1132～1169）「嘗慕
　　　　東坡，每作爲詩文，必問門人曰：『比東坡如何？』」；湯衡〈張紫
　　　　微雅詞序〉評張孝祥詞曰：「自仇池仙去，能繼其軌者，非公其誰
　　　　與哉？」參見唐圭璋編：《全宋詞》，北京：中華書局，1995 年 6
　　　　月，冊 4，頁 2296；宋・葉紹翁：《四朝聞見錄》，臺北：臺灣商務
　　　　印書館《文淵閣四庫全書》本，1986 年 3 月，卷 2，頁 687；宋・
　　　　張孝祥：《于湖詞》，臺北：臺灣商務印書館《文淵閣四庫全書》本，
　　　　1986 年 3 月，頁 4。

筆墨游戲間超脫無礙，達到禪定三昧的境界。〔註 79〕全詩意指詩人透過蘇黃的詩文進一步認識蘭花，末句「不須辛苦讀騷經」呼應蘇軾「丹青寫眞色，欲補離騷傳」。

「墨戲」一詞首見於黃庭堅〈題東坡水石〉：「東坡墨戲，水活石潤，與今草書三昧，所謂閉門造車，出門合轍。」又見蘇軾〈題文與可墨竹〉：「斯人定何人，遊戲得自在。詩以草聖餘，兼入竹三昧。」（冊 14，卷 825，頁 9554）蘇黃皆將「墨戲」與「三昧」劃上連結，認爲書畫創作應不滯於外物，自在隨心。陳鑒之（生卒年不詳）〈題鄭承事所作蕙蘭三首‧其三〉亦揭示了宋人以寫意爲主的繪畫理論：「鄭君欲與蘭寫眞，心神暗與蘭俱春。詩家三昧正如此，境融意會今何人。」（冊 57，卷 3028，頁 36076）

宋‧董逌《廣川畫跋‧書伯時縣霤山圖》：「伯時爲畫，天得也，嘗以筆墨爲遊戲，不立守度，放情蕩意，遇物則畫。」〔註 80〕潘天壽總結「宋代墨戲畫之發展，是以遊戲之態度草草之筆墨，純任天眞，不假修飾，以發其所向取意氣神韻之所到，而成所謂墨戲畫者。」〔註 81〕可知墨戲即「以筆墨爲遊戲」，指隨興而成的寫意畫，乃遣

〔註 79〕「游戲三昧」本爲佛教語，《六祖壇經‧頓漸品》：「普見化身，不離自性，即得自在神通，游戲三昧，是名見性。」所謂游戲三昧，指進退自由，隨意自在，心無牽掛，皆可稱游戲三昧之境界。禪宗以解脫束縛爲三昧，凡修爲達到超脫自在、無拘無束之境界，即是游戲三昧。宋代之文學藝術創作，往往以詩歌文字體現禪理，所謂「以筆墨爲佛事」，即爲游戲三昧之一。詩文之「游戲三昧」，類似於黃庭堅、德洪所謂文字禪，指用游戲之性質來看待文字創作，那麼自在無礙中進入正定三昧，即爲禪的境界。參見許傳德：《白話六祖壇經‧頓漸品》，蘭州：甘肅人民出版社，1994 年 12 月，頁 214。釋慈怡主編：〈遊戲三昧〉，《佛光大辭典》，高雄：佛光大藏經編修委員會，1989 年 4 月，頁 5619。又見周裕鍇：《文字禪與宋代詩學》，北京：高等教育出版社，1998 年 11 月，頁 27～33；頁 148～150。

〔註 80〕宋‧黃庭堅：《山谷題跋》，臺北：新文豐出版公司《叢書集成新編》本，1985 年 1 月，冊上，卷 8，頁 475。宋‧董逌：《廣川畫跋》，臺北：臺灣商務印書館《文淵閣四庫全書》本，1986 年 3 月，卷 5，頁 487。

〔註 81〕潘天壽：《中國繪畫史》，北京：團結出版社，2006 年 11 月，頁 147。

興之作，不帶有目的或功利色彩，亦不拘於筆法畫勢，畫風簡潔高逸，格調不俗。

2. 蘇過（1072～1123）

蘇過，字叔黨，自號斜川居士，蘇軾季子。宋・鄧椿《畫繼》簡介蘇過生平：「元祐中，公知杭州，叔黨年十九，預計偕。七年，公為兵部尚書，任承務郎。後公謫英州，貶儋州，移廉永二州，叔黨皆侍行。叔父欒城公每稱其孝。平生禁錮近三十年，晚除中山倅而卒。善作怪石叢篠，咄咄逼翁。坡有觀過所作木石竹三絕，以為老可能為竹寫眞，小坡解與竹傳神者是也。晁以道誌其墓，亦云：『書畫之勝，亦克肖似其先人』。」〔註82〕

蘇過純孝、擅畫，亦曾有墨蘭之作，釋居簡（1164～1246）見其所畫蘭蕙，作詩讚之，見〈蘇叔黨所作蘭蕙〉：

> 風雅傳衣到小坡，筆頭分外得春多。
>
> 佩寒帳冷空遺恨，澹寫孤芳續九歌。

（冊 53，卷 2797，頁 33215）

居簡首句寫蘇過因書畫之勝，克肖其父，士大夫以「小坡」譽之。次句「得春多」寫蘇過之蘭蕙圖盡顯春色，讚其筆墨之神妙高明。第三句寫蘇軾被貶謫嶺南，後再遷儋耳、北徙廉州、永州，蘇過皆隨侍在旁，與父親一起度過漫長艱辛、孤獨寂寞的歲月。身為元祐黨人後代的蘇過，一生仕宦之日少，難以實現經世濟民的心願。末句寫蘇過畫蘭蕙以寄託懷抱，對其壯志未酬，以及與屈原相似的政治遭遇發出感嘆。

3. 宋徽宗（1082～1135）

宋徽宗趙佶，生於神宗元豐五年（1082），為宋代第八位皇帝，神宗趙頊第十一子，哲宗趙煦的弟弟，能詩擅畫，精於書法，為北宋花鳥畫之集大成者。元符三年（1100）即位後廣蒐歷代名畫書法，

〔註82〕宋・鄧椿：《畫繼》，臺北：臺灣商務印書館《文淵閣四庫全書》本，1986 年 3 月，卷 3，頁 514。

編有《宣和畫譜》、《宣和書譜》,推動了宋代宮廷繪畫藝術的全面發展。徽宗在書法繪畫上取得極高成就,但在政治上卻任用蔡京、童貫等奸臣,橫徵暴斂;大興土木建造數座宮殿,窮極侈麗。這些大型營造工程爲宋徽宗提供了行樂、賞玩和激發創作靈感的場域,同時也投下傷財亡國的陰影。〔註83〕宣和七年(1125)金兵南下進攻汴京(北宋東京,今河南開封),徽宗倉促讓位給兒子欽宗。靖康元年(1126)十一月金兵陷汴京,翌年(1127)四月徽、欽二帝就逮於青城,同時被擄者尚有后妃、皇親等三千餘人,北宋滅亡,史稱靖康之變。徽宗被擄之後辱封爲昏德公,後北遷,囚於五國城越點(今黑龍江依蘭縣),於高宗紹興五年(1135)病逝,年五十四歲。〔註84〕

　　徽宗擅畫花鳥,筆下的花卉有梅花、梨花、荷花、芙蓉、菊花等,今不見墨蘭,只可從明・張燦〈宋徽廟畫蘭〉一詩窺其筆墨:
　　　　御墨淋漓寫楚蘭,披圖卻憶政宣間。
　　　　分明一種湘纍怨,萬里青城似武關。〔註85〕
此詩可證宋徽宗曾有墨蘭圖傳世,今已亡佚。徽廟,北宋皇帝趙佶廟號徽宗,宋人因稱徽宗爲「徽廟」。政宣,指宋徽宗政和、宣和年號。湘纍,指稱屈原。青城,北宋二齋宮名,分別位於北宋東京城南北郊,祭天者爲南青城;祭地者爲北青城,此指徽、欽二帝被金人扣留之地。〔註86〕武關,今陝西丹鳳縣東南,西元前299年,秦昭王修書楚懷王於武關會盟立約,懷王不聽昭睢、屈原勸諫,前往

〔註83〕參見高木森:《五代北宋的繪畫》,臺北:文史哲出版社,1982年9月,頁125～126。又見余輝:《畫裡江山猶勝:百年藝術家族之趙宋家族》,臺北:石頭出版社,2013年12月,頁87～98。
〔註84〕元・脫脫等撰:《宋史・本紀》,卷19,頁160。
〔註85〕清・康熙敕撰:《御定歷代題畫詩類》,臺北:臺灣商務印書館《文淵閣四庫全書》本,1986年3月,卷75,頁176。
〔註86〕參見宋・孟元老:《東京夢華錄》,臺北:臺灣商務印書館《文淵閣四庫全書》本,1986年3月,卷10,頁171。並見楊渭生:《兩宋文化史研究》,杭州:杭州大學出版社,1998年12月,頁67。

武關後被秦禁錮，翌年楚立頃襄王即位，秦怒而發兵出武關攻楚，頃襄王三年（前296），懷王客死於秦。〔註87〕詩人見御墨「楚蘭」，遙想徽宗於青城被俘之怨，就像楚懷王於武關被扣留一樣，帝王路斷，國破家亡，難怪屈原會怨憤沉江了。

4. 高翥（1170～1241）

高翥，字九萬，號菊磵，越州餘姚（今浙江紹興）人。出身世家，幼習科舉，應試不第後遂棄科舉，隱居以教授為業。因慕禽鳥，信天緣習性，故名其居處為「信天巢」，與詩友唱酬為樂，所交皆一時名士。晚年居西湖，著有《菊磵集》二十卷，今已亡佚；清康熙裔孫高士奇（1645～1704）蒐羅其先祖之作，輯為《信天巢遺稿》。〔註88〕

釋居簡見高翥之墨蘭，有詩〈書菊磵屏蘭〉、〈菊磵蘭石松菊手卷〉二首：

> 欲酬天問些靈均，九畹歸來活寫真。
> 采筆不知春去後，自芳元不為無人。
>
> （冊53，卷2797，頁33224）

> 犖高江漢歸，化作木石妖。槁樹怪槎枒，俱趁毫端朝。
> 蒼蘚並砌泣，老棘傷秋彫。篠蕩霜不蕃，蘭茞春方饒。
> 抵死蘭茞傍，不肯著艾蕭。坡陁數片石，仙袂拂不消。
> 定知何處見，五老前山椒。（冊53，卷2795，頁33181）

居簡此二詩都是觀高翥畫作的感想，〈書菊磵屏蘭〉一詩仍用屈原典，暗比高翥為孤芳自賞的屈原，因科舉不第而歸隱山林。然其為人如蘭花般，雖未獲賞識，卻空谷自芳，得以廣交名流互相唱和。居簡用「活寫真」三字，道出高翥屏蘭的生動神妙之處。

〔註87〕　漢・司馬遷撰，劉宋・裴駰集解，唐・司馬貞索隱、張守節正義：《史記・楚世家》，卷40，頁567。

〔註88〕　清・高士奇《菊磵集後序》：「菊磵公者幼習科舉學，下筆輒異，長乃卓越不羈，曰此不足為吾學也。放情吟嘯，所交如杜仲高、張荃翁、周晉仙皆一時名流，共相唱和。」見宋・高翥撰，清・高士奇編：《菊磵集》，北京：商務印書館《文津閣四庫全書》本，2005年12月，頁43。

從〈菊磵蘭石松菊手卷〉一詩可知高翥將蘭石松菊並畫，其中蘭、茞，皆爲香草，用典《楚辭・九章・悲回風》：「故荼薺不同畝兮，蘭茞幽而獨芳。」不僅再次凸顯幽而獨芳的蘭花人格化意象，其後「抵死蘭茞傍，不肯著艾蕭」一句，更呼應高翥生平：「頴拔不羈，抗志厲節，好讀奇書，厭科舉學，退然信有天命。隱居教授，師道尊嚴，弟子造其門者，隨其材器教之，皆有成就。家雖貧，非其義一介不取，扁所居曰信天巢，而樂乎道。采菊英，酌磵水，蕭然遊憩，操觚詠歌，凡所交皆碩士……平生特崇志節，出乎人表。」〔註89〕詩人特爲稱頌高翥潔然不群的品格，以及不隨俗同流的抗厲志節。

（二）詩僧墨蘭

禪宗經北宋時期與士大夫階級密切交流，吸收了「墨戲」的觀念與審美標準，並開始創作「墨戲」。叢林禪僧的「墨戲」風格，除潑墨山水較爲奔放外，尚有繪製風格上較爲合度的墨梅、墨竹、墨蘭等作品的畫家，承繼士人畫之風格。〔註90〕禪宗透過內向的直覺頓悟，達到心與物的合一。此一思維方式影響宋代文士的繪畫創作，越來越注重「意」──即繪畫作品中所蘊藏的情感與哲理。〔註91〕以寫意爲主的墨蘭畫與詠墨蘭詩見諸詩僧筆下：

1. 物初大觀（1201～1268）

物初大觀，又稱釋大觀、大觀、大觀禪師。俗姓陸，字物初，號

〔註89〕參見姚燧（1239～1314）〈菊磵集原序〉，見錄於宋・高翥撰，清・高士奇編：《菊磵集》，頁43。
〔註90〕嚴雅美：《潑墨仙人圖研究──兼論宋元禪宗繪畫》，臺北：法鼓文化事業公司，2000年1月，頁144。
〔註91〕禪宗是將「心」作爲本體範疇從客體領域返歸到主體世界，主體通過內向的直覺頓悟，而達到心與物的合一。禪宗的這一思維方式直接影響宋以來文人士大夫的繪畫創作，使這個時期的繪畫創作越來越注重「意」──即繪畫作品中所蘊藏的情感與哲理。參見彭修銀：《墨戲與逍遙：中國文人畫美學傳統》，臺北：文津出版社，1995年9月，頁61。

慈雲，四明鄞縣（今浙江寧波）橫溪人，爲北磵居簡法嗣，從學於淨慈寺，悟得佛理，精通佛教經典，門人德溥爲之編有《物初大觀禪師語錄》一卷。其文學、佛學遠播日本，影響甚鉅，日本特爲編撰《物初賸語》六冊二十五卷（日本寶永五年（1708）刻本）收集其作品，前七卷詩作未見收於《全宋詩》，後十八卷爲佛學論著。

　　物初大觀擅畫蘭蕙，見釋道璨〈題物初蕙蘭〉一詩：

　　　花短秋意長，神清顏色少。

　　　筆端有西風，國香來未了。（冊 65，卷 3455，頁 41162）

釋道璨（1213～1272），字無文，俗姓陶，江南西道豫章（今江西南昌）人。著有《柳塘外集》四卷、《無文印》二十卷、《無文道燦禪師語錄》一卷。「道璨喜翰墨繪畫，雖不以善畫名世，但見畫題詩，表現出其繪畫鑑賞之情趣。……觀靜物寫眞而吟詠其物兼以思人之作，是他寫詠物詩的一個特色。」〔註 92〕此詩爲道璨見到物初大觀之墨蘭後所作的題畫詩，「顏色少」三字指出大觀用省筆淡墨勾勒此幅蕙蘭，而畫中主體應爲在秋風中逐漸凋謝、香氣漸失的秋蘭。道璨的五言詩精巧工細，短短二十字就描繪出大觀畫蘭的氣韻高妙。〔註 93〕

2. 永隆瘦巖（生卒年不詳）

　　黃啟江於《一味禪與江湖詩》一書中，指出大觀之法眷永隆瘦巖，也與大觀一樣善畫蘭蕙，覺菴夢眞《籟鳴集》有〈題隆瘦岩蕙蘭圖〉一文。隆瘦巖（一作岩）或稱「隆北山」，其名號爲永隆瘦巖，南州（今江西）人，大川普濟法嗣，爲大觀與道璨的晚輩禪僧，是《中興禪林風月集》所收禪師作者之一。

〔註 92〕黃啟江：《無文印的迷思與解讀》，臺北：臺灣商務出版社，2010 年 10 月，頁 65。

〔註 93〕《柳塘外集・提要》：「釋氏以佛典爲內學，以儒書爲外學也。……短章絕句，善用其短者，亦時有清致。」參見宋・釋道璨：《柳塘外集》，臺北：臺灣商務印書館《文淵閣四庫全書》本，1986 年 3 月，頁 783。

　　永隆瘦巖作墨蘭後曾向大觀索取題畫詩，見於《物初賸語》卷七
中有〈瘦巖索題蘭蕙〉二首：

　　　　楚花的的孕光風，孕向深林自不同。

　　　　欲爲廣騷休語費，管城活法見全功。

　　　　一莖香吐數花寒，深谷幽人賦考槃。

　　　　記得舊時曾見處，風煙漠漠楚江干。〔註94〕

前詩末句「管城」爲筆的代稱，描寫隆瘦巖的墨蘭筆法生動，再現
〈離騷〉中之蘭蕙風貌。後詩次句典出《詩經・衛風・考槃》，寫深
谷中的隱士處窮自樂之狀；接著亦用屈原典，懷想屈原在楚江畔見
到蘭蕙之情景。大觀二詩皆稱頌瘦巖之墨蘭畫技高超，栩栩如生。

二、墨蘭名家

　　據文獻記載，最早有墨蘭作品者應爲北宋書畫家米芾，鄧椿《畫
繼》卷三：「然公字札流傳四方，獨於丹青，誠爲罕見，予止在利ヘ
李驤元駿家見二畫。……其一乃梅、松、蘭、菊，相因于一紙之上，
交柯互葉，而不相亂，以爲繁則近簡，以爲簡則不疏，太高太奇，
實曠代之奇作也！」〔註95〕然而只有此段文獻紀錄米芾曾畫蘭，並
未另見題詠米氏墨蘭之作。宋代有墨蘭作品傳世且廣爲後人賦詩歌
詠者，爲南宋末趙孟堅、鄭思肖、趙孟頫三人，此時的水墨花鳥畫
兼備寫意，擺脫北宋院體凝練工整的眞實感，轉變爲清疏淡雅、聊

〔註94〕　參見黃啟江：《一味禪與江湖詩——南宋文學僧與禪文化的蛻變》，
　　　　頁37～38。黃啟江亦於《物初賸語》中發現另一號「東谷」之禪侶，
　　　　也要求大觀爲他所作之墨蘭題詩，故大觀有〈東谷索題蘭幅〉：「林
　　　　深春不管，趣淡晚彌芳。睡足幽窗底，閒添楚思長。」同見《一味
　　　　禪與江湖詩》，頁38。

〔註95〕　宋・鄧椿《畫繼》卷三並載米芾生平：「襄陽漫士米黻，字元章，嘗自
　　　　述云：『黻即芾也。』即作芾。世居太原，後徙於吳。宣仁聖烈皇后在
　　　　藩，其母出入邸中，後以舊恩，遂補校書郎。自蔡河撥發，爲太常博
　　　　士，出知常州，復入爲書畫學博士，賜對便殿，擢禮部員外郎，以言
　　　　罷知淮陽軍。芾人物蕭散，被服效唐人，所與遊皆一時名士。」臺北：
　　　　臺灣商務印書館《文淵閣四庫全書》本，1986年3月，卷3，頁512。

寫胸中逸氣的寫意作風。〔註96〕

（一）趙孟堅（1199～約1264）

　　趙孟堅，字子固，號蘭坡，又號彝齋居士，浙江海鹽人，晚年隱居海鹽廣陳鎮（宋代屬海鹽縣，今屬浙江平湖），為宋太祖十一世孫，趙孟頫從兄。宋理宗寶慶二年（1226）進士，歷官集英殿修撰，知嚴州，景定初遷翰林學士承旨。南宋亡後不仕，亦有考證稱其在宋亡前已逝。〔註97〕

　　趙氏為人修雅博識，詩文書畫俱工，多藏金石書畫，嗜之勝於性命，時常展賞雅玩至廢寢忘食。趙孟堅之畫宗米（米芾）家法，間及揚無咎、湯正仲之妙。〔註98〕善畫水墨白描梅、竹、石、松、水仙，《圖繪寶鑑》評趙孟堅畫：「清而不凡，秀而雅淡。」〔註99〕趙孟堅亦擅畫蘭花，《畫鑒》將其畫蘭成就列於水仙、梅花之上：「趙孟堅子固，墨蘭最得其妙，其葉如鐵，花莖亦佳，作石用筆輕拂如飛白狀，前人無此作也。畫梅、竹、水仙、松枝墨戲，皆入妙品，水仙為尤高。子昂專師其蘭石，覽者當自知其高下。」〔註100〕傳世

〔註96〕　參見鄭為：〈試論古代花鳥畫的源流及發展〉，《文物月刊》，1963 年第 10 期，頁 27。並見黃光男：《宋代花鳥畫風格之研究》，高雄：復文圖書出版社，1985 年 12 月，頁 175。

〔註97〕　《宋人軼事匯編》載：「公（趙孟堅）從弟子昂（趙孟頫）自苕來訪公，閉門不納。夫人勸公，始令從後門入。坐定，弟問：『弁山笠澤近來佳否？』子昂曰：『佳。』公曰：『弟奈山澤佳何！』子昂退，使人濯坐具。」後人因此以為趙孟堅生入元代。徐邦達《歷代書畫家傳記考辨》考辨趙孟堅生卒年，認為趙孟堅卒於景定五年（1264），在南宋亡國以前已歿。參見清・丁傳靖輯：《宋人軼事匯編》，見錄於《宋代傳記資料叢刊》，北京：北京圖書館出版社，2006 年 10 月，卷 19，頁 1044。徐邦達：《歷代書畫家傳記考辨》，上海：上海人民美術出版社，1983 年 10 月，頁 20～23。

〔註98〕　胡文虎等著：《中國古代畫家辭典》，杭州：浙江人民出版社，1999 年 8 月，頁 108。又見陳野：《南宋繪畫史》，頁 269～270。

〔註99〕　元・夏文彥：《圖繪寶鑑》，臺北：臺灣商務印書館《文淵閣四庫全書》本，1986 年 3 月，卷 4，頁 595。

〔註100〕　元・湯垕：《畫鑒》，臺北：臺灣商務印書館《文淵閣四庫全書》本，1986 年 3 月，頁 434。

作品有〈白描水仙圖〉藏於天津博物館、〈墨蘭圖〉藏於北京故宮博物院、〈水仙圖〉藏於美國紐約大都會藝術博物館、〈歲寒三友圖〉藏於臺北故宮博物院，著有《彝齋文編》、《梅譜》。

趙孟堅〈墨蘭圖〉爲現存最早的墨蘭圖畫，畫上有自題詩：

> 六月湘衡暑氣蒸，幽香一噴冰人清。
>
> 曾將移入浙西種，一歲纔華一兩莖。

（冊 61，卷 3241，頁 38685）

詩後款署「彝齋趙子固仍賦」七字，鈐「子固寫生」一印。趙氏此畫作於暑氣蒸騰的六月湖南地區，次句「幽香一噴」近似李綱〈鄧純彥家蘭盛開見借一本·其三〉「噴了清香開了花」之用法，展現蘭花於酷暑炎日中依然有旺盛昂揚的生命力，聞到蘭花冰清的幽香後，令人精神爲之一振。「曾將移入浙西種」說明了趙氏所畫蘭花是從浙西移入的品種，末句「一歲纔華一兩莖」正是典型春蘭一幹一花的特徵。

圖畫本卷左右兩側有文徵明、文彭、安岐等人鑑藏印共十五方。畫卷右上方有元·顧敬（字思恭，號灌園翁，元末明初吳縣人）小楷題七絕一首：

> 國香誰信非凡草，自是苕溪一種春。
>
> 此日王孫在何處？烏號尚憶鼎湖臣。〔註101〕

詩中的「苕溪」位於浙江西北部，呼應趙氏的「浙西」。末句「烏號」、「鼎湖」典出《史記》〔註102〕，指看到烏號（古弓名）便會懷念鼎湖臣（鼎湖爲黃帝升天處，意爲股肱之臣），意爲看到此幅墨蘭圖，

〔註101〕 見錄於清·卞永譽：《式古堂書畫彙考》，臺北：臺灣商務印書館《文淵閣四庫全書》本，1986 年 3 月，卷 45，頁 877。

〔註102〕 《史記·封禪書》：「黃帝采首山銅，鑄鼎於荊山下。鼎既成，有龍垂胡髯下迎黃帝。黃帝上騎，群臣後宮從上者七十餘人，龍乃上去。餘小臣不得上，乃悉持龍髯，龍髯拔，墮，墮黃帝之弓。百姓仰望黃帝既上天，乃抱其弓與胡髯號，故後世因名其處曰鼎湖，其弓曰烏號。」見漢·司馬遷撰，劉宋·裴駰集解，唐·司馬貞索隱、張守節正義：《史記》，卷 28，頁 459。

便會想到這位宋亡後拒不仕元的沒落王孫，遙想其剛正堅貞的高尚氣節。

　　北京故宮博物院典藏的此圖卷尾還有九篇題跋，六首跋詩、三篇跋文，茲擇取明人六首詩作按照次序臚列如次：

　　明・文徵明（1470～1559）
　　高風無復趙彝齋，楚畹湘江爛漫開。
　　千古江南芳草怨，王孫一去不歸來。

　　明・王穀祥（1501～1568）
　　水仙曾見彝齋筆，又向圖中見墨蘭。
　　似有光風時汎葉，如聞香氣吐毫端。

　　明・周天球（1514～1595）
　　素葩垂露香堪挹，勁葉含風翠不凋。
　　瞥向圖中見清影，每於塵外想高標。

　　明・彭年（1505～1566）
　　奕葉英英吐國香，披圖彷彿到衡湘。
　　王孫風骨超凡俗，筆底春生玉樹芳。

　　明・袁褧（1495～1573）〈題文子壽承所藏趙子固墨蘭二絕〉
　　昔賞彝齋畫水仙，花枝盈卷爛雲煙。
　　風流已去多珍襲，又見蘭絫造墨玄。

　　子固當年稱畫師，黍離宗國不勝悲。
　　寧王蛺蝶圖還在，墨吐幽香賦楚纍。〔註103〕

歸納五首詩作的特色有四：第一、以「高風」、「高標」、「清影」、「風骨超凡俗」，著重頌揚趙孟堅高潔的風骨氣節。第二、除了直呼「彝齋」外，也以「王孫」稱趙孟堅。第三、先肯定趙氏畫水仙之高妙，以襯托墨蘭之絕藝。「如聞香氣吐毫端」一句，可對比上述蘇軾〈題楊次公蕙〉「云何起微馥，鼻觀已先通」，詩人見畫聞香，極寫趙氏墨蘭如生。第四、袁褧二絕第三句「寧王蛺蝶」，應作「滕王蛺蝶」

〔註103〕以上題跋，見清・卞永譽：《式古堂書畫彙考》，卷45，頁877～878。

（卞氏自注：原蹟寧字下注滕字），用典唐滕王李元嬰（630～684）擅畫蛺蝶一事〔註 104〕，指趙氏所畫蘭花盛開，如彩蝶般翩翩起舞，飄逸靈動。〔註 105〕

（二）鄭思肖（1241～1318）

鄭思肖，字憶翁，號所南，自稱三外野人，連江（今福建福州）人。曾以太學上舍應博學鴻辭試，授和靖書院山長。宋亡後隱居吳下（今江蘇蘇州），坐必南向，不與北人交談，並更名思肖，以寓「思趙」之意。又將其書齋名為「本穴世界」，因「本穴」二字穿插即為「大宋」。善詩，擅水墨蘭竹，著有《鄭所南先生文集》、《一百二十圖詩集》、《心史》〔註 106〕等。傳世真跡有大德十年（1306）作〈墨

〔註 104〕 宋・佚名《宣和畫譜》：「滕王元嬰，唐宗室也。善丹青，喜作蜂蝶。」臺北：臺灣商務印書館《文淵閣四庫全書》本，1986 年 3 月，卷15，頁 157。

〔註 105〕 趙氏此幅〈墨蘭圖〉中央繪有春蘭二株，花葉皆用淡墨撇出，筆法明快疏淡。姚瑤《趙孟堅詩畫藝術研究》詳細的介紹趙氏墨蘭筆法，茲引錄如次：「蘭葉作開放式分向三面，以汲取畫幅之外的空間，兩端橫向葉梢伸出畫外，上端亦出畫外，給人一種筆盡意不盡之感。長葉呈放射狀，分合交叉、俯仰伸展、參差錯落，頗有韻致。……花朵像五個躍動的精靈，又如翻飛的蝴蝶，輕盈而活潑，優雅而俊逸，讓人似乎聞到風中飄散的幽幽蘭香，感受到旺盛的生命。花朵集中在根莖部位，一方面豐富了這一局部的層次內容，另一方面增大了密度，使輕飄的畫面沉著下來，穩重、大氣之感襲來。……此圖畫面含蓄豐富，效果極佳，雖水墨為之，卻遠勝著色。」參見姚瑤：《趙孟堅詩畫藝術研究》，重慶：西南大學中國古代文學專業碩士論文，2013 年 4 月，頁 26。

〔註 106〕 歷來對《心史》真偽與否，出現不少爭議，贊成與反對者各執一詞，甚至因其內容譏詆異族侵略，清朝官方將其列入禁燬之書。《心史》於明末崇禎十一年（1638）於蘇州承天寺古井中發現，裝在一個鐵函裡，函內藏書兩卷，為作者「一生詩文」，「記宋末亡國事」，皆抒發了對元蒙王朝強烈的反抗與詛咒，意在恢復大宋王朝；另有一封上書「大宋孤臣鄭思肖百拜封。」康熙年間，徐乾學、閻若球、全祖望等皆認為《心史》為他人所偽託鄭思肖作。此後關於此書之真偽一直討論不休，至今尚無定論。參見康湘敏：《宋元之際逸民畫家題畫詩研究》，桃園：國立中央大學中國文學系碩士論文，2010年 1 月，頁 16。

蘭圖〉，圖右有自題詩一首，圖左有年款「丙午正月十五日作此壹
卷」，並鈐一白文印，印文：「求則不得，不求或與，老眼空闊，清
風萬古」，現藏日本大阪市立美術館。〔註107〕

《宋史翼》載鄭思肖「精墨蘭」：

> 畫成即毀之，人求之，甚靳。自更祚後，畫蘭不畫土根，
> 人詢其故，則曰：「地爲他人奪去，汝猶不知耶？」有邑宰
> 愛其畫，知不可得，脅以賦役，思肖怒曰：「頭可斫，蘭不
> 可得。」宰奇而釋之。平日所作詩文，惓惓不忘故君，遇
> 宋臣仕元者，雖素交，必與之絕。〔註108〕

鄭思肖墨蘭特色是「畫蘭不畫土」，筆下蘭花裸根離土，因家國淪亡，
大宋土地爲外族所得，人民無國無家、失土失根，以借喻蘭無生長
之地，故畫露根蘭。鄭思肖藉蘭寄託深沉的故國情懷與民族傷痛，
所以才會對前來索畫的當權者說「頭可斫，蘭不可得」，此時畫蘭除
了是個人的自況比附外，更成爲精神依託和國族象徵，神聖不可褻
瀆。如此強烈的遺民情懷，於其〈墨蘭〉一詩中表露無遺：

> 鍾得至清氣，精神欲照人。抱香懷古意，戀國憶前身。
> 空色微開曉，晴光淡弄春。淒涼如怨望，今日有遺民。
>
> （冊69，卷3626，頁43415）

詩中並未出現畫中蘭花外形描述，蘭花「至清」之氣正可代表鄭思
肖堅定不移的心志，空色二句寫詩人在破曉晴光中見蘭畫蘭，可能
因傷心憂憤而徹夜未眠，流露對故國的無限眷戀之情。末二句「淒
涼如怨望，今日有遺民」，更使全詩收束在山河破碎的悲歌中，迴盪
亡宋哀音。

　鄭思肖於大德丙午年（1306）正月十五日作〈墨蘭圖〉，其時宋
亡已近三十年，作者亦年近古稀，卻仍筆力勁挺，氣格高潔，內斂含
蓄，卷上有自題詩：

〔註107〕胡文虎等著：《中國古代畫家辭典》，頁170。
〔註108〕清・陸心源：《宋史翼》，見錄於《宋代傳記資料叢刊》，北京：北
　　　　京圖書館出版社，2006年10月，卷34，頁391～393。

向來俯首問羲皇，汝是何人到此鄉？

未有畫前開鼻孔，滿天浮動古馨香。

（冊 69，卷 3628，頁 43450）

鄭思肖詩風受到宋末元初通俗文學興起的影響，通俗淺近，自然流暢。羲皇本指伏羲氏，這裡借代爲作者崇敬的古雅蘭花。一二句以擬人手法向蘭提問：「汝是何人到此鄉？」暗指大宋遭鐵馬蹂躪，國土淪喪，蘭花爲何還要來到這個無處容身、無土可依之地？作者的愛國情思與亡國之痛躍然紙上。三四句寫在作畫之前，作者馳騁想像，開放五官，特別著重於嗅覺感知，於是便聞到滿天馨香。帶有古意、滿天浮動的馨香遂成爲高潔、堅貞的人格象徵，「古」與開頭的「羲皇」呼應，更與「故」諧音雙關，爲點題之筆，不言國土淪喪、不言懷念故國，而意在其中，含而不露，語近情遠。表現了作者心香不泯、風節不變的高尚品格。〔註 109〕

鄭氏〈墨蘭圖〉畫中有寥寥數筆的淡墨蘭葉，以及唯一一朵蘭花，雖著墨不重，卻勾勒出一叢疏花簡葉的幽雅之蘭。卷中蘭葉雙側對稱，成倒八字形分開；中間一矮蹙細莖上著一朵花蕾；花下無土，根亦似有若無。全卷筆法剛健，表現出一種不屈不撓的頑強精神，筆勢樸拙簡逸、流暢奔放又婉轉敦厚，既顯示敦厚壯實的質感，又表現出剛勁挺拔的氣勢，充分體現出在惡劣環境之中破土而出的生命力。〔註 110〕鄭思肖墨蘭露出根部，因此後人稱之爲「露根蘭」。宋代院體畫多採白描加上色彩的鈎勒填彩法，鄭思肖卻別出心裁，獨創以直線描繪的方式畫蘭，此法亦稱「沒骨法」，爲後世水墨畫的主要畫法之一。〔註 111〕

〔註 109〕 劉繼才：《中國題畫詩發展史》，瀋陽：遼寧人民出版社，2010 年 3 月，頁 213～214。又見康湘敏：《宋元之際逸民畫家題畫詩研究》，頁 33。

〔註 110〕 參見王平善：〈淚泉和墨繪奇蘭——淺談鄭思肖〈墨蘭圖〉表現手法及其意義〉，《江蘇工業學院學報》，2009 年第 1 期，頁 94～97。

〔註 111〕 賴玉光主編：《水墨畫法·墨蘭》，臺北：唐代文化事業有限公司，1989 年 4 月，頁 10～11、135。

　　此畫以無根蘭表達對元滅宋的憤恨與悲愴，反映孤苦無依的遺
民悲緒。南宋末年，鄭思肖的無根蘭成為中國繪畫史上重要的文化
標識之一，其中寄寓的黍離之悲獨具一格，其藝術手法也為後世文
人畫家所推崇。如元・倪瓚（1301～1374）題其畫蘭云：

　　　秋風蘭蕙化為茅，南國淒涼氣已消。

　　　只有所南心不死，淚泉和墨寫離騷。〔註112〕

倪瓚，字泰宇，後字元鎮，號雲林子、荊蠻民、幻霞子等，江蘇無
錫人。擅畫山水、墨竹，亦擅詩文，與黃公望、王蒙、吳鎮合稱「元
四家」。存世作品有〈漁莊秋霽圖〉、〈六君子圖〉、〈容膝齋圖〉等，
著有《清閟閣集》。此詩雖為題畫，卻與畫的內容不太相關，而側重
於鄭思肖作畫心態的闡發，只有首句「秋風蘭蕙」可知倪瓚所見的
墨蘭，應為在秋風蕭瑟中獨自挺立的蘭花，次句更顯整體畫境的疏
朗淒清之感。末二句詩人則由畫及人，由人及變，揭示畫家心靈的
滄桑之感，寄託其幽芳高潔的情操，以及在國家淪覆後不願隨波逐
流，隨世浮沉的高貴民族氣節。〔註113〕

　　此詩慷慨悲涼，雄深雅健，既表現了鄭思肖的高尚氣節，又是
詩人自況。特別是末句「淚泉和墨寫離騷」，詩人用個人情感把畫面
和時代情緒交融在一起，不僅是詩人終身不仕，不涉權貴之門的真
實寫照，更曲折地反映了在元朝殘酷統治下，有志之士慘遭蹂躪的
現實。

　　世傳鄭思肖繪有另一幅〈國香圖卷〉，畫一孤傲伸葉吐蕊之蘭，
自題：「一國之香，一國之殤。懷彼懷王，於楚有光。所南。」現藏於
美國耶魯大學美術館，是否為鄭氏真跡，有待考證。元・夏文彥《圖
繪寶鑑》著錄鄭思肖的另一卷墨蘭：「嘗自寫一卷，長丈餘，高可五
寸許，天真爛熳，超出物表。題云：純是君子，絕無小人」〔註114〕，

〔註112〕　清・顧嗣立：《元詩選初集》，北京：中華書局，1987 年 1 月，卷
　　　　　58，頁 2126。

〔註113〕　參見康湘敏：《宋元之際逸民畫家題畫詩研究》，頁 33～24。

〔註114〕　元・夏文彥：《圖繪寶鑑》，卷 5，頁 616。

惜今已亡佚。

〈國香圖卷〉圖卷附有明清文士的題跋詩文多達三十餘篇，其中只有三首詩作收錄於清・康熙敕撰的《御定歷代題畫詩類》，足見其重要性，茲臚列如次：

> **明・徐禎卿**（1479～1511）〈題鄭所南墨蘭〉
> 是處丘園成草莽，芳根無地著幽蘭。
> 愁人自寫西風怨，合與離騷一樣看。
>
> **明・文徵明**〈題鄭所南墨蘭〉
> 江南落日草離離，卉物寧知故國移。
> 卻有幽人在空谷，居然不受北風吹。
>
> **明・朱凱**（約 1480 前後在世，字堯民，善畫工詩）〈題鄭所南畫蘭〉
> 渚宮春冷北風寒，九畹蕭條入塞垣。
> 老死靈均在南國，百年誰為賦招魂。〔註115〕

明代詩人以「愁人」、「幽人」、「老死靈均」代稱鄭思肖，皆為鄭氏發出故國淪喪，昨是今非的慨歎。「卻有幽人在空谷，居然不受北風吹」二句隱含鄭思肖不得已而為之的隱逸思想。有別於在山林中恬淡悠然、游心林泉的文士，經歷黍離之悲的鄭思肖是無家可歸的絕域孤臣。他無法自由棲居於田間陌上，因為普天之下已無故國寸土。鄭思肖的心靈寄託不再是傳統的山水田園，而是已經淪亡的故國山河，所以筆下的隱逸之情始終帶有無法釋懷的沉重，不復有傳統隱逸詩人瀟灑出塵的風姿。〔註116〕詠蘭詩到了宋末鄭思肖始與遺民悲劇命運相結合，「無根蘭」遂成為家國淪亡的標誌之一。

（三）趙孟頫（1254～1322）

趙孟頫雖為宋末元初書畫家，但其墨蘭獨樹一格，對後世影響甚鉅，故特為討論之。趙孟頫，字子昂，號松雪道人，別號鷗波、

〔註115〕清・康熙敕撰：《御定歷代題畫詩類》，卷 75，頁 178。
〔註116〕陳天佑、鍾巧靈：〈鄭思肖題畫詩論〉，《江蘇科技大學學報（社會科學版）》，2016 年第 3 期，頁 36～42。

水精宮道人，諡文敏，湖州（今浙江吳興）人，爲趙孟堅從弟，宋宗室之後。以父蔭補官，任眞州司戶參軍，宋亡後閉居於家。元世祖至元二十三年（1286），程鉅夫至江南搜訪遺才，將趙孟頫舉薦於朝，授兵部郎中；元仁宗元祐三年（1316），累官至翰林學士承旨，世稱「趙承旨」。工書法，各體皆精、擅畫山水、木石、花竹、人馬，以書畫名世，著有《松雪齋集》十一卷。〔註117〕傳世的墨蘭畫作有〈蘭石圖〉、〈蘭花竹石圖〉藏於上海博物館；〈竹石幽蘭圖〉藏於美國克利夫蘭藝術博物館。

　　題詠趙孟頫墨蘭之詩作者大部分爲宋末元初或元代詩人〔註118〕，《全宋詩》只錄兩首相關詩作：

　　方回〈題沈伯儁所藏趙子昂墨蘭〉
　　今蘭春秀異秋蘭，世事隨時豈一端。
　　別有古人不死處，陶詩晉字要人看。
　　（冊66，卷3504，頁41810）

　　仇遠（1247～1326）〈題趙松雪竹石幽蘭〉
　　舊時長見揮毫處，修竹幽蘭取次分。

〔註117〕 有關趙孟頫生平，可參明・宋濂等撰：《元史》，臺北：新文豐出版公司，1975年5月，卷172，頁1917。又見任道斌：《趙孟頫繫年》，開封：河南人民出版社，1984年7月。

〔註118〕 王偉勇於〈宋元兩代詠蘭詩及其相關問題考述〉一文中統計《御定歷代題畫詩類》所載元人題趙孟頫墨蘭相關詩篇，計有題墨蘭八篇：張雨（1283～1350）〈吳興墨蘭〉、陳旅（1287～1342）〈題趙吳興墨蘭〉、鄭元祐（1292～1364）〈子昂蘭〉、倪瓚（1301～1375）〈趙魏公蘭〉、張天英（生卒年不詳）〈題趙子昂蘭〉、又〈題趙翰林蘭〉、張渥（約卒於1356前後）〈題趙翰林墨蘭〉、屠性（生卒年不詳）〈題趙子昂墨蘭〉；題蘭、石兩篇：虞集（1272～1348）〈題汪華玉、子昂蘭石四首〉、于立（生卒年不詳）〈題子昂蘭石〉；題蘭、竹五篇：袁桷（1266～1327）〈子昂蘭竹墨戲二首〉、黃溍（1277～1357）〈題趙公畫蘭竹〉、吳師道（1283～1344）〈題趙子昂爲吳德良所作蘭竹圖〉、〈子昂蘭竹圖〉、陳旅（1287～1342）〈爲吳德良題承旨所贈蘭竹圖〉；題竹、石、蘭一篇：仇遠（1247～1326）〈題趙松雪竹石幽蘭〉。該文見錄於《中國宋代文學學會第十屆年會暨宋代文學國際學術研討會論文集》，北京：中國人民大學國學院，2017年8月，冊上，頁398～413。

欲把一竿苕水上，鷗波千頃看秋雲。

（冊 70，卷 3684，頁 44255）

第一首詩題的「沈伯儁」應爲宋末元初沈茂實，字伯儁，錢塘人，生卒年不詳。方回於詩前有序：「今之墨蘭，山谷之所謂蘭也，一幹一花。古之蘭，根枝葉花皆香，一樹而千萬蕊。〈離騷〉曰：『紉秋蘭以爲佩』、『秋蘭兮蘼蕪。』漢武曰：『蘭有秀兮菊有芳。』今八九月開，與菊同時。淵明詩曰：『幽蘭生前庭，含薰待清風；清風脫然至，見別蕭艾中。』東坡詩曰：『幽蘭如美人，不采羞自獻；時聞風露香，蓬艾深不見。』今之蘭，十二月、正月開，若蕭、若蓬、若艾，皆枯槁未芽，陶蘇詩指屈子之蘭耳。然山谷之蘭，盛行近世，墨竹、墨梅之外，加以此品，古畫譜亦所未有。隨時之義一可賦，趙子多能善書二可賦，沈子嗜學好事三可賦。」方回此題畫詩亦與畫面基本無涉，旨在強調古今蘭的不同，並指出水墨花卉於宋以前只有梅竹，未見墨蘭，趙孟頫的墨蘭並非等同於陶淵明詩的幽蘭。

第二首詩作者爲仇遠，字仁近，一字仁父，自號山村居士，錢塘（今浙江杭州）人。與趙孟頫、方回、吾邱衍、鮮于樞等結爲詩友，互相贈答，有《金淵集》六卷、《興觀集》、《山村遺集》等。此詩第三句提到「苕水」，與前引元・顧敬題趙孟堅墨蘭七絕「自是苕溪一種春」的「苕溪」相同，據《中國古今地名大辭典》載：「苕溪，一名苕水，有二源：一曰東苕，出浙江天目山之陽，……北至吳興縣爲霅溪。一曰西苕，出天目山之陰，……至吳興縣城中。」〔註 119〕是知苕溪流至江蘇吳興，故可用苕水、苕溪點出吳興其地，意即趙孟頫的故鄉。仇遠詩末二句「欲把一竿苕水上，鷗波千頃看秋雲」，點出趙孟頫仕宦日久，意喻歸隱江湖之想。〔註 120〕

〔註 119〕臧勵龢等主編：《中國古今地名大辭典》，臺北：臺灣商務印書館，2005 年 7 月，頁 662。

〔註 120〕趙孟頫〈漁父詞〉流露隱逸之思：「渺渺煙波一葉舟。西風落木五湖秋。盟鷗鷺，傲王侯。管甚鱸魚不上鉤。」其妻管道昇亦有和作：「人生貴極是王侯，浮利浮名不自由。爭得似，一扁舟，弄風吟月

第五節　以詩類蘭：類分蘭花與並物題詠

歷代對「蘭」的認識在宋代有嶄新的突破，宋人不僅能辨識古今蘭實爲不同植物之外，更因蘭花栽培技術提升，使得不同品種的蘭花得以廣爲栽植與販賣。由於宋代花卉文化大盛，文人四時皆可見花，宋代詠蘭詩由是出現類分蘭花或並物題詠之作。

一、分類辨誤

（一）蘭蕙之辨

宋代類分蘭蕙始於黃庭堅〈書幽芳亭〉一文，詠蘭詩中亦有蘭蕙之辨，除了上引蘇軾〈題楊次公蕙〉「蕙本蘭之族，依然臭味同」，釋慧空（1096～1158）〈和慈覺炊字韻并送蘭蕙〉亦有「蕙弟蘭兄本一山，莫如白下望長干」（冊 32，卷 1849，頁 20638）之句，亦可見陳鑒之〈題鄭承事所作蕙蘭三首・其一〉：

　　　蘭如君子蕙如士，此評吾得之涪翁。

　　　有餘不足姑勿論，畢竟清幽氣類同。

　　（冊 57，卷 3028，頁 36074）

此詩首句「蘭如君子蕙如士」，完全承襲黃庭堅〈書幽芳亭〉「蘭似君子，蕙似士大夫」之觀點，並以「清幽氣類同」作結，特爲突出描寫蘭蕙清幽的香氣，黃庭堅此文的影響可見一斑。

（二）古今蘭之辨

前章引朱熹《楚辭辯證》指出古今蘭的不同之處，不能混用，可與其〈詠蕙〉一詩互相參照：「今花得古名，旖旎香更好。適意欲忘言，塵編詎能老。」（冊 44，卷 2393，頁 27659）朱熹認爲古代蕙草爲零陵香，與宋代的蕙花名稱重合，所以說「今花得古名」，而「香更好」則揭示了古今「蕙」的共同特色。

歸去休！」見錄於唐圭璋編：《全金元詞》，北京：中華書局，1979年 10，頁 809。

　　宋代同樣提到古今蘭之分的詩人是方回〔註121〕，其〈題葉蘭坡居士蘭〉：「一花一幹秀春風，此論黃家太史公。若問靈均舊紉佩，零陵香出古湘中。」（冊66，卷3508，頁41888）葉福孫（1201～？），字君愛，號蘭坡居士，三山（今福建福州）人，宋末遺民，宋亡後流寓杭州。方回此詩可知葉福孫曾畫蘭，前二句可見黃庭堅〈書幽芳庭〉的論點；後二句則可看出方回對屈原紉佩之古蘭草與今蘭花的清楚識別。

　　方回〈八月二十九日雨霽玩古蘭〉則於詩題即點出「古蘭」二字，摘錄如下：「我有古猗蘭，瓦斛以蒔之。舉世無識者，惟有秋蝶知。紫穗密匼匝，雪茸紛葳蕤。國香襲衣袖，堅坐神自怡。微詠韓子操，長歌湘纍詞。」（冊66，卷3498，頁41718）「紫穗密匼匝，雪茸紛葳蕤」二句描繪出的古蘭外型應爲菊科澤蘭屬植物〔註122〕，並點出韓愈與屈原賦詠的植物皆爲古蘭。

　　方回另有〈秋日古蘭花十首〉，特爲辨析古蘭與今蘭之不同：

綠葉梢頭紫粟攢，離騷經裏古秋蘭。
時人誤喚孩兒菊，惟有詩翁解細看。

可待清秋菊共芳，春苗夏葉已先香。
握蘭故事人誰識，凤世龐眉漢署郎。

遠聞香淡近聞濃，紫穗絲絲吐雪茸。
不識幽人殢妹子，兒曹方醉木芙蓉。

玉露金風喜乍涼，紫莖綠葉薦秋芳。
今年最好中秋月，更著秋蘭月下香。

〔註121〕方回，字萬里，一字淵甫，號虛谷，別號紫陽山人，徽州歙縣（今安徽黃山）人，曾任嚴州知州，宋亡後長期寓居錢塘，與宋遺民往來。著有《桐江集》65卷、《瀛奎律髓》49卷。《全元文》收錄方回《桐江續集》，〈葉君愛琴詩序〉一文，參見李修生主編：《全元文》，南京：江蘇古籍出版社，2004年10月，冊7，卷214，頁133。

〔註122〕菊科澤蘭屬植物多爲多年生草本、半灌木或灌木，其特徵爲頭狀花序小，數量多，長於枝條的先端，呈複聚繖花序排列。花紫色，紅色或白色，有時帶有粉紅色暈。參見中國植物志編輯委員會：《中國植物志》，北京：科學出版社，1985年，卷74，頁54。

大似斯文不遇時，無人採佩世無知。
援琴與鼓猗蘭操，五百年間一退之。
椒漿桂酒蕙蒸藉，學子人能誦楚騷。
惟有籍蘭無識者，老夫對爾首頻搔。
紉蘭爲佩楚忠臣，直道從來不屈身。
爲報拖金鳴玉者，如君多是折腰人。
雪絲鬆細紫團欒，今代無人識古蘭。
本草圖經川續斷，今人誤作古蘭看。
一幹一花山谷語，今蘭不是古時蘭。
重陽菊畔千絲紫，隆準曾孫卻解看。
楚詞蘭有晦翁註，模寫眞容本陸璣。
不待花開著囊貯，紫莖綠葉可熏衣。

（冊 66，卷 3508，頁 41877）

歸納十首七言絕句要點有五，茲臚列如次：

第一、出現許多正面描寫古蘭的詩句，如「綠葉梢頭紫粟攢」、
「遠聞香淡近聞濃，紫穗絲絲吐雪茸」、「紫莖綠葉薦秋芳」、「雪絲
鬆細紫團欒」、「不待花開著囊貯，紫莖綠葉可熏衣」等，與現今之
菊科澤蘭屬植物外型相似。

第二、一詩用一典，列舉歷代蘭花名典成詩，如其二用漢代尚
書郎握蘭含香之典；其五用唐代韓愈作〈猗蘭操〉之典；其六語出
《楚辭・九歌・東皇太一》「蕙肴蒸兮蘭藉，奠桂酒兮椒漿」；其七
用屈原紉蘭爲佩，剛毅不屈之典；其九典出漢武帝作〈秋風辭〉「蘭
有秀兮菊有芳」。

第三、不斷強調古蘭與今蘭之不同，應加以區別，如「今代無人
識古蘭」、「今人誤作古蘭看」、「今蘭不是古時蘭」。

第四、肯定前行學者分辨古今蘭之功：最早記載古蘭形貌者爲
三國吳・陸璣；朱熹《楚辭集注》中對古今蘭有清楚的辨識。

第五、指出時人之謬誤：被時人稱爲孩兒菊者，即〈離騷〉中綠
葉紫莖的秋蘭，並見方回〈訂蘭說〉：「古之蘭，即今之千金草，俗名

孩兒菊者。」〔註 123〕北宋‧蘇頌（1020～1101）主持編撰《本草圖
經》所載之「川續斷」，被南宋人誤作古蘭。筆者查考《本草圖經》
「續斷生常山山谷，今陝西、河中、興元府、舒、越、晉州亦有之。
三月以後生苗，稈四棱，似苧麻；葉亦類之，兩兩相對而生，……七
月、八月採，……其花紫色。」〔註 124〕蓋因「川續斷」外型似古蘭
草，才會有誤識的情形。

（三）品種之辨

南宋兩本蘭譜的出版，標誌著蘭花品種識別鑑賞的成熟，南宋詩
人也有吟詠不同種類蘭花的詩作，有雙頭蘭、劍蘭與白蘭等，可知此
時蘭花栽培繁盛，時人致力培育出不同品種的蘭花。

1. 石　蘭

呂大防（1027～1097）〈辨蘭亭記〉出現〈離騷〉中記載的「石
蘭」，並有石蘭與石蟬之辨：

> 蜀有草如蘸，紫莖而黃葉，謂之石蟬；而楚人皆以爲蘭。
> 蘭見於《詩》、《易》，而著於〈離騷〉；古人所最貴，而名
> 實錯亂，乃至於此。予竊疑之，乃詢諸游仕荊湘者，云楚
> 之貴蘭舊矣，然鄉人亦不知蘭之爲蘭也。前此十數歲，有
> 好事者以色臭花葉驗之於書而名著，況他邦乎？予於是信
> 以爲蘭，考之《楚辭》，又有石蘭之語，蓋蘭、蟬聲近之誤。
> 其葉冬青，其莘寒，其生沙石瘠土而枝葉峻茂。其芳不外
> 揚，暖風晴日，有時而發，則郁然滿乎堂室，是皆有君子
> 之德，此古人之所以爲貴也。乃爲小亭，植蘭於其旁，而
> 名曰辨蘭。無使楚人獨識其眞者，亭之意也。〔註 125〕

〔註 123〕見錄於明‧李時珍：《本草綱目》，臺北：國立中國醫藥研究所，1988
　　　　　年 10 月，卷 14，頁 527。

〔註 124〕宋‧蘇頌編，尚志鈞輯：《本草圖經‧草部上品之下》，合肥：安徽
　　　　　科學技術出版社，1994 年 5 月，卷 5，頁 64。

〔註 125〕宋‧呂大防：〈辨蘭亭記〉，見錄於宋‧扈仲榮、程遇孫等編：《成
　　　　　都文類》，臺北：臺灣商務印書館《文淵閣四庫全書》本，1986 年
　　　　　7 月，卷 27，頁 587。又見明‧周復俊：《全蜀藝文志》，臺北：臺

蜀地有黃葉紫莖之草，蜀人稱之為「石蟬」，但楚人卻稱此草為「蘭」。作者考索《楚辭》，發現有植物名為「石蘭」，於是豁然開朗：「蓋蘭、蟬聲近之誤」。宋人認為石蘭生於山中石上，為一種山蘭，見吳仁傑《離騷草木疏》：「石蘭，即山蘭也。蘭生水傍及水澤中，而此生山側。荀子所謂幽蘭花生於深林者，自應是一種，故離騷以石蘭別之。」〔註126〕呂氏一文亦記錄植物外觀、生長環境和開花型態，特別是「其生沙石瘠土而枝葉峻茂」，筆者推測應為蘭科蘭花，因其根系需要透水通風，故植株土壤顆粒較大。

　　呂大防另有〈西園辨蘭亭〉一詩呼應上文，友人李大臨（1010～1086）、李之純（生卒年不詳）有和韻之作，皆賦詩記其事：

呂大防〈西園辨蘭亭〉
手種叢蘭對小亭，辛勤為訪正嘉名。
終身佩服騷人宅，舉國傳香楚子城。
削玉紫芽淩臘雪，貫珠紅露綴春英。
若非郪客相開示，幾被方言誤一生。（冊6，卷620，頁7395）

李大臨〈西園辨蘭亭和韻〉
沙石香叢葉葉青，卻因聲誤得蟬名。
騷人佩處唯荊渚，識者知來徧蜀城。
消得作亭滋九畹，便當入室異羣英。
非逢至鑒分明說，汩沒人間過此生。（冊7，卷360，頁4440）

李之純〈西園辨蘭亭和韻〉
綠葉纖長間紫莖，蜀人未始以蘭名。
有時只怪香盈室，此日方傳譽滿城。
恩意和風揚馥鬱，光榮灝露滴清英。
庭階若不逢精鑒，何異深林靜處生。（冊15，卷878，頁10215）

三首詩題環繞「西園辨蘭亭」，明·曹學佺《蜀中廣記》：「成都府治

灣商務印書館《文淵閣四庫全書》本，1986年3月，卷34，頁394。
〔註126〕　宋·吳仁傑：《離騷草木疏》，北京：商務印書館《文津閣四庫全書》本，2005年12月，卷1，頁199。

西園有辨蘭亭，爲呂大防、李大臨、李之純三人倡和處。」〔註127〕
可知此西園位於四川成都，而非北宋元祐年間蘇軾等文士西園雅集之
處。〔註128〕「削玉紫芽凌臘雪，貫珠紅露綴春英」、「綠葉纖長間紫
莖」、「沙石香叢葉葉青」，記述了石蘭的外觀形貌與生長環境。清‧
吳其濬（1789～1847）《植物名實圖考‧石草類‧石蘭》認爲石蘭即
石斛：「石蘭，南安山石上有之，橫根先作一蒂，如麥門多，色綠，
蒂上發兩小葉，葉中抽小莖，開花瓣如甌蘭而短，心紅瓣綠，與甌蘭
無異，花罷結實仍如門多，累累相通，蓋即石斛一種。」〔註129〕

　　「終身佩服騷人宅，舉國傳香楚子城」二句呼應《楚辭‧九歌》
「白玉兮爲鎮，疏石蘭兮爲芳」、「被石蘭兮帶杜衡，折芳馨兮遺所
思」，潘富俊《楚辭植物圖鑑》亦認爲《楚辭》中的「石蘭」即今蘭
科石斛蘭（Dendrobium nobile）：「石蘭係指生長在岩石上的蘭花，即
今日所稱的『石斛』。……由於石斛類花富有香氣，且花色美麗脫俗，
因此《楚辭》納入香草之列。」〔註130〕

　　石斛蘭附生於樹幹或石頭上，爲附生蘭，其莖可入藥，名爲石
斛，有驅解虛熱，益精強陰等療效。〔註131〕明‧李時珍（1518～1593）

〔註127〕 明‧曹學佺：《蜀中廣記》，臺北：臺灣商務印書館《文淵閣四庫全
　　　　　書》本，1986 年 3 月，卷 61，頁 30。
〔註128〕 北宋元豐、元祐年間，以蘇軾爲首的一批文人常聚會京師，或館閣
　　　　　酬唱，或試院題詩，產生大批題畫詠畫之作，其中最有代表性的是
　　　　　「西園雅集」。當時蘇軾、蘇轍、黃庭堅、李之儀、晁補之、張耒、
　　　　　秦觀等十六人於駙馬王詵的西園談詩論畫，李公麟繪〈西園雅集
　　　　　圖〉，米芾又爲此圖作〈西園雅集圖記〉，曰：「自東坡以下，凡十
　　　　　有六人，以文章議論、博學辨識、英辭妙墨、好古多聞、雄豪絕俗
　　　　　之資，高僧羽流之傑，卓然高致，名動四夷。」參見劉繼才：《中
　　　　　國題畫詩發展史》，頁 135。又見衣若芬：《赤壁漫游與西園雅集——
　　　　　——蘇軾研究論集》，北京：綫裝書局，2001 年 7 月，頁 49～95。
〔註129〕 清‧吳其濬：《植物名實圖考》，見錄於李學勤主編：《中華漢語工具
　　　　　書庫》，合肥：安徽教育出版社，2002 年 1 月，冊 93，卷 16，頁 20。
〔註130〕 潘富俊：《楚辭植物圖鑑：2.0 版》，臺北：貓頭鷹出版社，2014 年
　　　　　6 月，頁 83。
〔註131〕 宋‧唐慎微：《證類本草》：「石斛，味甘平，無毒，主傷中除痹下

《本草綱目》載石斛外觀，與前引呂氏等人所記石蘭性狀幾乎一致：「石斛叢生石上，其根糾結甚繁，乾則白軟，其莖葉生皆青色，幹則黃色，開紅花，節上自生根鬚，人亦折下，以砂石栽之，或以物盛挂屋下，頻澆以水，經年不死，俗稱為千年潤。……處處有之，以蜀中為勝。」〔註132〕梅堯臣〈和石昌言學士官舍十題・石蘭〉：「石言曾非石上生，名蘭乃是蘭之類。療痾炎帝與書功，紉佩楚臣空有意。」（冊5，卷249，頁2946）可知梅堯臣賦詠的石蘭為應為附生藥用石斛蘭而非地生國蘭。

2. 雙頭蘭

南宋初年，在蘭花品種中即見雙頭蘭（並蒂蘭），釋居簡最早有〈雙頭蘭〉詩，將並蒂蘭比為大小二喬：

> 艾擁蕭陵雪未消，蒂連芳萼閬春饒。
> 國香不似傾城色，寂寞空山大小喬。

（冊53，卷2792，頁33086）

一二句以蕭艾對比芳萼、以殘雪未消的冬天對比明媚豐饒的春天，凸顯蘭花的特殊生長季節為冬末春初。「閬」字更生動的寫出蘭花也在群芳盛開的春天綻放，但蘭花的外在並不具鮮妍桃李般傾城的姿態，不與百花爭豔，只靠香氣默默獨守寂寞空山。

有別於釋居簡雙頭蘭柔美明媚的女性形象，詩人也將雙頭蘭喻為清節高標的伯夷、叔齊兩兄弟：

> 方岳（1199～1262）〈雙頭蘭〉
> 夷齊首陽餓，宇宙難弟兄。同心倚雪厓，世外一羽輕。
> 紫莖孕雙苗，豈有兒女情。賢哉二丈夫，萬古離騷情。

（冊61，卷3216，頁38428）

氣，補五藏虛勞羸瘦，強陰益精，補內絕不足，平胃氣，長肌肉，逐皮膚邪熱、痹氣腳膝疼冷痹弱，久服厚腸胃，輕身延年，定志除驚。」臺北：臺灣商務印書館《文淵閣四庫全書》本，1986年3月，卷6，頁272。
〔註132〕明・李時珍：《本草綱目》，卷20，頁799。

釋文珦（1210～？）〈和林靜學雙蘭〉

一本兩花新，重滋舊畹春。難教入凡夢，唯共保天眞。

沮溺終稱隱，夷齊又得仁。臨風如欲笑，笑著獨醒人。

（冊 63，卷 3327，頁 39686）

此二詩皆以伯夷、叔齊借喻雙頭蘭，將一株雙花比擬爲兄弟同心、
憂樂與共。詩人並用「賢哉」、「天眞」稱頌夷齊二人的品德高潔如
蘭；「世外一羽輕」、「沮溺」四句皆寫雙頭蘭之氣韻如山林隱士般清
朗、臨風出塵。

　　將雙頭蘭比爲兄弟者，亦見釋德洪（1071～1128）〈宗公以蘭見
遺，風葉蕭散，蘭芽並茁，一軼雙花闘開，宗以爲瑞，乞詩記其事〉：

深林忽見蘭芽茁，不謂無人亦自賢。

數葉橫風作纖瘦，雙花含雪吐明鮮。

照人秀色雖堪畫，入骨眞香不可傳。

今日東君應擇壻，誰家兄弟闘清妍。

（冊 23，卷 1336，頁 15196）

「雙花含雪」、「東君擇壻」可知德洪見到春蘭並蒂，末二句將雙頭蘭
擬人化，比爲爭作東君爲壻的兩兄弟。再看金似孫（生卒年不詳）〈雙
頭蘭和吳應奉韻〉：

手種盆蘭香滿庭，閒來趣味獨幽深。

敢誇雙萼鍾奇氣，祇恨孤根出晚林。

長倩生男不得力，滕公有女謾縈心。

援琴欲和春風曲，卻對騷魂費苦吟。

（冊 68，卷 3601，頁 43137）

金似孫，字叔肖，喜植蘭，自號蘭庭，蘭谿（今浙江）人。〔註 133〕
此詩描繪的雙頭蘭，不寫姊妹二喬、不寫兄弟夷齊，而是借喻雙生子
女，見頸聯「長倩生男不得力，滕公有女謾縈心」，《宋詩紀事補遺》
於此詩後載：「吳禮部云：『《西京雜記》長倩一生二男，滕公一生二

〔註 133〕　清・李衛、嵇曾筠等監修，清・沈翼機等編纂：《（雍正）浙江通志》，
　　　　　臺北：臺灣商務印書館《文淵閣四庫全書》本，1986 年 3 月，卷
　　　　　160，頁 301。

女，金男女各二，故其詩云然。』」〔註134〕

3. 劍蘭、白蘭

宋代詩作中明確標誌的蘭花品種，有紫巖劍蘭、白蘭二品：

> **潘牥（1204～1246）〈遣人取紫巖劍蘭〉**
> 萬里鯨波一葦航，坐移楚畹置吾傍。
> 葉侵海氣三分瘦，花比家山一樣香。
> 灌漑預先收露水，栽培偏愛近朝陽。
> 莫教晚節儕蕭艾，我欲歸來結佩囊。
>
> （冊 62，卷 3289，頁 39206）

> **王鎡（生卒年不詳）〈白蘭〉**
> 楚客曾因葬水中，骨寒化出玉玲瓏。
> 生時不飲香魂醒，難著春風半點紅。
>
> （冊 68，卷 3609，頁 43216）

潘牥，字庭堅，號紫巖（一作紫岩），福州富沙（今福建福州）人，歷浙西茶鹽司幹官，改宣教郎，又官太學正，通判潭州，著有《紫巖集》，已佚。前述潘牥〈蘭花〉「聞說吾家又一種，移來遠自劍津灣。葉如壯士衝冠髮，花帶癯仙辟穀顏」，「劍津」即今福建南平，爲詩人故鄉。詩人聽聞家鄉又培育出新品蘭種，故不遠千里移植此蘭。此詩可對照〈遣人取紫巖劍蘭〉的「萬里鯨波」、「葉侵海氣」，可知詩人身旁的紫巖劍蘭應是從家鄉福建遠渡重洋而來的建蘭佳品。〔註135〕

王鎡，字介翁，號月洞，平昌（今浙江遂昌）人，宋末棄官歸隱

〔註134〕　清‧陸心源：《宋詩紀事補遺》，上海：上海古籍出版社《續修四庫全書》本，2002 年 4 月，卷 83，頁 480。

〔註135〕　建蘭又名劍葉蘭、劍蘭，見明‧田藝蘅《留青日札》：「嶺南劍葉蘭，即今建蘭，其名甚佳。」（上海：上海古籍出版社《續修四庫全書》本，2002 年 4 月，卷 33，頁 265。）又見清‧徐珂《清稗類鈔‧植物類》：「建蘭至秋始開，一莖十數花，素瓣卷舒，清芬徐引。以產於福建，故名建蘭。或以其葉背有劍脊，又名劍蘭。以葉短者佳。」（上海：上海交通大學出版社《中國歷史地理文獻輯刊》本，2009 年 6 月，頁 531）

於湖山，與尹綠波、虞君集、葉拓山等人結社賦詩，隱居於月洞。明嘉靖年間，後人彙編其詩爲《月洞詩集》傳世。其〈白蘭〉一詩發揮生動的想像力，寫屈原沉江後化爲不染凡塵、花如白玉之蘭種，建構出蘭花純白無雜色的清絕形象。

二、並物題詠

宋代詠蘭詩中，多見蘭與梅、竹、菊、石、水仙、瑞香並同題詠的詩作，係因其比德的同一性爲清雅高潔、不爲世俗所擾、不爲厄運所困，在花品與人格的契合映照下，詩人詠贊花卉時，也將自身的人格投射於花卉的君子形象中。詠蘭詩中的並物題詠，屬於聯類比照的類比性思維，包含聯其異類的反比與聯其同類的正比兩個方面。前者是分立主體意象的反襯，如前述以蕭蘭、桃李並列，以惡草蕪穢、桃李爭豔，反襯蘭的高潔自持、深谷獨芳；後者是切合主體意向的拓展，即蘭花與梅、竹、菊等花卉的文化意象是一致的，以類相聚，成爲君子精神風度的表徵。〔註136〕筆者統計與蘭花並同題詠之詩作，數量最多者爲蘭梅 8 首，其次爲蘭竹 6 首，舉其要者分述如次：

（一）蘭、梅

宋代詠蘭詩中，蘭與別物並詠者，以梅爲最多，蓋因蘭與梅皆爲「寒香」之故也。〔註137〕梅花挺立於冰雪中，蘭花亦於寒天吐香，見《廣群芳譜》載：「蘭，幽香清遠，馥郁襲衣，彌旬不歇。常開於春初，雖冰霜之後，高深自如，故江南以蘭爲香祖。又云：蘭無偶，稱爲第一香。」〔註138〕易士達〈蘭花・其一〉：「春到蘭芽分外長，

〔註136〕張晨：《中國詩畫與中國文化》，瀋陽：遼寧教育出版社，1993 年12 月，頁 29。

〔註137〕蕭翠霞：《南宋四大家詠花詩研究》：「所謂『寒香』，意指開放於寒冷氣候中的冬季花卉。相對於暖季花卉，這類寒香花卉因爲是從冷天裡冒出來的，其姿態、芳香、氣質都令人覺得難能可貴，因而贏得多一層的敬重。」（頁 71）

〔註138〕清・康熙敕撰：《御定佩文齋廣群芳譜》，臺北：臺灣商務印書館《文

不隨紅葉自低昂。梅花謝後知誰繼，付與幽花接續香。」（冊 72，
卷 3752，頁 45240）即寫冬梅之後，春初蘭花接續吐香之景。

　　再看韓駒（1080～1135）〈題梅蘭圖二首〉：

　　寒梅在空谷，本自凌冰霜。託根傲眾木，開花陋羣芳。
　　遙風遞清氣，迴水涵孤光。美實初可口，採掇升巖廊。
　　念爾如傅說，和羹初見嘗。不須羨幽蘭，深林自吹香。

　　幽蘭不可見，羅生雜榛菅。微風一披拂，餘香被空山。
　　凡卉與春競，念爾意獨閑。弱質雖自保，孤芳諒難攀。
　　高標如湘纍，歲晚投澄灣。不須羨寒梅，粉骨鼎鼐間。

　　（冊 25，卷 1440，頁 16593）

第一首詠梅，第二首詠蘭，兩首並看可知蘭梅的生長環境皆為「空
谷」、「空山」，一為「託根傲眾木，開花陋羣芳」，一為「凡卉與春
競，念爾意獨閑」，特為突出蘭梅與百花不同之處。「念爾如傅說，和
羹初見嘗」、「不須羨寒梅，粉骨鼎鼐間」二聯相互呼應，用典《尚書‧
商書‧說命下》：「說築傅巖之野，爰立作相。王置諸其左右，命之曰：
『……若作酒醴，爾惟麴糵；若作和羹，爾惟鹽梅。』」〔註 139〕。蘭
花弱質孤芳，雖似投湘江自絕的屈原一般無人見賞，但相比粉骨於
鼎鼐間的寒梅，蘭花卻得以保全於幽谷不被採掇，因此詩人說「不
須羨」。

　　韓駒，字子蒼，號牟陽，陵陽仙井（今四川井研）人，世稱陵
陽先生，累官秘書少監、中書舍人兼修國史，著有《陵陽集》四卷。
蘇轍〈題韓駒秀才詩卷〉：「唐朝文士例能詩，李杜高深得到稀。我
讀君詩笑吾已，恍然重見儲光羲。」（冊 15，卷 862，頁 10010）詩
中把韓駒與儲光羲相提品論，足見蘇轍對韓駒詩作的推崇。劉克莊
亦謂韓駒詩「有磨淬剪裁之功，終身改竄不已，有已寫寄人數年，

<hr>

淵閣四庫全書》本，1986 年 3 月，卷 44，頁 358。

〔註 139〕古代以鹽、梅於鼎鼐中調味，因鹽味鹹，梅味酸，均為調味所需，
　　　　傳說以鹽梅和羹喻指國家所需的賢才，見漢‧孔安國傳，唐‧孔穎
　　　　達疏：《尚書正義》，臺北：臺灣古籍出版社《十三經注疏整理本》
　　　　本，2001 年 9 月，卷 10，頁 300。

而追取更易一兩字者，故所作少而善。」〔註140〕此詩顯見韓駒詩的特點，即善於用典、錘字煉句、氣韻流暢。

梅花在唐代雖已可見，但是到了宋初隱士林逋（967～1028）梅妻鶴子之典後，才逐漸受到文士的重視，東坡更著意詠梅，以「孤瘦雪霜姿」塑造梅花傲雪凌霜、清高淡雅的風流標格。宋人愛梅，除了沉醉於疏影橫斜的姿態之外，幽幽暗香更令詩人著迷。〔註141〕這種香氣正與蘭香不謀而合，象徵清遠高逸的德性標格，故詩人以「高標」、「清標」形容梅蘭：

張嵲（1096～1148）〈取蘭梅置几上〉

蘭茁梅枝兩竝奇，高標眞不負深知。

風輕雨細春寒夜，正是清香發越時。

（冊32，卷1845，頁20553）

宋伯仁（生卒年不詳，善畫梅花，作《梅花喜神譜》）〈梅蘭〉

清標同插古軍持，清似西山凍餧時。

嚼蕊弄香無說處，屈平和靖已何之。

（冊61，卷3181，頁38185）

由於宋代崇文抑武的政治環境和時代背景，文人推崇恬淡的人生態度。梅蘭清瘦脫俗、淡雅清香的特質，正符合文士內心的高潔品格和審美價值，也與超然自適的人格追求不謀而合。〈取蘭梅置几上〉不僅描寫蘭梅的外在形象，末句「清香發越時」更襯托「春寒夜」的幽涼靜謐，以及蘭梅內在品格的之「高標」。〈梅蘭〉首句「軍持」是梵

〔註140〕 事見宋・劉克莊：《後村先生大全集》，北京：線裝書局《宋集珍本叢刊》本，2004年6月，卷95，頁788。

〔註141〕 梅花的香氣不濃，是幽幽淡淡的清香，其香耐人尋味而沒有穠馥易煩膩之虞，尤其在沒有艷麗花形與鮮彩色澤的吸引掩蓋之下，其芳香更易令人印象深刻。這種清淡的香氣又與梅花的整體特質是一致的，那就是其不畏寒霜的冰冷特性。……因為這樣的特性，使梅花成為嚴寒冬天蕭索冷寂裡少有的可資賞玩的花景，對注重四季皆遊的宋人而言就顯得特別珍貴。也由於在人們一般的印象中花朵是嬌柔脆弱的，因此梅花的耐寒就更顯得堅毅可貴。參見侯迺慧：《宋代園林及其生活文化》，臺北：三民書局，2010年3月，頁283～284。

文 kundika 的中文譯音，意即淨水瓶；西山即首陽山。全詩出現兩個「清」字，詩人藉梅蘭以喻夷齊、屈原、林逋等隱士品格之「清標」，投射了理想人格的憧憬。

（二）蘭、竹（筍）

宋代園林的花木造景有許多對照配置原則：花與竹往往成為園林植栽的代表，在兩相對比下，花色的彩麗與竹色的清翠互相輝映襯托，使園林在沉靜中不乏活力，竹木的挺拔與花卉的低附又形成偃仰高下的錯落景觀，兩者在園林中並置配襯，產生許多美趣。〔註 142〕宋人於竹下種蘭之餘，亦常以蘭竹並詠，取二者清幽高潔之共通性：

> **韓淲（1159～1224）〈珪山主送蘭筍尋十年前舊詩韻用以寄〉**
> 幽蘭新筍為誰來，想見山居一一栽。
> 春日遲遲風淡淡，幾番成竹幾枝開。
>
> （冊 52，卷 2768，頁 32733）

> **鄭清之〈竹下見蘭〉**
> 竹下幽香祗自知，孤高終近歲寒姿。
> 垂楊曼舞多嬌態，倚賴東風得幾時。
>
> （冊 55，卷 2898，頁 34624）

因竹勁直有節的形狀，與一年四季長青挺茂、清冷無塵的特質，給人不畏寒霜、堅毅不拔的印象，故成為文人歌詠讚頌並自我比附的重要對象，而在園林中、起居處廣為種植。〔註 143〕韓淲詩表現山居生活的怡然自適；鄭清之詩寄託己德，「歲寒姿」三字與「垂楊曼舞」、「倚賴東風」相對比，反襯竹的傲然挺立，卓爾不群。係因竹在歲末寒冬中依然不改其青翠色澤，成為冬季中少數可資欣賞的景色，其不畏嚴寒的天然習性與中通外直的外在型貌相結合後，便成為詩人筆下的精神象徵。

〔註 142〕侯迺慧：《宋代園林及其生活文化》，頁 272。
〔註 143〕侯迺慧：《宋代園林及其生活文化》，頁 275。

（三）蘭、瑞香

瑞香（Daphne odora），又稱睡香、蓬萊紫、風流樹、千里香、山夢花，瑞香科瑞香屬植物。原產中國長江流域以南，後傳入日本，有藥用價值。瑞香顧名思義，即祥瑞的香氣，宋・陶穀（903～970）《清異錄・睡香》：「廬山瑞香花，始緣一比丘晝寢磐石上，夢中聞花香酷烈不可名，既覺，尋香求之，因名睡香。四方奇之，謂乃花中祥瑞，遂以瑞易睡。」〔註144〕故可知瑞香到了宋代才從野生花卉成爲栽培品種，走入詩人筆下，如王庭珪〈次韻路節推瑞香幽蘭〉：

君家蘭玉盈階砌，傍有薰籠錦一端。
雅似高人來席上，幽如靚女出林間。
芳叢欲吐新芽長，深谷知誰著眼觀。
謝氏風流元自有，更留佳客奉清歡。

（冊 25，卷 1468，頁 16820）

作者於詩後自注：「謝安石欲子弟如芝蘭玉樹，故自有一種風味。瑞香古未有，獨見重於近世，遂得佳客之稱，一名錦薰籠。」詩人以「高人」、「靚女」比擬瑞香和幽蘭，因二者皆生於山野而香氣撲鼻，所以說「深谷知誰著眼觀」，意指不必著眼觀之，只要尋著香味，便可求得。又見楊萬里〈再併賦瑞香水仙蘭三花〉：

水仙頭重力纖弱，碧柳腰支黃玉萼。
娉娉嫋嫋誰爲扶，瑞香在旁扶著渠。
春蘭初芽嫩仍短，嬌如穉子無人管。
瑞香綠陰濃如雲，風日不到況路塵。
生時各在一山許，畦丁作媒得相聚。
三花異種復異粧，三花同韻更同香。
詩人喜渠伴幽獨，不道被渠教斷腸。

（冊 42，卷 2302，頁 26456）

此詩前半段以擬人法描寫花卉的嬌柔姿態，「春蘭初芽嫩仍短，嬌如穉子無人管」二句，詩人以愛護嬌兒癡女的心情來看待花卉，表達

〔註144〕宋・陶穀：《清異錄》，卷上，頁 752。

惜花、愛花之情，也呈現新鮮、活潑的風貌與嶄新的生機。後半段
寫蘭、水仙、瑞香雖然「異種復異粧」，而且「生時各在一山許」，
但都表現出一種孩子似的純潔、嬌弱、柔嫩，都吐送著清冷的芬芳，
如此「同韻更同香」有緣千里來相會，自是一見如故了。尤其那份
相互扶持的友愛之情，真是可愛的令人心疼。〔註145〕

（四）蘭、水仙

水仙屬石蒜科多年生草本植物，葉狹長碧綠，花小巧潔白，冬
末春初開花，以水培法培育，不紮根於泥土，只靠幾粒石頭固定，
婀娜多姿，故有「凌波仙子」的雅號，也是宋人愛賞的寒香花卉之
一。陳深（1260～1344）〈題錢舜舉寫生五首・水仙蘭〉：「翩翩凌波
仙，靜挹君子德。平生出處同，相知不易得。」（冊 57，卷 3028，
頁 36074）將水仙與蘭花並舉，認為水仙與蘭花一樣，都有著君子
之德。

水仙在文學史上和瑞香一樣，唐代以後才見諸吟詠，宋以前的
詩賦中未有所聞。再看洪諮夔（1176～1236）〈水仙蘭〉：

> 水仙瀟灑伴梅寒，鴻鵰行中合數蘭。
> 七里香花陪隸耳，涪翁醉眼被粗瞞。
>
> （冊 55，卷 2895，頁 34570）

黃庭堅尤愛水仙，曾作〈王充道送水仙花五十支〉：「凌波仙子生塵
襪，水上輕盈步微月。是誰招此斷腸魂，種作寒花寄愁絕。含香體
素欲傾城，山礬是弟梅是兄。坐對真成被花惱，出門一笑大江橫。」
（冊 17，卷 998，頁 1445）洪諮夔〈水仙蘭〉末二句即典出於此，
七里香即山礬〔註146〕，花亦白而香，山野中常見，但黃庭堅竟將嬌
貴的水仙與林野山礬相類比，故詩人笑稱「涪翁醉眼被粗瞞。」

〔註145〕參見蕭翠霞：《南宋四大家詠花詩研究》，頁98。
〔註146〕明・胡應麟：《少室山房筆叢・丹鉛新錄八》：「山礬花俗名椗花，
　　　　木高數尺，枝肥葉茂，凌冬不凋。花白，未開時木犀相似，及開，
　　　　差大，香豔穠，號七里香，尋常山林間多有之。」臺北：臺灣商務
　　　　印書館《文淵閣四庫全書》本，1986 年 3 月，頁510。

小　結

　　本章主要透過賞析宋代詠蘭詩作，探討宋代社會、經濟風貌，文士思想情懷、互動交遊、文化活動、審美鑑賞等，分爲五大主題，總結其內容如次：

　　第一、文人藉蘭比德，承襲屈原香草與惡草的對比，強調芳蘭不與蕭艾共生，如同自己不與小人同流的志節。詩人也將一國之香借喻爲德行之首，亦象徵身處亂世卻依然心繫家國的操守與堅持。其次，宋代隱逸之風大盛，文人追求淡逸、超脫的審美境界，表現淡泊、飄逸的審美情趣，詠蘭詩中呈現不與桃李花爭豔的思想，除了表現蘭花的風骨卓絕傲然，更襯詩人高潔淡遠的隱逸之思。

　　第二、反映宋人日常生活，宋代蘭花成爲庶民花卉，從深山幽谷中「移根」至庭院花圃用心澆灌、仔細培護，也變成盆栽、瓶花置於几案上以供近距離觀賞聞香。詩人賞蘭之法，或從花葉之形色姿態進行視覺摹寫；或從鼻端飄來的隱隱幽香摹寫嗅覺感受；或將蘭花擬人，讚美其獨抱幽貞、孤高超逸的品格形象。文人愛蘭之心，見諸家居建築之名，如蘭室、蘭軒、蘭塢、蘭墅、蘭所等，以寄託己身如蘭一般的高潔自持。另外，蘭花嬌貴難養，名品更是千金難求，南宋更有漳蘭被竊的紀錄，可見當時蘭花已成爲商品，在市場上販賣銷售。

　　第三、文化活動與詩人交遊，宋代文人以蘭花爲媒介創作大量酬贈、和韻詩，內容爲贈蘭、寄蘭、種蘭共賞等，可進一步考察文人的交遊網絡。趙子晝、陳與義、程俱更以「崇蘭館」爲題相互唱和，顯見三人同心斷金的友情。其次，宋代詠蘭詩有一部分爲南宋詩僧的文字禪之作，道潛、寶曇、居簡、廣聞、紹曇等人以詠蘭作品與文人交流，蘭花遂成爲文士與詩僧文化交流的管道與媒介。

　　第四、北宋始見水墨蘭花，文人以蘭入畫，亦有題墨蘭詩出現。題畫詩依作者分，可分成自題詩與他題詩。自題詩的作者能依自身創作思想去調動題詩與畫的關係，可透過題詩直陳內心思想、寄寓

作品意蘊、渲染繪畫主張、或補充豐富畫境，如趙孟堅、鄭思肖等自題之作，均以淡墨畫蘭，版面簡潔疏朗，高雅不群。從繪畫形式而言，並非工筆之作，反有生拙之感；但就意蘊而言，寄託了作畫者的情感與個性。而他題詩的作者以接受者、鑑賞者的角度，憑藉自身的藝術想像與審美情趣，去感知、理解和鑑賞畫作，並將鑑賞所得結合生活經驗與感悟，以詩作發揮、開拓畫境。〔註147〕如蘇軾、陳與義、道燦的墨戲之作，或以畫爲禪，或以畫爲寄，均以嗅覺想像再現畫作逼眞如生。而其他題畫詩作者除正面描述畫境之外，多結合墨蘭者的生平事蹟，或感嘆惋惜、或稱頌肯定，借題詠墨蘭以抒發自身評論與感受。

　　第五、類分蘭花與並物題詠，自黃庭堅〈書幽芳亭〉首以一幹一花或數花區分蘭蕙後，對後世詩文影響甚深，如陳鑒之「蘭如君子蕙如士，此評吾得之涪翁」。方回亦有詩作辨識古今蘭之不同，指出黃氏之謬誤「一幹一花山谷語，今蘭不是古時蘭」。除了辨析古今蘭蕙不同之外，宋人也注意到品種的差異性，指出「石蘭」實爲藥用石斛而非開花蘭蕙，更有雙頭蘭、紫巖劍蘭、白蘭等名品的紀錄。最後，宋代多見蘭與梅、竹、菊、石、水仙、瑞香同列的詩作，係因其形象皆爲清雅高潔、昂然不屈，詩人比德並詠，寄託己身品格與愛花之情。

〔註147〕張晨：《中國詩畫與中國文化》，頁 164。

第五章　文學之蘭：宋代詠蘭詩之藝術特色

　　宋代詠蘭詩之價值，除了能反映當時的社會環境、文化風氣、文人交遊，更能於藝術創作的表現手法中，管窺蘭文化的源流傳承、應用轉化與開拓創新。本章在宋代詠蘭詩的藝術特色方面，首先探討宋人詠蘭常用的修辭技巧，其次討論蘭花意象在宋代的繼承與轉化，最後論及元明清詩人對宋代蘭花女性形象的接受與開拓，進而豐富、完整蘭文化的歷史內涵與價值特色。

第一節　修辭技巧

　　本節主要將詠蘭詩歸納整理後，依據修辭種類使用的頻繁程度，從用典、摹寫（包含視覺、嗅覺）、擬人等三方面分別進行論述，並在每種修辭後列舉宋代詠蘭詩作加以印證。

一、大量用典

　　中國蘭文化發源於先秦諸子，自孔子、屈原以降，芳蘭成為文人取譬比德的重要意象，因此詩中大量用典，可一窺「蘭」淵遠流長的歷史內涵與豐厚博雅的文化積澱。宋代詠蘭詩中大量運用的事典、語典，其出處已見第二章，茲不贅述，只列舉詠蘭詩句加以整

理印證如次：

（一）《詩經・小雅・南陔》

南陔采蘭，謂孝養父母，或遊子思歸。〔註1〕宋人或以「南陔子」代稱蘭，或以南陔寄託思親、孝親之意。

1. 丁謂〈蘭〉：「彼羨南陔子，其誰粉署郎。」（冊 2，卷 102，頁 1153）

2. 黃公度〈張雲翔采蘭堂〉：「軒裳非吾心，菽水重親意。築堂九畹邊，遠取南陔義。膳羞務馨潔，晨夕必躬視。」（冊 36，卷 2006，頁 22483）

3. 王十朋〈劉義夫欲與先隴植蘭寄數根〉：「思親何忍陟南陔，采得幽蘭祇自哀。寄與東山劉孝子，佳城側畔好親栽。」（冊 36，卷 2029，頁 22746）

4. 朱熹〈謝人送蘭〉：「愧無瓊琚報，厚意竟莫酬。瞻彼南陔詩，使我心悠悠。」（冊 44，卷 2384，頁 27492）

（二）孔子：同心斷金

《周易・繫辭上》載孔子謂「二人同心，其利斷金。同心之言，其臭如蘭」〔註2〕，是爲宋人詠蘭詩中「同心」、「斷金」之語典，或用於贈寄友人，表達深厚的友情，或用於稱頌美好的德行。

1. 程俱〈叔問作崇蘭館圖畫，叔問、去非與余相從林壑間，二公各題二絕句，余同賦四首〉：「同心更結崇蘭伴，衰世誰知有斷金。」、「下石向來多賣友，斷金投老得良儔。」（冊 25，卷 1420，頁 16368）

2. 程俱〈山居・崇蘭塢〉：「猗蘭轉光風，幽芳被山谷。悵望斷金人，同心不同躅。」（冊 25，卷 1415，頁 16302）

〔註1〕梁・蕭統編，唐・李善注：《文選》，臺北：臺灣商務印書館《文淵閣四庫全書》本，1986 年 3 月，卷 19，頁 334。

〔註2〕魏・王弼、韓康伯注，唐・孔穎達等正義：《周易正義》，臺北：臺灣古籍出版社《十三經注疏整理本》本，2001 年 9 月，卷 7，頁 325～326。

3. 李綱〈次韻陳介然幽蘭翠柏之作‧幽蘭〉：「賦詩慰寂寞，念子故意長。願言同心人，去去揚清芳。」（冊 27，卷 1545，頁 17550）

4. 林希逸〈同心言如蘭〉：「金石同心好，言言可起予。紉蘭應足比，伐木義何如。」（冊 59，卷 3124，頁 37322）

（三）燕姞夢蘭

燕姞夢蘭而生鄭穆公子蘭，故「燕夢」即為古「蘭」之代稱。〔註3〕

1. 文彥博〈幽蘭〉：「燕姞夢魂唯是見，謝家庭戶本來多。」（冊 6，卷 273，頁 3478）

2. 李綱〈次韻陳介然幽蘭翠柏之作‧幽蘭〉：「春風茁其芽，暗淡飄天香。刈防豈無用，授夢方薦祥。」（冊 27，卷 1545，頁 17550）

（四）《楚辭》：滋蘭九畹，樹蕙百畝、蕭艾、光風轉蕙汎崇蘭、紉蘭為佩

漢魏以降的詠蘭詩作，承襲了屈原滋蘭樹蕙、香草美人、紉蘭為佩的隱喻，宋人更將此典發揮得淋漓盡致。在十首詠蘭詩中，多達八首會典用屈騷楚賦，以下列舉數例代表之：

1. 劉才邵〈從兄和仲國香軒〉：「靈均志與日爭光，收拾香草供篇章。高冠奇服事修潔，辛夷為楣藥為房。滋蘭九畹多不厭，似更有意憐幽香。當時楚俗寶蕭艾，誰知紉佩芙蓉裳。」（冊 29，卷 1681，頁 18844）

2. 陳與義〈墨戲二首‧蕙〉：「人間風露不到畹，只有酪奴無世塵。何須更待秋風至，蕭艾從來不共春。」（冊 31，卷 1758，頁 19577）

〔註3〕晉‧杜預注，唐‧孔穎達等正義：《春秋左傳正義》，臺北：臺灣古籍出版社《十三經注疏整理本》本，2001 年 9 月，卷 21，頁 695。

3. 范成大〈次韻溫伯種蘭〉:「靈均墮荒寒,采采紉蘭手。九畹不留客,高丘一迴首。」(冊 41,卷 2247,頁 25794)

4. 韓淲〈春分前一日〉:「安得滋九畹,命騷與爭光。風泛不須紉,深林宜永藏。」(冊 52,卷 2761,頁 32588)

5. 鄭清之〈菊坡疊遣梅什忽惠蘭芽,此變風也,敢借前韻,效楚詞一章,以謝來辱〉:「思秋蘭兮委蕭艾,望椒丘兮聊止息。」(冊 55,卷 2900,頁 34634)

6. 方岳〈藝蘭〉:「猗蘭杳幽茂,深林自吹香。何必九畹滋,一枝有餘芳。春鉏斸寒煙,渺渺懷江湘。靈均惘未死,憔悴歌滄浪。」(冊 61,卷 3215,頁 38425)

7. 衛宗武〈雪山和丹巖晚春韻〉:「九畹芳殘猶有蕙,光風拂拂轉香來。」(冊 63,卷 3313,頁 39492)

8. 釋雲岫〈寄蘭屋府教〉:「入門便有湘江意,數米幽香見屈原。蕭艾若教同一色,清標不在座中看。」(冊 69,卷 3634,頁 43542)

9. 柴元彪〈和僧彰無文送蘭花韻〉:「春風分到靈均種,臭味如同惠遠心。一卷離騷清徹骨,戛然空谷足徽音。(冊 68,卷 3607,頁 43192)

10. 黃庚〈墨蘭〉:「一幅幽花倚客窗,離騷讀罷意淒涼。筆頭喚醒靈均夢,猶憶當時楚畹香。」(冊 69,卷 3638,頁 43607)

詩人或以「九畹」代指蘭花的生長環境;或直接藉歌詠蘭花以懷念、稱頌屈原;或間接藉屈原塑造的香草美人形象,比喻自身或友人的品德與蘭一般清標高節;或以蕭艾蕪穢對比崇蘭光風,特立君子雖身處亂世但仍堅守節操,不同流合汙的典範。

(五)漢尚書郎握蘭含香

漢代尚書郎上朝奏事時,佩帶芳香的蘭草,因此稱「握蘭」。〔註4〕

〔註4〕漢・應劭:《漢官儀》,北京:中華書局《叢書集成初編》本,1985 年

尚書省中皆胡粉塗壁，又稱爲「粉署」、「粉省」。

1. 丁謂〈蘭〉：「彼羨南陔子，其誰粉署郎。」（冊 2，卷 102，頁 1153）

2. 郭印〈蘭坡〉：「我今日暮前途窄，握香不羨尚書郎。」（冊 29，卷 1667，頁 18669）

3. 黃公度〈張雲翔采蘭堂〉：「他年粉署握，永伴萊衣戲。」（冊 36，卷 2029，頁 22746）

4. 劉宰〈和趙季行用蘭花韻三首〉：「騷客毋煩賦紉佩，省郎行矣趣含香。」（冊 53，卷 2806，頁 33349）

5. 方回〈秋日古蘭花十首〉：「握蘭故事人誰識，夙世龐眉漢署郎。」（冊 66，卷 3508，頁 41877）

（六）芳蘭當門，不得不鋤

三國時期，劉備殺張裕、曹操殺楊修時皆有此言〔註5〕，隱喻賢才若鋒芒太顯，必見殺於人主。宋代詩人喜反用此典，多有翻案之作，顯見宋詩特色，生新創發，韻味悠長。

1. 孫覿〈次韻王次之龍圖六絕〉：「一種奇葩絕衆芳，楬來當戶見鉏傷。猶看紉作幽人佩，獨步修門擅國香。」（冊 26，卷 1484，頁 16946）

2. 陸游〈蘭〉：「無心託階庭，當門任君鋤。」（冊 40，卷 2189，頁 24973）

3. 薛季宣〈春蘭有眞意〉：「雖微九畹滋，風動情亦篤。當門謂應鋤，吾當爲之哭。」（冊 46，卷 2475，頁 28701）

北京新一版，卷上，頁 22。又見唐・玄宗御撰，唐・張說、張九齡、李林甫遞監修：《大唐六典》，西安：陝西人民出版社《四部文明》本，2007 年 7 月，卷 1，頁 9。

〔註5〕劉備典見於晉・陳壽：《三國志》，西安：陝西人民出版社《四部文明》本，2007 年 7 月，卷 42，頁 496。曹操典見於清・康熙敕撰：《御定淵鑒類函》，臺北：臺灣商務印書館《文淵閣四庫全書》本，1986 年 3 月，卷 480，頁 14～15。

4. 黎道華〈謝惠蘭花〉:「我今不向當門種,免被時人取次鋤。」
   (冊 30,卷 1706,頁 19213)

(七)謝玄:芝蘭玉樹生於庭階

東晉謝玄以芝蘭玉樹生於庭階,譬喻自家門庭培養出優秀子弟。但在宋人筆下,門庭佳子弟的譬喻逐漸淡化,詩人更多借此典,直寫自己親手培植的庭階芳蘭,於花期盛放時的美麗姿態。

1. 王十朋〈種蘭有感〉:「芝友產岩壑,無人花自芳。苗分鄭七穆,秀發謝諸郎。」(冊 36,卷 2018,頁 22617)
2. 劉克莊〈蘭〉:「莫笑門無佳子弟,數枝濯濯映階庭。」(冊 58,卷 3083,頁 36773)
3. 王柏〈蘭〉:「謝庭誇瑞物,楚澤擷芳名。蒼玉裁圭影,紫檀含露英。」(冊 60,卷 3167,頁 38008)
4. 許月卿〈二芝蘭〉:「一年三季煒煌煌,幽谷無風花自香。香水風聲千鶴唳,佳兒未數謝家郎。」(冊 65,卷 3414,頁 40574)
5. 董嗣杲〈蘭花〉:「芳友幽棲九畹陰,花柔葉勁怯深尋。謝家毓取階庭秀,屈子紉歸澤國吟。」(冊 68,卷 3573,頁 42718)
6. 朱淑真〈乞蘭〉:「幽芳別得化工栽,紅紫紛紛莫與偕。珍重故人培養厚,眞香獨許寄庭階。」(冊 28,卷 1597,頁 17993)

(八)韓愈:猗蘭、援琴、不采何傷

相傳孔子遊歷諸國無果,返魯途中見香蘭獨茂,於是援琴擊鼓,作〈猗蘭操〉,發出生不逢時的慨歎。唐・韓愈仿孔子作〈猗蘭操〉:「蘭之猗猗,揚揚其香。不採而佩,於蘭何傷。」〔註6〕宋代詠蘭作品多化用「不采何傷」之語典入詩,作者期許自己也能像蘭一樣不受外在環境影響,仍保有堅毅志向和高尚操守,頗有卓然自立之感。

〔註6〕清・康熙敕撰:《全唐詩》,北京:中華書局,2005 年 4 月,卷 336,頁 3761。

1. 毛滂〈育闍黎房見秋蘭有花作〉：「離騷久相從，濁酒不待賒。紉衣濯滄浪，援琴臥煙霞。」（冊 21，卷 1246，頁 14081）

2. 蘇籀〈賦叢蘭一首〉：「猗猗不採亦奚傷，雍容屈宋無倫匹。」（冊 31，卷 1765，頁 19646）

3. 王十朋〈種蘭有感〉：「自全幽靜操，不採亦何傷。」（冊 36，卷 2018，頁 22617）

4. 王十朋〈林下十二子詩‧蘭子芳〉：「林下自全幽靜操，縱無人採亦何傷。」（冊 36，卷 2021，頁 22648）

5. 王十朋〈元章贈蘭〉：「紉之可爲佩，不採庸何傷。三復韓子操，援琴鼓揚揚。」（冊 36，卷 2035，頁 22818）

6. 方回〈八月二十九日雨霽玩古蘭〉：「微詠韓子操，長歌湘纍詞。」（冊 66，卷 3498，頁 41718）

7. 方回〈秋日古蘭花十首〉：「援琴與鼓猗蘭操，五百年間一退之。」（冊 66，卷 3508，頁 41877）

8. 俞德鄰〈水墨蘭〉：「乃知德勝色，不採庸何傷。」（冊 67，卷 3546，頁 42415）

二、視覺摹寫

詩人詠蘭，常以敘述蘭花的外觀入手，包含對根、莖、葉、芽、花朵的形狀、色彩、姿態之描寫。許多觀察細緻入微，應爲近距離欣賞之故，更可證宋代蘭花成爲庭院几案上的觀賞花卉。

（一）根：孤根、芳根、靈根、雪霜根

蘭根的形態依據其棲息地而有地生（terrestrial）和著生（epiphytic）之分，相較於著生樹上的熱帶洋蘭，國蘭屬於地生蘭，有粗壯肥大的根系長到土壤裡，厚厚的肉質根具有儲存水分和養分的功能。根系上的莖膨大成明顯的假球莖（即《金漳蘭譜》記載之「蘆頭」），新的假球莖由成熟假球莖側芽發育而成，是培育花莖及新芽的重要起源。因此就算花葉凋零，只要根系與假球莖健壯，依然可換盆

栽種，重生新芽。〔註7〕

1. 孤　根

宋代詠蘭詩寫蘭根最常出現「孤根」一詞，查考歷代詠物詩，梅、松、竹、菊等植物亦有「孤根」之詠，蓋因此類植物或凌寒傲雪，或堅韌挺立，皆象徵清節高標的君子德風，故詩人多以「孤根」表現蘭花的幽獨高潔、孤芳自賞。

(1) 饒節〈灌蘭一首〉：「孤根著土深，稍稍樹支族。看渠吐胸中，一洗桃李俗。」（冊 22，卷 1286，頁 14547）

(2) 李綱〈次韻陳介然幽蘭翠柏之作・幽蘭〉：「溫風茁幽蘭，採掇置中堂。孤根亦何有，借此軒墀光。」（冊 27，卷 1545，頁 17550）

(3) 朱熹〈謝人送蘭〉：「伊人遠贈問，孤根亦綢繆。」（冊 44，卷 2384，頁 27492）

(4) 朱熹〈秋蘭已悴以其根歸學古〉：「願言託孤根，歲晏以爲期。」（冊 44，卷 2384，頁 27493）

(5) 朱熹〈去歲，蒙學古分惠蘭花清賞，既歇復以根叢歸之故畹，而學古預有今歲之約，近聞頗已著花，輒賦小詩以尋前約，幸一笑〉：「頗憶孤根在，幽期得重尋。」（冊 44，卷 2384，頁 27493）

(6) 陳郁〈空谷有幽蘭〉：「空谷有幽蘭，孤根倚白石。」（冊 57，卷 3007，頁 35811）

(7) 鄧林〈蘭〉：「孤根未必靈均種，推作離騷輩行看。」（冊 67，卷 3520，頁 42039）

(8) 金似孫〈雙頭蘭和吳應奉韻〉：「敢誇雙萼鍾奇氣，祇恨孤根出晚林。」（冊 68，卷 3601，頁 43137）

〔註7〕參見王清玲等著：《國蘭生產作業手冊》，彰化：行政院農業委員會臺中區農業改良場，2010 年 12 月，頁 13～14。

2. 靈根、芳根、雪霜根、幽根

除了常見的「孤根」外，還有靈根、芳根、雪霜根、幽根等用法，均爲襯托蘭花的超群不凡。養蘭必先養根，從詩人對蘭根的重視，可推知宋代蘭花培植之風已然相當盛行。

（1）李綱〈鄧純彥家蘭盛開見借一本〉：「來春花發香尤好，預借幽根茁露芽。」（冊 27，卷 1545，頁 17549）

（2）劉才邵〈從兄和仲國香軒〉：「高情如兄能有幾，封植靈根當砌傍。」（冊 29，卷 1681，頁 18844）

（3）釋居簡〈盆蘭〉：「采采芳根綠綴苔，一莖只放一花開。」（冊 53，卷 2792，頁 33101）

（4）趙汝績〈溪翁惠秋蘭〉：「勿嫌盆盎小，能貯雪霜根。」（冊 54，卷 2821，頁 33617）

（5）釋斯植〈蘭谷〉：「空谷寄深雲，靈根自不群。」（冊 63，卷 3300，頁 39317）

（二）綠葉紫莖

屈原《九歌·少司命》：「秋蘭兮青青，綠葉兮紫莖。」〔註8〕雖然前章考辨屈原所見的秋蘭應爲蘭草，故有「紫莖」，但「綠葉紫莖」已然成爲後世詩人詠蘭通用的外型描述。又由於國蘭花朵嬌小不顯，葉片遂成爲重要觀賞部位，故「綠葉」便爲詠蘭常見之詞。

1. 李之純〈西園辨蘭亭和韻〉：「綠葉纖長間紫莖，蜀人未始以蘭名。」（冊 15，卷 878，頁 10215）

2. 釋道潛〈寄題濟源令楊君蘭軒〉：「淨掃幽軒植蘚墀，紫莖綠葉弄奇姿。」（冊 16，卷 911，頁 10722）

3. 釋廣聞〈送蘭與樗寮張寺丞〉：「綠葉叢叢間紫莖，芳心細細爲誰傾。」（冊 59，卷 3100，頁 37008）

4. 李龏〈猗蘭曲〉：「滋香夜滴金蟾水，綠葉紫莖光韡韡。」（冊

〔註 8〕宋·洪興祖：《楚辭補注》，臺北：臺灣商務印書館《文淵閣四庫全書》本，1986 年 3 月，卷 9，頁 227。

59，卷 3130，頁 37421）

5. 史彌寧〈秋蘭三絕〉：「砌蠟成花淺帶黃，紫莖綠葉媚秋光。」
（冊 57，卷 3026，頁 36043）

6. 釋行海〈蘭〉：「紫莖綠葉帶春陰，千古湘江一寸心。」（冊 66，
卷 3475，頁 41363）

7. 方回〈秋日古蘭花十首〉：「玉露金風喜乍涼，紫莖綠葉薦秋
芳。」、「不待花開著囊貯，紫莖綠葉可熏衣。」（冊 66，卷
3508，頁 41877）

（三）花：紫花、黃花、紅花、白花

從第三章可知《金漳蘭譜》與《王氏蘭譜》將宋代蘭花略分為紫
蘭與白蘭，但在宋代詠蘭詩中還可見黃花與紅花等不同品種，可補充
《蘭譜》未收錄的部分。

1. 李綱〈鄧純彥家蘭盛開見借一本〉：「纖纖碧葉淺黃花，暗淡
香飄物外家。」（冊 42，卷 2304，頁 26470）

2. 王十朋〈龍瑞道士贈蘭〉：「有客贈芳友，滿堂聞國香。清含
道流氣，輕帶羽衣黃。」（冊 36，卷 2025，頁 22701）

3. 楊萬里〈蘭花五言〉：「三菲碧彈指，一笑紫翻脣。」（冊 42，
卷 2303，頁 26467）

4. 楊萬里〈薌林五十詠・蘭畹〉：「健碧繽繽葉，斑紅淺淺芳。」
（冊 42，卷 2304，頁 26470）

5. 潘牥〈蘭花〉：「全帶安期溪澗碧，微偷勾漏箭砂紅。」（冊 62，
卷 3289，頁 39206）

6. 吳錫疇〈蘭〉：「石畔稜稜翠葉長，葳蕤紫蕊吐幽芳。」（冊 64，
卷 3395，頁 40400）

7. 史彌寧〈秋蘭三絕〉：「砌蠟成花淺帶黃，紫莖綠葉媚秋光。」
（冊 57，卷 3026，頁 36043）

8. 吳惟信〈蘭花〉：「寒谷初消雪半林，紫花搖弄晝陰陰。」（冊
59，卷 3107，頁 37064）

9. 王鎡〈白蘭〉：「楚客曾因葬水中，骨寒化出玉玲瓏。生時不飲香魂醒，難著春風半點紅。」（冊 68，卷 3609，頁 43216）

三、嗅覺摹寫

蘭自古以來和香氣的連結十分緊密，有「國香」、「王者香」、「香祖」之美譽，係因古蘭爲菊科澤蘭屬或唇形科一類藥用香草植物，煎水沐浴具有提神醒腦、去熱化濕的效用。而宋代以後的蘭科蘭花（即今之國蘭）屬於蟲媒花，花朵小而不顯，在花期時會釋放令人愉悅的揮發性物質（主要爲酯類），藉由香味吸引昆蟲蜂鳥授粉以繁殖後代。蘭花香味物質的組成成分和濃度，會隨著溫度與花期不同而有所變化，可能是其香「幽」的原因。〔註9〕

（一）香：國香、幽香、清香、真香、妙香、天香、楚畹香、九畹香

宋人詠蘭，除了描寫其外形姿態，更著意寫其香，用許多形容詞搭配「香」，以呈現不同的嗅覺感受。其中又以「幽香」、「清香」爲眞正的嗅覺感受，其餘皆爲文學性、象徵性的香。

1. 國　香

《左傳》載燕姞夢蘭，「以蘭有國香，人服媚之如是。」〔註10〕黃庭堅〈書幽芳亭〉：「蘭之香蓋一國，則曰國香。」〔註11〕國香即爲蘭的代稱。

（1）王庭珪〈次韻黃超然〉：「楚詞賦物取香草，眾草猶須避國香。」（冊 25，卷 1472，頁 16846）

〔註9〕 彭紅明：《中國蘭花揮發及特徵花香成分研究》，北京：中國林業科學研究院園林植物與觀賞園藝專業博士學位論文，2009 年 7 月，頁 121～126。

〔註10〕 晉・杜預注，唐・孔穎達等正義：《春秋左傳正義》，臺北：臺灣古籍出版社《十三經注疏整理本》本，2001 年 9 月，卷 21，頁 695。

〔註11〕 宋・黃庭堅：《山谷集》，臺北：臺灣商務印書館《文淵閣四庫全書》本，1986 年 3 月，卷 25，頁 270。

（2）李綱〈鄧純彥家蘭盛開見借一本〉：「誰道幽蘭是國香，山
林僻處更芬芳。」（冊 27，卷 1545，頁 17549）

（3）鄭剛中〈前山尋蘭〉：「爾何守幽林，國香空自負。所幸無
改芳，可使名不朽。」（冊 30，卷 1692，頁 19048）

（4）王十朋〈種蘭有感〉：「世競憐春色，人誰賞國香。」（冊
36，卷 2018，頁 22617）

（5）王十朋〈二道人以抹利及東山蘭爲贈再成一章〉：「入鼻頓
除浮利盡，同心端與國香侔。」（冊 36，卷 2021，頁 22655）

（6）王十朋〈林下十二子詩・蘭子芳〉：「國香入鼻忽揚揚，知
是光風泛子芳。」（冊 36，卷 2021，頁 22648）

（7）釋居簡〈移蘭〉：「故應紉佩成春服，不爲無人悶國香。」
（冊 53，卷 2791，頁 33068）

（8）劉克莊〈寄題趙尉若鈺蘭所六言四首〉：「平生憎鮑魚肆，
何處割山麝房。試與君評花品，不如渠有國香。」（冊 58，
卷 3056，頁 36477）

（9）顧逢〈題徐容齋先生愛蘭軒〉：「三閭心上事，九畹國香
中。」（冊 64，卷 3349，頁 40025）

2. 幽　香

蘭花的香不是濃烈馥郁、源源不絕的，而是一種清新淡雅、飄忽
不定、似有若無的幽香，如同北宋曹組〈卜算子〉：「著意聞時不肯香，
香在無心處。」〔註12〕幽香也進一步呼應了蘭生幽谷、獨抱幽貞、與
隱士幽人並列的文學傳統。

（1）呂頤浩〈蘭室〉：「秋蘭馥鬱有幽香，不謂無人不吐芳。」
（冊 23，卷 23，頁 15054）

〔註12〕宋・曹組〈卜算子〉：「松竹翠蘿寒，遲日江山暮。幽徑無人獨自芳，
此恨憑誰訴？　似共梅花語，尚有尋芳侶。著意聞時不肯香，香
在無心處。」參見唐圭璋編：《全宋詞》，北京：中華書局，1995 年
6 月，冊 2，頁 806。

（2）劉才邵〈從兄和仲國香軒〉：「滋蘭九畹多不厭，似更有意
憐幽香。」（冊 29，卷 1681，頁 18844）

（3）曹勛〈臘日謝仰上人惠蘭〉：「自許幽香傳窈窕，更煩白足
下嶙峋。」（冊 33，卷 1891，頁 21151）

（4）楊萬里〈薌林五十詠・蘭畹〉：「幽香空自秘，風肯秘幽香。」
（冊 42，卷 2304，頁 26470）

（5）趙公豫〈次韻奉和蔣元甫離瑞蘭詩兼賀誕孫〉：「一幹亭亭
標異彩，數枝燦燦發幽香。」（冊 46，卷 2502，頁 28944）

（6）劉克莊〈寄題趙尉若鈺蘭所六言四首〉：「高標可敬難狎，
幽香似有如無。」（冊 58，卷 3056，頁 36477）

（7）徐集孫〈蘭〉：「淡淡九畹質，雅好住山林。幽香不求知，
伯夷叔齊心。」（冊 64，卷 3390，頁 40344）

3. 清　香

國蘭的香氣無法隨風傳送，所以被稱爲清香，這種香氣無論輕拍
蘭盆或以手搧動靠近花朵的空氣，其香味仍飄散不出來，只有靠近蘭
花的花朵時方可聞到芳香，故詩人多於近距離觀賞室內盆蘭時，才能
聞到「清香」。

（1）梅堯臣〈和石昌言學士官舍十題・蘭〉：「楚澤多蘭人未辯，
盡以清香爲比擬。」（冊 5，卷 249，頁 2946）

（2）蘇轍〈幽蘭花〉：「珍重幽蘭開一枝，清香耿耿聽猶疑。」
（冊 15，卷 861，頁 9992）

（3）王庭珪〈秋蘭寄知縣陳邦直〉：「安仁未倦栽桃李，添此清
香一種花。」（冊 25，卷 1475，頁 16860）

（4）張嵲〈取蘭梅置幾上三首〉：「風輕雨細春寒夜，正是清香
發越時。」（冊 32，卷 1845，頁 20553）

（5）劉宰〈和趙季行用蘭花韻三首〉：「平易堂中無箇事，一枝
相對吐清香。」（冊 53，卷 2806，頁 33349）

（6）戴復古〈澘以秋蘭一盆爲供〉：「清香可呼吸，薰我老肺

肝。」（冊54，卷2813，頁33459）

（7）陳著〈午酌對盆蘭有感〉：「聊借一巵酒，醉此幽蘭根。或
者千載後，清香滿乾坤。」（冊64，卷3380，頁40271）

4. 真香、妙香、天香、楚畹香、九畹香

「眞香」主要對比「幻色」，用於襯托水墨蘭花的形肖神似，就
如親見蘭花而聞其芳香。「妙香」、「天香」爲佛家語，蘭香清幽，可
爲佛前供香。此外還有「楚畹香」、「九畹香」，皆典用屈原。

（1）蘇軾〈題楊次公蕙〉：「幻色雖非實，眞香亦竟空。」（冊
14，卷815，頁9428）

（2）釋德洪〈宗公以蘭見遺，風葉蕭散蘭芽並茁，一稊雙花鬭
開，宗以爲瑞，乞詩記其事〉：「照人秀色雖堪畫，入骨眞
香不可傳。（冊23，卷1336，頁15196）

（3）薛季宣〈刈蘭〉：「東畹刈眞香，靜院簪瓶水。」（冊46，
卷2469，頁28643）

（4）鄭清之〈謝天童老秋蘭〉：「綠葉青青帶紫光，拈來笑處沒
遮藏。密圓應具楞嚴偈，非木非空出妙香。」（冊55，卷
2901，頁34641）

（5）王灼〈王氏碧雞園六詠・層蘭〉：「九畹與九層，異世皆
可銘。收拾眾妙香，逍遙醉魄醒。」（冊37，卷2066，
頁23300）

（6）李綱〈次韻陳介然幽蘭翠柏之作・幽蘭〉：「春風茁其芽，
暗淡飄天香。」（冊27，卷1545，頁17550）

（7）黃庚〈墨蘭〉：「筆頭喚醒靈均夢，猶憶當時楚畹香。」（冊
69，卷3638，頁43607）

（8）張守〈蘭室〉：「分得騷人九畹香，時人不服更幽芳。」（冊
28，卷1604，頁18029）

（二）鼻：鼻孔、鼻觀

宋人有時不直寫抽象的蘭「香」，反而藉俚俗的「鼻孔」、「鼻

觀」，表達真實的嗅覺感受，使讀者身歷其境，彷彿也聞到鼻端芳香。這種表現手法饒富興味，意趣盎然，更可見宋詩之創意發想。

1. **鼻　孔**

（1）劉克莊〈寄題趙尉若鈺蘭所六言四首〉：「遶林尋香不見，對花寫貌失真。癡人鼻孔無辨，俗子毫端有塵。」（冊58，卷3056，頁36477）

（2）劉克莊〈留山間種藝十絕〉：「世間鼻孔無憑據，且伴幽窗讀楚辭。」（冊58，卷3041，頁36261）

（3）方岳〈買蘭〉：「幾人曾識離騷面，說與蘭花枉自開。卻是樵夫生鼻孔，擔頭帶得入城來。」（冊61，卷3194頁38289）

（4）鄭思肖〈墨蘭圖〉：「未有畫前開鼻孔，滿天浮動古馨香。」（冊69，卷3628，頁43450）

2. **鼻　觀**

（1）蘇軾〈題楊次公蕙〉：「幻色雖非實，真香亦竟空。發何起微馥，鼻觀已先通。」（冊14，卷815，頁9428）

（2）郭印〈蘭坡〉：「微風馥馥來何所，一干鼻觀尤非常。」（冊29，卷1667，頁18669）

（3）李綱〈鄧純彥家蘭盛開見借一本〉：「特地聞時卻不香，暗中芬馥度微芳。寂然鼻觀圓通處，深院無人春晝長。」（冊27，卷1545，頁17549）

（4）王十朋〈予有書閣僅容膝，東有隙地，初甚荒蕪，偶於暇日理成小園，徑以通之，杖藜日涉於其間，幾欲成趣。然花木蕭疏，不足播之，吟詠謾賦十一小詩，以記園中之僅有者，時甲戌仲冬也·揚揚畹〉：「九畹何人種，光風泛國香。林間今幾許，鼻觀日揚揚。」（冊36，卷2021，頁22652）

（5）薛季宣〈幽蘭次十八兄韻六言四首〉：「超出世間凡品，叵聞鼻觀餘香。」（冊46，卷2471，頁28667）

四、擬人法

古人從花木中看到自己人格化的品格，進而有意傾心交好，攜之為友、待之如賓，於是便出現了歲寒三友、花中六友、十友、十二客、三十客、五十客等說法，花木間充滿了人倫的風雅之情。[註13]

（一）以蘭為友

宋・劉黻（1217～1276）《蒙川遺稿》有六友之說，以蘭為靜友：「靜友，蘭也；直友，竹也；淨友，蓮也；高友，松也；節友，菊也；清友，梅也。」[註14] 蘭花深谷幽獨，靜謐安適，故稱「靜友」。此外，詩人亦著眼於蘭花的氣韻芬芳，以「芝友」、「芳友」稱之，茲舉數例如下：

1. 王十朋〈種蘭有感〉：「芝友產岩壑，無人花自芳。」（冊36，卷2018，頁22617）

2. 王十朋〈龍瑞道士贈蘭〉：「有客贈芳友，滿堂聞國香。」（冊36，卷2025，頁22701）

3. 王十朋〈二道人以抹利及東山蘭為贈再成一章〉：「西域名花最孤潔，東山芳友更清幽。」（冊36，卷2021，頁22655）

4. 王十朋〈懺院種蘭次寶印叔韻〉：「不放凡花染道場，故栽芳友伴友郎。」（冊36，卷2022，頁22661）

5. 董嗣杲〈蘭花〉：「芳友幽棲九畹陰，花柔葉勁怯深尋。」（冊68，卷3573，頁42718）

[註13] 何小顏：《花與中國文化》，北京：人民出版社，1999年3月，頁22。

[註14] 見錄於清・俞樾：《茶香室叢鈔》，上海：上海古籍出版社《續修四庫全書》本，2002年4月，卷22，頁135。宋人以花為友者，又見宋・曾端伯（北宋人，生卒年不詳，與向子諲、曹勛、郭印等人交往）以十花為十友，但不見蘭花：「荼蘼，韻友；茉莉，雅友；瑞香，殊友；荷花，浮友；巖桂，仙友；海棠，名友；菊花，佳友；芍藥，艷友；梅花，清友；梔子，禪友。」見錄於明・王路：《花史左編》，上海：上海古籍出版社《續修四庫全書》本，2002年4月，卷1，頁8。

（二）以蘭為客

宋・張敏叔（生卒年不詳，與程致道、葉夢得為友）以十二花為十二客：「牡丹，賞客；梅，清客；菊，壽客；瑞香，佳客；丁香，素客；蘭，幽客；蓮，靜客；荼䕷，雅客；桂，僊客；薔薇，野客；茉莉，遠客；芍藥，近客。」〔註15〕又見宋・姚寬《西溪叢語》卷上：「昔張敏叔有〈十（二）客圖〉，忘其名。與長兄伯聲嘗得三十客：牡丹為貴客，梅為清客，蘭為幽客，桃為妖客，杏為豔客，蓮為溪客，木犀為巖客，海棠為蜀客，躑躅為山客，梨為淡客，瑞香為閨客，菊為壽客，木芙蓉為醉客，酴醾為才客，臘梅為寒客，瓊花為仙客，秦馨為韻客，丁香為情客，葵為忠客，含笑為佞客，楊花為狂客，玫瑰為刺客，月季為癡客，木槿為時客，安石榴為村客，鼓子花為田客，棣棠為俗客，曼陀羅為惡客，孤燈為窮客，棠梨為鬼客。」〔註16〕蘭花生於深林幽谷之中，因其託身之所獨特，故宋人以蘭為「幽客」：

1. 王庭珪〈和葛德裕寄紙覓蘭四絕句〉：「林下無人亦自芳，幽姿閑澹若深藏。與君坐上添幽客，勝爇金爐百和香。」（冊25，卷1471，頁16839）
2. 王庭珪〈幽蘭寄向文剛二絕句〉：「西風黃葉深林下，忽有新蘭動地香。公子夜寒誰對語，應容幽客到書房。」（冊 25，卷1472，頁16846）

第二節　從君子到美人

「蘭」從先秦諸子已降，由於其幽獨的生長環境，以及特殊的香氣，已然確立為清正自持的君子形象。到了宋代，由於古蘭草與蘭花相混對接，宋人開始重視蘭花的栽培與應用，使蘭花成為觀賞用花卉，詩人對花朵的描寫更讓蘭花添加了美人形象。

〔註15〕見錄於明・王路：《花史左編》，卷1，頁8。
〔註16〕見錄於宋・姚寬：《西溪叢語》，北京：商務印書館《文津閣四庫全書》本，2005 年 12 月，卷上，頁226。

一、宋代蘭花的君子形象

　　先秦以降，孔子與屈原建立了君子藉蘭比德的文學傳統，使蘭文化蘊涵君子清正高雅，不以無人而不芳之風，詠蘭文學大多以屈騷、孔子為典，歷代皆然。宋代文人詠蘭，承襲蘭文化傳統，亦直寫蘭如君子，如第三章所引黃庭堅〈書幽芳亭〉：「蘭蓋甚似乎君子，生於深山薄叢之中，不為無人而不芳；雪霜凌厲而見殺，來歲不改其性也。是所謂『遯世無悶，不見是而無悶』者也。」〔註17〕蘭花雖生於深山幽谷，但不以無人而不芳，即如君子不因外在環境影響，而改變內在氣節。

　　宋代以前，蘭意象大多是文士君子身處亂世，懷才不遇時，隱退山林的精神指標與慰藉。宋代蘭花的君子形象，除了清端正德之外，亦多見高人隱士的幽獨出塵。宋代隱逸之風大盛，劉文剛《宋代的隱士與文學》說明其因：

> 宋代特殊的社會狀況，是隱逸之風昌盛重要因素，北宋前期，經過長期的休養生息，社會呈現一派百業興旺的太平景象。世人普遍懷抱理想和大志，然而在經歷求仕失意的痛擊之後，很多人便隱居起來，過著琴書自娛，逍遙自在的生活。……南宋偏安一隅，戰亂頻仍，又是產生隱士的良好土壤。〔註18〕

可知宋代士人之所以隱居，主要因求仕不得，抱負難伸，空有才學但不為世用，只好隱居度過餘生。如徐集孫（約 1234 前後在世）〈蘭〉：「淡淡九畹質，雅好住山林。幽香不求知，伯夷叔齊心。世道不復古，紉佩取騷吟。」（冊 64，卷 3390，頁 40344）「不求知」的心態可歸因於「世道不復古」的無可奈何，故將蘭比為隱居之君子——伯夷叔齊。

〔註17〕　宋・黃庭堅撰：《山谷集》，臺北：臺灣商務印書館《文淵閣四庫全書》本，1986 年 3 月，卷 25，頁 270。

〔註18〕　劉文剛：《宋代的隱士與文學》，成都：四川大學出版社，1992 年 10 月，頁 4。

　　又如宋末徐瑞（1255～1325）〔註19〕〈余自入山距出山五十五日，竹屋青燈山陰杖屨忘其癡不了事矣，隨所賦錄之，得二十首‧蘭〉：「綠葉映芳蓀，貞姿在空谷。紛紛世人同，寂寂君子獨。」（冊71，卷3718，頁44656）此詩藉蘭寫出君子隱居空山，寂寞幽獨的心境，

　　又見宋末遺民連文鳳〔註20〕〈對蘭〉：

　　　藹藹抱幽姿，幽人得自怡。愛之似君子，好不在花枝。
　　　濁世已如許，香心終未衰。窗前堪作伴，閒讀九歌詞。

　　　　（冊69，卷3622，頁43372）

此詩首聯「藹藹」後接「幽姿」、「幽人」，故「藹藹」可作「昏暗」或「有香氣」解。頷聯點明蘭似「君子」，不喜在枝頭綻放鮮妍，博取眾人眼光讚賞；卻在深山叢林間獨自芬芳，不露才揚己，曖曖內含光方為正道。頸聯與末聯的「濁世」與「香心」之對比，除了呼應屈原舉世皆濁我獨清之意，更寫出作者身為宋末遺民的心境與感慨。

　　宋代詩人詠蘭亦有直寫蘭「隱君子」者，如毛滂（約1061～約1124）〈育闍黎房見秋蘭有花作〉「譬如隱君子，悃愊初無華。深藏不自獻，清芬亦難遮。」（冊21，卷1246，頁14081）、李曾伯（1198～1265後）〈自湘赴廣道間雜詠‧蘭花〉：「行盡離騷國，春深未見蘭。容非隱君子，甘老蕨薇間。」（冊62，卷3249，頁38753）

〔註19〕徐瑞，字山玉，江西鄱陽人。南宋度宗咸淳間應進士舉，不第，後歸隱，巢居松下，自號松巢。

〔註20〕連文鳳（1240～？），字百正，號應山，三山（今福建福州）人。度宗咸淳間入太學，宋亡後流徙江湖，結交遺民故老。曾應月泉吟社徵詩，品題為第一，署名羅公福。有《百正丙子稿》，已佚。清四庫館臣據《永樂大典》輯為《百正集》三卷，其中詩二卷。《四庫全書總目‧百正集提要》：「至元丙戌，浦江吳渭邀謝翱、方鳳等舉月泉吟社，以「春日田園雜興」為題徵詩四方，得二千七百三十五卷，入選者二百八十卷，刊版者六十卷，以羅公福為第一名，據題下所註，公福即文鳳之寓名也。」參見宋‧連文鳳撰：《百正集》，北京：商務印書館《文津閣四庫全書》本，2005年12月，冊397，頁455。

　　蘭花的隱士形象到了宋代除繼承求仕不遇遂空谷自芳的傳統，
更有所突破與轉變，從寂寞幽獨、韜光養晦的隱；轉爲追求自由、
林下逸樂的隱。釋文珦（1210～？）〈采蘭吟〉表達這種心境：

> 楚芳有幽姿，采采倏盈把。馨香滿襟袖，欲寄同心者。
> 道遠不可求，余懷爲誰寫。佩服林下遊，自愛逸而野。
> 　　（冊 63，卷 3327，頁 39687）

一到四句寫詩人采蘭幽谷，讚賞蘭花的外型與馨香，欲分享給同心
同德之友伴。五六句轉折，詩人表面上感嘆因路途遙遠而「不可求」，
實際上寫找不到「同心者」的無奈。末兩句「佩服林下遊，自愛逸
而野」再度轉折，寄寓詩人找到生命出口的快樂，以及追求自由精
神的隱逸美學。〔註21〕

　　王侃（？～1267）〈冬日雜興〉亦爲一例：

> 庭際幽蘭手自種，託根不與春花共。
> 冉冉同風數莖竹，襟期元作幽人供。
> 如何江湖浪征逐，芳信卻因馮翼送。
> 多慚獨處歲將晚，尚想清標形曉夢。
> 　　（冊 63，卷 3303，頁 39356）

王侃，字剛仲，號立齋，婺州金華（今浙江金華）人。王淮孫，幼從
劉炎學，卒業於何基，與族父王柏自爲師友，又與蔡杭爲契友，著有
《立齋集》。此詩從詩題觀之，並不能直接聯想到蘭花，但從內容而
言，確爲詠蘭詩無疑。首句寫詩人親手於庭院培育幽蘭，次句「託根
不與春花共」與前章引丘葵詩有異曲同工之妙。三四句以「數莖竹」
比擬蘭花，而「幽人」呼應首句「幽蘭」，隱士之思躍然紙上。五六

〔註21〕「隱逸不僅成爲宋代士大夫與精神世界不可或缺的構成要素和基
　　　　因，並以顯在和隱在的方式表現出來。更爲重要的是，以自由爲理
　　　　論依據的隱逸潮流，包含了對於自由精神的不懈追求，對於詩性棲
　　　　居生存方式的認同與實踐，而這一切也恰恰構成了審美精神最爲內
　　　　在、最爲核心的部分。也正因爲如此，包含著自由內核的隱逸精神
　　　　才成爲宋代美學精神中一道獨特而亮麗的風景。」參見劉方《宋型
　　　　文化與宋代美學精神》，成都：巴蜀書社，2004 年 8 月，頁 192。

句發出要如何在爭名逐利的宦海江湖中，尚能德行遠播的慨嘆，隱喻蘭須種於幽谷，與世隔絕；詩人也是一樣，需隱居山林，遠離俗世。「多慚」二字奈何自己年老遲暮，卻還被羈絆於官場中而未能致仕歸鄉，只好「尚想清標形曉夢」，希望短暫的餘生得以清逸退隱，自由的終老山林。〔註22〕

　　宋代士大夫所追求的是淡泊自守、寧靜致遠的人生哲學，劉方《宋型文化與宋代美學精神》提到：

> 山林隱逸與功名利祿正是涇渭分流，應該說是宋代社會審美觀念進化的標誌。山林隱逸之士淡泊自守的情操品格和生活方式也成爲不同階層的審美主體一致推崇的美好楷模。山林隱士以及他們所追求的任情眞率、淡泊寧靜的美，已成爲宋代士大夫群體的審美理想。〔註23〕

宋人的詠蘭詩也寄寓了這樣的審美理想與對自由精神的追求，可見趙以夫〔註24〕（1189～1256）〈詠蘭〉：

> 一朵俄生几案光，尚如逸士氣昂藏。
> 秋風試與平章看，何似當時林下香。
> 　（冊59，卷3101，頁37021）

詩人深識蘭花寧遠清逸之性，以客觀觀賞的眼光平實描寫從山野幽谷移到自家庭院，被置於几案上的一棵初放蘭花。一二句寫詩人初看蘭花的感受，將質樸雅潔、氣韻寧遠、隱然有高人逸士之風的盆

〔註22〕「隱居可以過閒適寧靜的生活，城市雖然繁華，物資豐盛，文化豐富，見多識廣，生活多姿多采，但是城市人事關係錯綜複雜，喧囂熙攘。一些官吏在飽經人世的紛擾後，特別嚮往恬淡的隱居生活……隱士沒有官吏的爭奪，也就沒有官吏的煩惱。他們生活在山水之中，處在幽靜之中，過著怡情悅性的愜意生活。」參見劉文剛：《宋代的隱士與哲學》，頁133～136。

〔註23〕劉方：《宋型文化與宋代美學精神》，頁199。

〔註24〕趙以夫，字用父，號虛齋，長樂（今福建長樂）人，宋宗室魏王后裔。寧宗嘉定十年（1217）進士。歷知邵武軍、漳州，皆有治績。理宗嘉熙初爲樞密都承旨，次年拜同知樞密院事，淳祐初罷。尋加資政殿學士，進吏部尚書兼侍讀，詔與劉克莊同纂修國史。有《易通》、《虛齋樂府》。參見《全宋詩》所附詩人小傳，冊59，卷3101，頁37020。

蘭置於書齋几案上，頓覺屋室生輝。「一朵俄生」與「尙如」呼應，顯出蘭花氣韻的充沛，後接「藏」字，更寫出蘭花風韻含蓄、賞之愈出的特色。

三四句寫當蘭花生於雨露天然、長風吹送的山林下，只有秋風可知其清俏芬芳。而几案與林下的對比，襯托出蘭花超逸離俗、霜節雲山的出塵之志，也寄託作者對林下隱逸生活的嚮往之情。這首七言絕句以兩幅畫面組成，從虛實的角度看，盆蘭爲主，山蘭爲賓；從詩的主旨看，卻是山蘭爲主，盆蘭爲賓，二者互爲映襯，又相輔相繼，使詩意層層遞展，排宕而進，有復迭掩映之妙。〔註25〕

此詩將蘭花比爲「逸士」，詩人藉蘭花以頌揚林下自樂的隱逸精神，「生當盛世卻淡泊名利，成爲宋代社會推崇的高逸淡遠的美學風範。這份超凡脫俗的儀態與心境，表現在他們所追求的隱逸生活的全過程中，表現在隱逸詩人所描摹的一幅幅隱逸生活逸樂圖中。正是他們從靈魂深處建構了一個屬於自己的、詩化的精神樂園王國。」〔註26〕

二、宋代蘭花的美人形象

除了文學傳統中將花比爲君子，對應美好的內在人格精神之外，宋人更進一步寫蘭的美麗外貌，主要從外形特色或清麗幽香著眼，歷代以來首次建構出蘭花的美人、女性形象。宋代最早以「美人」喻蘭花的詩作見於楊傑（生卒年不詳）〈春蘭〉：「春蘭如美人，不採羞自獻。時聞風露香，蓬艾深不見。」（冊12，卷677，頁7888）詩人用「羞」字寫出女性羞澀動人的形象，同樣用「羞」字將蘭花比爲美人的作品，如陳郁（1184～1275）〈空谷有幽蘭〉：「信知傾國姿，羞任桃李責。」（冊57，卷3007，頁35811）又如蘇過（1072～1123）〈寄題岑彥明猗蘭軒詩〉：「羣芳爭春風，百態工嫵媚。毛

〔註25〕參見李文祿、劉維治：《古代詠花詩詞鑑賞辭典》，頁429。
〔註26〕劉方：《宋型文化與宋代美學精神》，頁196。

嬌與西施，未易笑倚市。豈如空山蘭，靜默羞自致。」（冊 23，卷
1351，頁 15457）

再看楊萬里（1127～1206）〈蘭花五言〉：

護雨重重膜，凌霜早早春。三菲碧彈指，一笑紫翻唇。
野竹元同操，官梅晚卜鄰。花中小兒女，格外更幽芬。

〔註 27〕

這首五言律詩用擬人法將蘭花比爲美人，莖幹爲纖指，花朵爲笑
靨。首句寫蘭圃早春之景；三四句寫蘭花吐蕊，紫唇初翻；五六句
寫蘭花凌寒發華、素質幽芳、與梅竹爲友；七八句將蘭花比爲「花
中小兒女」，別有創發與突破，蘭花從花中隱士變成花中小兒女，
誠齋慧眼別具，見識到蘭花嬌柔可人的一面。〔註 28〕此二詩顯見嚴
羽《滄浪詩話》所謂「誠齋體」之藝術特色，其主要特點是「活法」，
意即不拘定法，得之於心而應之於手，自由揮灑。另一特點是幽默
詼諧、情趣盎然，不僅想像豐富、發人之所未發，尤善於從自然中
發現新的審美意趣。誠齋體的語言清新活潑，大量運用口語，通俗
淺易。〔註 29〕

釋居簡（1164～1246）〈雙頭蘭〉一詩更直接將雙頭蘭喻爲大小
二喬：

艾擁蕭陵雪未消，蒂連芳萼鬧春饒。
國香不似傾城色，寂寞空山大小喬。（冊 53，卷 2792，頁 33086）

此詩可證宋代即見雙頭蘭（並蒂蘭），居簡將雙頭蘭比爲深山幽谷
中的大喬、小喬二美人，此喻影響後世詠並蒂蘭之詩作，如清領時

〔註 27〕宋・楊萬里：《誠齋集》，臺北：臺灣商務印書館《文淵閣四庫全書》
　　　　本，1986 年 7 月，頁 317。
〔註 28〕參見蕭翠霞：《南宋四大家詠花詩研究》，臺北：文津出版社，1994
　　　　年 5 月，頁 94。「花中小兒女」一句，《全宋詩》載爲「不兒女」（冊
　　　　42，卷 2303，頁 26467），可解爲蘭花品格精神挺立峭拔，無小兒女
　　　　的嬌羞呢喃之態，顯得格外芬芳，幽香遠播。
〔註 29〕參見周啟成：《楊萬里和誠齋體》，臺北：萬卷樓圖書公司，1980 年
　　　　1 月，頁 123。並見張海鷗：《雅美風俗之兩宋雅韻》，臺北：雲龍出
　　　　版社，1996 年 1 月，頁 208～209。

期，臺灣詩人倪希昶（1875～1951）〈承龍峒陳培根君邀觀並蒂蘭席上賦呈〉六首其三：「撲鼻幽香起紫莖，同心枝上十分明。二喬合作前身想，來伴幽人倍有情。」〔註30〕及黃贊鈞（1874～1952）〈偷逸園觀並蒂蘭〉四首其三：「一莖鬥巧豔如描，倩麗難分大小喬。若使香魂能解語，合從蘭譜寫雙嬌。」〔註31〕均將並蒂蘭同枝開雙花的外型聯想成一對美麗的姊妹花，比爲大小二喬。蘭花自宋代後以美人、女性形象出現於詠蘭文學中，爲蘭文化增添了柔美明媚的氣息。

三、宋代以後多見以美人喻蘭花之作

　　自宋代文人以美人清麗的外型比喻蘭花後，宋代以降多見以美人喻蘭花之作，在題畫詩與題詠蘭花名品的詩作中均可見之，茲舉數例如下：

　　元・龔璛（1266～1331）〈題蘭蕙畫〉
　　滿堂美人芳菲菲，如此食墨何能肥。
　　古今蘭蕙不一種，兄弟夷齊無二薇。〔註32〕

　　明・曹學佺（1574～1646）〈畫蘭〉
　　林下佳人迥不常，倚風無語淡生香。
　　憑誰寫作靈均賦，爲爾招魂到楚湘。〔註33〕

　　明・黎淳（1423～1492）〈畫蘭〉
　　佳人深居在幽谷，幽谷無人艷長綠。
　　窈窕時聞遞遠馨，娉婷自惜持貞獨。〔註34〕

〔註30〕清・倪希昶：〈承龍峒陳培根君邀觀並蒂蘭，席上賦呈〉，見《漢文臺灣日日新報》，1911 年 7 月 31 日，第 1 版。

〔註31〕清・黃贊鈞：〈偷逸園觀並蒂蘭〉，見《漢文臺灣日日新報》，1911 年 8 月 28 日，第 1 版。

〔註32〕元・龔璛：《存悔齋稿》，臺北：臺灣商務印書館《文淵閣四庫全書》本，1986 年 3 月，頁 330。

〔註33〕明・曹學佺：《石倉歷代詩選》，臺北：臺灣商務印書館《文淵閣四庫全書》本，1986 年 7 月，卷 245，頁 163。

〔註34〕明・黎淳：《黎文僖公全集》，上海：上海古籍出版社《續修四庫全

清・沈季友（約 1692 前後在世）〈畫蘭〉
空谷佳人絕世姿，翠羅爲帶玉爲肌。
獨憐錯雜蕭蕭草，一段幽香祇自知。〔註35〕

清・尤侗（1618～1704）〈題顧眉生畫蘭〉
佳人竟體是芳蘭，自寫湘君小影看。
只有青青河畔柳，同移春色向雕欄。〔註36〕

詩人以美人、佳人代稱蘭花，首句即寫出蘭花的生長環境爲林下、
空谷、幽谷；接著摹寫蘭花的外型特色，如「艷長綠」、「翠羅爲帶
玉爲肌」，以及獨特的幽淡馨香；最後舉其他植物做對照，無論是錯
雜蕭草或迎春青柳，均用以襯托蘭花貞獨自守的孤高品格。而元・
龔璛〈題蘭蕙畫〉首句化用〈九歌・少司命〉「秋蘭兮青青，綠葉兮
紫莖。滿堂兮美人，忽獨與余兮目成」〔註37〕，但次句「如此食墨何
能肥」，點出詩旨「墨蘭」，蘭花的清瘦外型亦躍然紙上，饒富趣味。

書》本，2002 年 4 月，卷 8，頁 36。

〔註35〕清・沈季友：《檇李詩繫》，北京：商務印書館《文津閣四庫全書》
　　　　本，2005 年 12 月，卷 34，頁 556。

〔註36〕清・尤侗：《看雲草堂集》，上海：上海古籍出版社《清代詩文集彙
　　　　編》本，2010 年 12 月，冊 65，卷 8，頁 256。清・顧眉生（1619～
　　　　1664），原名顧媚，又名眉，字眉生，別字後生，號橫波，應天府上
　　　　元縣（今江蘇南京）人。與馬湘蘭、卞玉京、李香君、董小宛、寇
　　　　白門、柳如是、陳圓圓同稱「秦淮八豔」。嫁給江左三大家之一的龔
　　　　鼎孳（1615～1673）後，洗盡鉛華，改名爲「徐善持」。顧眉生工詩
　　　　善畫，善音律，尤擅畫蘭，所畫叢蘭筆墨飄灑秀逸，自成一格。《玉
　　　　臺畫史》引《畫徵錄》載：「顧媚，字眉生，又名眉，號橫波，龔宗
　　　　伯芝麓妾。工墨蘭，獨出己意，不襲前人法。眉生本金陵妓女，芝
　　　　麓納爲妾，後改徐氏，故世又稱徐夫人云。」清・朱彝尊（162～1709
　　　　年）亦肯定顧氏之墨蘭，有〈題顧夫人畫蘭〉詩載：「眉樓人去筆床
　　　　空，往事西洲說謝公，猶有秦淮芳草色，輕紈勻染夕陽紅。」可知
　　　　《金漳蘭譜》中記載的白蘭「夕陽紅」一品，至清代仍可見之。參
　　　　見清・湯漱玉：《玉臺畫史》，上海：上海古籍出版社《續修四庫全
　　　　書》本，2002 年 4 月，卷 4，頁 370。又見清・朱彝尊：《曝書亭集》，
　　　　上海：上海古籍出版社《清代詩文集彙編》本，2010 年 12 月，冊
　　　　116，卷 10，頁 117。

〔註37〕宋・洪興祖：《楚辭補注》，臺北：臺灣商務印書館《文淵閣四庫全
　　　　書》本，1986 年 3 月，卷 9，頁 227。

　　清代蘭花品種繁複多樣，蘭花培植法亦工，養蘭風氣大盛，不僅出現大量培蘭專書，更有許多特寫蘭花外型姿態的詩篇以歌詠名品，如素心蘭、倒蘭、白鶴蘭等，茲舉數例臚列如次：

清・劉嗣綰（1762～1821）〈蒔蘭〉

秋蘭如美人，媚此空谷裏。風鬟露烟月，湘夢墮千里。
娟娟出山來，綺思一以洗。嗟非同心人，惜此芳竟體。
孤花聊自表，向背情何已。春來根復生，卻笑鬧桃李。

〔註38〕

清・孫原湘（1760～1829）〈二蘭篇〉（有貴介子以十萬錢購素心蘭一本，扃諸高閣，悶不與人見，蘭雖得所，而有縶拘之慨）

幽蘭如美人，素心尤足貴。叢生空谷中，不爲眾情媚。
誰攜入城市，得遠蕭與艾。輾轉入朱門，供之玉堂內。
堂猶恐不密，扃置幽閣邊。危架以爲防，重幕以爲衛。
春風豈不香，不漏一室外。主人顏雖好，恐非此花配。
亦有素心人，而花不相對。既失瀟灑理，漸覺色憔悴。
由來過高潔，其性難自遂。深藏縱所甘，隱蔽心已累。
何如湘江草，采作騷人佩。朝隨隴上吟，夕伴燈前醉。
貴重不及茲，得所豈求備。萬物各有遭，蒼蒼肯易位。

〔註39〕

清・林占梅（1821～1868）〈詠齋中玉幹素心蘭〉

洗盡鉛華俗豔空，無多蓓蕾自玲瓏。
數莖影瘦籠斜月，一瓣香清逗晚風。
臭味時親良友比，淡妝日對美人同。
只今建產稱佳品，俱出丹爐百煉功。〔註40〕

〔註38〕清・劉嗣綰：《尚絅堂詩集》，上海：上海古籍出版社《清代詩文集彙編》本，2010年12月，冊469，卷16，頁196。

〔註39〕清・孫原湘：《天眞閣集》，上海：上海古籍出版社《清代詩文集彙編》本，2010年12月，卷11，頁123。

〔註40〕施懿琳主編：《全臺詩》，臺南：國立臺灣文學館，2004年2月，冊7，頁50。

（作者註：「龍岩有葛洪煉丹處，素蘭叢生，傳種日盛，故閩中蘭花甲
海內。」）

清・許夢青（1870～1904）〈倒蘭〉十首其六、其十

未露靈根月滿岩，低回懶著羽衣衫。

水晶簾外雙鉤影，姑射仙人久脫凡。

空谷幽蘭翠繞岩，檀心倒卷味飄衫。

風來欲起嬌無力，笑煞垂楊骨氣凡。〔註41〕

清・胡殿鵬（1869～1933）〈題白鶴蘭並贈蔚村詞兄及籟軒
主人〉四首其四

美人含笑乘軒來，斜倚春風立幾回。

爲羨階庭佳子弟，氅衣披向雪中開。〔註42〕

上列清代詠蘭詩之特色歸納整理如下：

（一）著重特寫蘭花外在形貌，除了艷綠蘭葉與撲鼻清香外，
亦工筆細寫花形、花色、花容。如：「無多蓓蕾自玲瓏」、「數莖影瘦
籠斜月」、「低回懶著羽衣衫」、「水晶簾外雙鉤影」等句，均形象化
的寫出蘭花晶瑩剔透的花瓣與柔美嬌俏的姿態。

（二）除了傳統空谷美人的意象外，清・許夢青〈倒蘭〉更將
蘭花比爲脫俗不凡的「仙人」，其「姑射仙人久脫凡」一句引《莊子・
逍遙遊》「藐姑射之山，有神人居焉，肌膚若冰雪」。〔註43〕筆者認
爲許夢青所見可能是今蘭科石斛蘭屬的白花石斛蘭（Dendrobium
moniliforme，又名倒吊蘭、瀑布蘭）。

（三）詩人使用較爲女性化的詞彙描繪蘭花外在美，如：娟娟、
玲瓏、淡妝、嬌無力、美人含笑、斜倚春風等，進一步建構與凸顯
蘭花的女性形象。

（四）清・孫原湘（1760～1829）〈二蘭篇〉（有貴介子以十萬

〔註41〕施懿琳主編：《全臺詩》，臺南：國立臺灣文學館，2011年10月，冊
　　　19，頁427。

〔註42〕施懿琳主編：《全臺詩》，冊19，頁17。

〔註43〕清・郭慶藩撰，王孝魚點校：《莊子集釋》，臺北：天工書局，1989
　　　年9月，卷1，頁28。

錢購素心蘭一本，扃諸高閣，閟不與人見，蘭雖得所，而有縶拘之慨）記載了當時素心蘭十分名貴，竟飆漲至一本十萬錢的高價，可見對蘭花的栽培、鑑賞與熱愛，在清代已高不可攀。

小　結

　　宋代詠蘭詩的修辭技巧，常見者包含歷代典例故實，多見同心斷金、屈騷香草、握蘭含香、庭階芝蘭、猗蘭援琴等典故。詩人亦多聚焦於孤根、綠葉紫莖、不同花色的視覺摹寫，同時著眼於蘭「幽香」、「清香」的嗅覺摹寫，更以「鼻孔」、「鼻觀」呈現真實的嗅覺感受。更見以蘭為友、以蘭為客的擬人手法，以多樣化視角呈現蘭花的不同面貌。其中部分典故意涵與摹寫手法有轉化、翻案之運用，顯見宋詩創意新發、開拓融通之特色。

　　中國文人筆下的蘭花形象到了宋代有所繼承與開拓，除了傳統仕途失意、貞獨自持的君子形象之外；宋代士大夫對自由精神的追求，建構出輕鬆自適、高潔淡遠的隱逸美學，蘭花更增添了隱士形象。另外，有別於香草美人的抒情傳統，宋代文人更首次以女性的「美人」形象比喻蘭花，增添女性獨有的柔美姿態，影響元明清文人對花形花色的進一步細緻描寫。

　　蘭文化到了宋代，不再只用來借喻文士君子的品德高潔，亦存在其主體性價值，對於外型與芳香都有更多著墨，更發展出美人、佳人的女性形象。吳厚炎先生在《蘭文化探微》一書中強調古蘭與今蘭之分，認為孔子與屈原所見之蘭為古蘭，生於水澤邊，可被除避邪，是具有實用功能的藥用香草，應為菊科澤蘭屬植物的佩蘭；與現今蘭科植物的蘭花有別。而古蘭與今蘭大約在唐末五代之際，因自然生態與文化背景相混對接〔註44〕。宋代以前的詠蘭之作大多

〔註44〕吳厚炎：《蘭文化探微》，貴陽：貴州人民出版社，2005 年 3 月，頁
　　　　1〜9、109〜121。

為蘭草，宋代以後的「蘭」應為今之蘭花無疑。中國詠花文學多以美人喻花，筆者認為因此直至北宋，才出現以美人、女性形象歌詠蘭花的作品。〔註45〕

〔註45〕「在唐代以前，花木似乎尚未成為庭院中的觀賞植物，只是到了唐代，隨著民間興起賞花之風，再加上宮廷中特別重視種植花柳，人們才發現了花木的觀賞價值。唐代詠花詩的繁榮首先與士大夫階層中新興的賞花習俗有關。如果說賞花的習俗助長了詠花的文學風尚，那麼進一步來說，詠花的文學風尚最終形成了一種士宦文人特有的審美態度──「戀花癖」，即把花當作美人觀賞和憐惜的審美情節。從大量的詩文可以看出，花色花香在詩人心中幾乎總是喚起某種艷情的意象。詩人陶醉於花的色香，彷彿面對美人的笑容；詩人傾訴他對花的迷戀，恍若墜入了情網。」康正果：《風騷與艷情──中國古典詩詞的女性研究》，臺北：醸出版，2016 年 2 月，頁 298。

第六章　結　論

　　本文主要以《全宋詩》收錄的詠蘭詩作為範圍，溯源歷代蘭文化意象的演變，探討古蘭與今蘭之不同，賞析詠蘭詩作的內容特色與藝術表現，並總結南宋《蘭譜》的價值，分述如下：

一、蘭文化意象的流變

　　中國蘭文化起源於先秦，最早見之於《詩經·鄭風·溱洧》「秉蕑」，作為三月上巳水邊祓除之物；此外還有《左傳》載燕姞夢蘭而生鄭穆公（子蘭），與〈九歌〉用於饗神祭祀的秋蘭、蘭藉、蘭湯，可知先秦的「蘭」應為儀式性藥用香草。

　　孔子「芝蘭生於深林，非以無人而不芳」與屈原紉蘭為佩、滋蘭樹蕙、蘭芷蕭艾，建構出君子不遇的抒情傳統，文學中的蘭意象由此定型，確立了以「蘭」寄託賢士不遇的感慨。或以惡草與香草對比，象徵小人與賢人；或以深林幽蘭不以無人而不芳，譬喻身處惡劣環境仍能堅守己德的節操。蘭意象作為文人處於亂世而懷才不遇的苦悶，實自孔子、屈原始，影響後世詩文至今。

　　漢魏六朝的文獻記載，可見蘭草的生長環境從深山幽谷擴展至門前庭階，空間上的過渡與人文精神的昂揚，使蘭的形象主要連結了有德者、賢才、佳子弟等，有劉備殺張裕、曹操殺楊修「芳蘭當

門，不得不除」；羅含「致仕還家，階庭忽蘭、菊叢生」；謝玄「芝蘭玉樹，欲使生於庭階」等故事。

唐代文人詠蘭，承襲孔子、屈原的文學傳統，仿孔子之不遇，發出「蘭當爲王者香，今乃獨茂，與衆草爲伍」之嘆，如韓愈擬作〈猗蘭操〉「蘭之猗猗，揚揚其香。不採而佩，於蘭何傷」，衆穢獨清之意影響宋代詠蘭作品甚深。

宋代的蘭意象除繼承仕途失意、貞獨自持的君子形象外，更有所開拓與轉化。宋代超然自適的隱逸美學，使蘭花增添隱士形象。另外，有別於香草美人以喻君子的抒情傳統，宋人首次以女性的「美人」形象比喻蘭花，影響元明清文人著重於花形花色的細緻描寫。係因宋代以後的「蘭」大部分才指蘭科蘭花，故直至北宋楊傑〈春蘭〉「春蘭如美人，不採羞自獻」，才出現以美人、女性形象詠蘭花之作。

二、古蘭與今蘭

「蘭」之名在魏晉至唐代的醫書中，皆見錄於草部而非花卉部，具有實際藥理治療效果，多稱爲蘭草或澤蘭，生於池澤畔或低濕處，氣味濃烈，佩帶或煎湯可「殺蟲毒、辟不祥」。到了唐末五代，因政治、經濟重心轉移，蘭草的生物特徵與生長環境與江南蘭花相似，故相混對接而重合。因此宋代以前的「蘭」應採廣義的看法，即菊科、唇型科、蘭科植物並存，可能包含澤蘭、佩蘭、華澤蘭、地瓜兒苗、蘭科蘭花等。

宋代文人開始區分古今蘭蕙，黃庭堅〈書幽芳亭〉以一幹一花或數花首開蘭蕙分類之先河。羅願《爾雅翼》辨析古今蘭、春蘭與秋蘭，是首位分類國蘭的古代學者。朱熹《楚辭辯證》認爲古今蘭同名異物，並指出黃庭堅誤混古今蘭。明代李時珍《本草綱目》詳盡分析蘭草與澤蘭、古蘭與今蘭之不同，極具代表性。

關於「詠蘭第一詩」的認定，若爲菊科或唇形科植物，最早應爲

東漢・張衡藉秋蘭喻意的四言〈怨詩〉:「猗猗秋蘭,植彼中阿。有馥其芳,有黃其葩。雖曰幽深,厥美彌嘉。之子之遠,我勞如何。」張衡以芳香秋蘭爲喻,表達對高潔賢士的仰慕,因難以企及而致滿懷幽怨。

　　若爲蘭科蘭花,最早應爲梁武帝〈紫蘭始萌〉「種蘭玉臺下,氣暖蘭始萌。芬芳與時發,婉轉引節生。獨使金翠嬌,偏動紅綺情。二遊何足壞,一顧非傾城。羞將苓芝侶,豈畏鶗鴂鳴。」詩中描述紫蘭的生長環境和氣候條件,以及黃綠色帶紅暈的花朵,可與宋代蘭譜記錄的培蘭之法及蘭花外觀相對應,故可推測梁武帝此詩應爲第一首詠蘭科蘭花的詩。

三、宋代詠蘭詩

　　宋代詠蘭詩的內容特色主要包含五大主題:第一、文人藉蘭比德:詩人以蘭花不與蕭艾等惡草同流、不在春天與桃李花爭豔爲喻,寄寓自身人格節操,以及對理想道德的堅持與期望。宋人追求淡泊、超然的審美情趣,使詠蘭詩不只包含士之不遇的悲苦惆悵,更襯詩人高潔淡遠的隱逸之思。

　　第二、反映宋人日常生活:蘭科蘭花從幽谷自生到人工種植、從園圃栽培到盆栽養蘭,宋代以後正式「登堂入室」,走入居家與日常生活。詠蘭詩中多用「移根」,係因蘭花原生深林,若要在門庭室內種植,皆須移栽入盆,仔細澆灌。宋代蘭花可見於小院人家的階庭中、几案上,具有栽培與觀賞價值;又可見於市場中,名品千金難求,具有經濟價值;亦可見於房舍書齋之名,如蘭室、蘭軒、蘭塢、蘭墅、蘭所等,皆以蘭名,以借喻己身品格與蘭一般高標清節,可見宋人對蘭花的重視與喜愛。

　　第三、文化活動與詩人交遊:蘭花融入宋人的日常生活後,種蘭、贈蘭、寄蘭、畫蘭等文化活動大盛,可進一步藉由詠蘭詩中題贈、和韻之作,考察文士的交遊網絡,其中不乏「同心斷金」的堅

定友誼。宋代詩僧以禪入詩，道潛、寶曇、居簡、廣聞、紹曇等人與士大夫們結友唱和，將林下風流體現於詠蘭詩中，蘭花亦成爲文士與詩僧交流的管道與媒介。

　　第四、北宋始見「墨蘭」：宋代繪畫藝術鼎盛，梅蘭菊竹等典型士人畫成爲固定的繪畫題材。唐代應已有文人畫蘭題詠，但因不見於傳世文獻，故稱北宋始見「墨蘭」，文獻可見最早的題墨蘭詩爲蘇軾〈題楊次公春蘭〉。題畫詩可再現墨蘭畫境與氣韻，並可知文人墨蘭者有楊傑、蘇過、徽宗、高翥；詩僧墨蘭者有物初大觀、永隆瘦巖等人。南宋出現墨蘭名家趙孟堅、鄭思肖、趙孟頫等人，傳世畫卷上多見元明清人賦詠之作。其中宋末遺民鄭思肖的「無根蘭」寄寓黍離之悲、亡國之痛，成爲故土淪喪、百姓失根的重要代表性意象。

　　第五、分類並詠：宋人關注到蘭與蕙、古蘭與今蘭、蘭花不同品種間的差異性，出現石蘭（石斛）、雙頭蘭、紫巖劍蘭、白蘭等外觀特徵、產地記載。其中詩人以姊妹二喬、兄弟夷齊、雙生子女等爲喻的雙頭蘭，即今之並蒂蘭，應屬一莖開一至二花的春蘭。其次，宋人詠蘭，多見與梅、竹、菊、石、水仙、瑞香等植物連類並題之作，係因其同爲清雅高潔、昂然不屈之形象，寄託詩人的自身品格與愛花、惜花之情。

　　統整宋代近三百首詠蘭詩作，大多包含兩層常見的架構脈絡：第一層敘寫蘭花外型姿態、香氣、生長環境等，呈現詩人的外在感受。第二層常用典孔子與屈原，以蘭幽獨自持的品格，作爲詩人內在德行的堅持與比附。

四、南宋兩本蘭譜的價值

　　南宋趙時庚《金漳蘭譜》、王貴學《王氏蘭譜》爲最早分類蘭科蘭花的專書，將蘭花分爲紫蘭、白蘭二類，先記錄蘭花名稱、花形特色、產地、發現者等，其次進一步品第不同種類蘭花之高下。經

統計，趙譜錄 31 種蘭花；王譜錄 47 種蘭花，扣除同名者，二譜總計共錄 51 種蘭花，可知南宋蘭花品種多達五十餘種。

除了珍貴的蘭花品種記錄，蘭譜的栽培法更具重大價值，大多都能與現代科學技術相對應：一、換盆分栽，應輕擊花盆，緩緩拆解蘭花根系，剪掉爛根，將蘆頭（假球莖）分為每二到三個為一組，獨立栽種。二、擇土施肥，蘭花喜排水良好的砂質土壤，培蘭泥土需經曝曬、火燒等處理，可起消毒滅菌、減少病蟲害的作用。三、灌溉日照，蘭花整年都要依氣溫冷熱與降雨量多寡，調整灌溉次數及水量，更要使之日照均勻、避免烈日曝曬和霜雪凍傷。四、防蟲照護，可用大蒜水澆葉，除去介殼蟲、蟎類、粉虱等病蟲害。

南宋兩本蘭譜價值重大，首開類分蘭花之先河，為明清蘭譜體例之圭臬，亦為蘭花栽培技術之先驅，對後世影響深遠。

五、研究侷限與展望

礙於研究篇幅，本文只以《全宋詩》為範圍，擇取其中的詠蘭詩作為研究材料，稍嫌侷限，無法全面反映蘭文化的歷史源流與意象演變。應可將文獻材料擴及至詞賦與書信，並全面考察歷代的詠蘭作品，以期能有共時性與歷時性之研究。另外，臺灣蘭花產業興盛，清領時期即見詠蘭詩作，筆者已發表〈日治時期臺灣詠蘭詩及相關文化活動研究〉〔註 1〕一文初探之。關於蘭花在臺灣的栽培歷史、品種紀錄、買賣熱潮與鑑賞大觀，有待未來進一步探討深究。

〔註 1〕拙文刊登於《中正臺灣文學與文化研究集刊》第十八輯，嘉義：中正大學出版委員會，106 年 3 月初版，頁 39～52。

徵引文獻

一、古　籍（按原文著作時代排序）

1. 漢・王逸：《楚辭章句》，臺北：臺灣商務印書館《文淵閣四庫全書》本，1986 年 3 月。

2. 漢・毛亨傳、鄭玄箋，唐・孔穎達疏：《毛詩正義》，臺北：臺灣古籍出版社《十三經注疏整理本》本，2001 年 9 月。

3. 漢・司馬遷撰，劉宋・裴駰集解，唐・司馬貞索隱、張守節正義：《史記》，西安：陝西人民出版社《四部文明》本，2007 年 7 月。

4. 漢・孔安國傳，唐・孔穎達疏：《尚書正義》，臺北：臺灣古籍出版社《十三經注疏整理本》本，2001 年 9 月。

5. 漢・鄭玄注，唐・賈公彥疏，唐・陸德明音義：《周禮注疏》，臺北：臺灣古籍出版社《十三經注疏整理本》本，2001 年 9 月。

6. 漢・鄭玄注，唐・孔穎達正義：《禮記正義》，臺北：臺灣古籍出版社《十三經注疏整理本》本，2001 年 9 月。

7. 漢・應劭：《漢官儀》，北京：中華書局《叢書集成初編》本，1985 年北京新一版。

8. 漢・戴德撰，北周・盧辯注：《大戴禮記》，北京：商務印書館《文津閣四庫全書》本，2005 年 12 月。

9. 晉・陳壽：《三國志》，西安：陝西人民出版社《四部文明》本，2007 年 7 月。

10. 吳・陸璣撰，明・毛晉注：《陸氏詩疏廣要》，臺北：臺灣商務印書館《文淵閣四庫全書》本，1986 年 3 月。

11. 吳‧陸璣:《毛詩草木鳥獸蟲魚疏》,臺北:臺灣商務印書館《文淵閣四庫全書》本,1986 年 3 月。

12. 魏‧王弼、韓康伯注,唐‧孔穎達等正義:《周易正義》,臺北:臺灣古籍出版社《十三經注疏整理本》本,2001 年 9 月。

13. 魏‧王肅注:《孔子家語》,見錄於臺北:世界書局《新編諸子集成》,1991 年。

14. 魏‧吳普等述:《神農本草經》,北京:中華書局《叢書集成初編》本,1985 年北京新一版。

15. 晉‧郭璞注,宋‧邢昺疏:《爾雅注疏》,臺北:臺灣古籍出版社《十三經注疏整理本》本,2001 年 9 月。

16. 晉‧杜預注,唐‧孔穎達等正義:《春秋左傳正義》,臺北:臺灣古籍出版社《十三經注疏整理本》本,2001 年 9 月。

17. 晉‧王嘉:《拾遺記》,北京:商務印書館《文津閣四庫全書》本,2005 年 12 月。

18. 北魏‧酈道元:《水經注》,臺北:臺灣商務印書館《文淵閣四庫全書》本,1986 年 3 月。

19. 南朝宋‧劉曄:《後漢書》,西安:陝西人民出版社《四部文明》本,2007 年 7 月。

20. 南朝宋‧劉義慶著,南朝梁‧劉孝標注,余嘉錫箋疏:《世說新語箋疏》,臺北:華正書局,2008 年 5 月。

21. 南朝宋‧盛弘之:《荊州記》,見錄於金毓黻主編:《遼海叢書》,瀋陽:遼瀋書社,1985 年 3 月。

22. 南朝梁‧宗懍:《荊楚歲時記》,臺北:臺灣商務印書館《文淵閣四庫全書》本,1986 年 3 月。

23. 南朝梁‧陶弘景編,尚志鈞、尚元勝輯校:《本草經集注》,北京:人民衛生出版社,1994 年 11 月。

24. 南朝梁‧蕭統編,唐‧李善注:《文選》,臺北:臺灣商務印書館《文淵閣四庫全書》本,1986 年 3 月。

25. 南朝梁‧釋真諦譯:《大乘起信論》,臺北:新文豐出版公司《景印佛教大系》本,1992 年 6 月。

26. 唐‧釋惠能:《六祖壇經》,上海:上海古籍出版社《續修四庫全書》本,2002 年 4 月。

27. 唐‧玄宗御撰,唐‧張說、張九齡、李林甫遞監修:《大唐六典》,西安:陝西人民出版社《四部文明》本,2007 年 7 月。

28. 唐‧房玄齡等撰:《晉書》,西安:陝西人民出版社《四部文明》

本，2007 年 7 月。

29. 唐・郭橐：《種樹書》，臺北：新文豐出版公司《叢書集成新編》本，1985 年 1 月。

30. 唐・孫思邈：《千金翼方》，台北：自由出版社《道藏精華》本，1989 年 7 月。

31. 唐・陳藏器撰，尚志鈞輯釋：《《本草拾遺》輯釋》，合肥：安徽科學技術出版社，2002 年 7 月。

32. 唐・蘇敬：《新修本草》，上海：上海古籍出版社《續修四庫全書》本，2002 年 4 月。

33. 唐・劉肅：《大唐新語》，西安：陝西人民出版社《四部文明》本，2007 年 12 月。

34. 唐・天竺沙門般剌密帝譯、烏萇國沙門彌伽釋迦譯語、房融筆受：《大佛頂首楞嚴經》，臺南：和裕出版社，1998 年。

35. 宋・陶穀：《清異錄》，北京：商務印書館《文津閣四庫全書》本，2005 年 12 月。

36. 宋・歐陽脩：《洛陽牡丹記》，臺北：臺灣商務印書館《文淵閣四庫全書》本，1986 年 3 月。

37. 宋・蘇轍：《欒城集》，臺北：臺灣商務印書館《文淵閣四庫全書》本，1986 年 3 月。

38. 宋・黃庭堅：《山谷集》，臺北：臺灣商務印書館《文淵閣四庫全書》本，1986 年 3 月。

39. 宋・黃庭堅：《山谷題跋》，臺北：新文豐出版公司《叢書集成新編》本，1985 年 1 月。

40. 宋・董逌：《廣川畫跋》，臺北：臺灣商務印書館《文淵閣四庫全書》本，1986 年 3 月。

41. 宋・鄧椿：《畫繼》，臺北：臺灣商務印書館《文淵閣四庫全書》本，1986 年 3 月。

42. 宋・黃𥳑：《山谷年譜》，臺北：臺灣商務印書館《文淵閣四庫全書》本，1986 年 3 月。

43. 宋・朱熹：《楚辭辯證》，臺北：臺灣商務印書館《文淵閣四庫全書》本，1986 年 3 月。

44. 宋・朱熹：《楚辭集注》，臺北：臺灣商務印書館《文淵閣四庫全書》本，1986 年 3 月。

45. 宋・李昉：《太平御覽》，臺北：臺灣商務印書館《文淵閣四庫全書》本，1986 年 3 月。

46. 宋・劉克莊：《後村先生大全集》，北京：綫裝書局《宋集珍本叢刊》本，2004 年 6 月。

47. 宋・沈括：《夢溪補筆談》，臺北：臺灣商務印書館《文淵閣四庫全書》本，1986 年 3 月。

48. 宋・洪興祖：《楚辭補注》，臺北：臺灣商務印書館《文淵閣四庫全書》本，1986 年 3 月。

49. 宋・唐慎微：《證類本草》，臺北：臺灣商務印書館《文淵閣四庫全書》本，1986 年 3 月。

50. 宋・郭茂倩：《樂府詩集》，臺北：里仁書局，1980 年 12 月。

51. 宋・陳景沂：《全芳備祖集》，臺北：臺灣商務印書館《文淵閣四庫全書》本，1986 年 3 月。

52. 宋・吳自牧：《夢粱錄》，北京：商務印書館《文津閣四庫全書》本，2005 年 12 月。

53. 宋・王貴學：《王氏蘭譜》，臺北：新文豐出版公司《叢書集成續編》本，影印《香豔叢書》九集，1989 年 7 月。

54. 宋・趙時庚：《金漳蘭譜》，臺北：臺灣商務印書館《文淵閣四庫全書》本，1986 年 3 月。

55. 宋・羅願：《爾雅翼》，北京：商務印書館《文津閣四庫全書》本，2005 年 12 月。

56. 宋・鹿亭翁撰，明・蓽溪子輯校：《蘭易》，臺南：莊嚴文化《四庫全書存目叢書》本，1995 年 9 月。

57. 宋・胡仔纂輯：《苕溪漁隱叢話前後集》，北京：中華書局《叢書集成初編》本，1985 年北京新一版

58. 宋・陳與義撰，胡穉箋：《箋注簡齋詩集》，南京：江蘇古籍出版社《宛委別藏》本，1988 年 2 月。

59. 宋・曹勛：《松隱集》，北京：商務印書館《文津閣四庫全書》本，2005 年 12 月。

60. 宋・何谿汶：《竹莊詩話》，臺北：臺灣商務印書館《文淵閣四庫全書》本，1986 年 3 月。

61. 宋・釋道原：《景德傳燈錄》，上海：上海古籍出版社《續修四庫全書》本，2002 年 4 月。

62. 宋・釋道璨：《柳塘外集》，臺北：臺灣商務印書館《文淵閣四庫全書》本，1986 年 3 月。

63. 宋・林希逸：《竹溪鬳齋十一稿續集》，北京：商務印書館《文津閣四庫全書》本，2005 年 12 月。

64. 宋・葉紹翁：《四朝聞見錄》，臺北：臺灣商務印書館《文淵閣四庫全書》本，1986 年 3 月。

65. 宋・張孝祥：《于湖詞》，臺北：臺灣商務印書館《文淵閣四庫全書》本，1986 年 3 月。

66. 宋・孟元老：《東京夢華錄》，臺北：臺灣商務印書館《文淵閣四庫全書》本，1986 年 3 月。

67. 宋・高翥撰，清・高士奇編：《菊磵集》，北京：商務印書館《文津閣四庫全書》本，2005 年 12 月。

68. 宋・佚名：《宣和畫譜》，臺北：臺灣商務印書館《文淵閣四庫全書》本，1986 年 3 月。

69. 宋・蘇頌編，尚志鈞輯：《本草圖經》，合肥：安徽科學技術出版社，1994 年 5 月。

70. 宋・扈仲榮、程遇孫等編：《成都文類》，臺北：臺灣商務印書館《文淵閣四庫全書》本，1986 年 7 月。

71. 宋・吳仁傑：《離騷草木疏》，北京：商務印書館《文津閣四庫全書》本，2005 年 12 月。

72. 宋・姚寬：《西溪叢語》，北京：商務印書館《文津閣四庫全書》本，2005 年 12 月。

73. 宋・連文鳳：《百正集》，北京：商務印書館《文津閣四庫全書》本，2005 年 12 月。

74. 宋・楊萬里：《誠齋集》，臺北：臺灣商務印書館《文淵閣四庫全書》本，1986 年 7 月。

75. 元・脫脫等撰：《宋史》，臺北：新文豐出版公司，1975 年 4 月。

76. 元・夏文彥：《圖繪寶鑑》，臺北：臺灣商務印書館《文淵閣四庫全書》本，1986 年 3 月。

77. 元・湯垕：《畫鑒》，臺北：臺灣商務印書館《文淵閣四庫全書》本，1986 年 3 月。

78. 元・龔璛：《存悔齋稿》，臺北：臺灣商務印書館《文淵閣四庫全書》本，1986 年 3 月。

79. 明・曹學佺：《石倉歷代詩選》，臺北：臺灣商務印書館《文淵閣四庫全書》本，1986 年 7 月。

80. 明・黎淳：《黎文僖公全集》，上海：上海古籍出版社《續修四庫全書》本，2002 年 4 月。

81. 明・王路：《花史左編》，上海：上海古籍出版社《續修四庫全書》本，2002 年 4 月。

82. 明・李時珍：《本草綱目》，臺北：國立中國醫藥研究所，1988 年 10 月。

83. 明・宋濂等撰：《元史》，臺北：新文豐出版公司，1975 年 5 月。

84. 明・周復俊：《全蜀藝文志》，臺北：臺灣商務印書館《文淵閣四庫全書》本，1986 年 3 月。

85. 明・曹學佺：《蜀中廣記》，臺北：臺灣商務印書館《文淵閣四庫全書》本，1986 年 3 月。

86. 明・田藝蘅：《留青日札》，上海：上海古籍出版社《續修四庫全書》本，2002 年 4 月。

87. 明・胡應麟：《少室山房筆叢》，臺北：臺灣商務印書館《文淵閣四庫全書》本，1986 年 3 月。

88. 清・徐珂：《清稗類鈔》，上海：上海交通大學出版社《中國歷史地理文獻輯刊》本，2009 年 6 月。

89. 清・王夫之：《楚辭通釋》，臺北：里仁出版社，1981 年 10 月。

90. 清・王先謙：《荀子集解》，臺北：藝文印書館，2007 年 3 月。

91. 清・吳其濬：《植物名實圖考》，見錄於李學勤主編：《中華漢語工具書庫》，合肥：安徽教育出版社，2002 年 1 月。

92. 清・陳大章：《詩傳名物集覽》，北京：商務印書館《文津閣四庫全書》本，2005 年 12 月。

93. 清・康熙敕撰：《御定淵鑒類函》，臺北：臺灣商務印書館《文淵閣四庫全書》本，1986 年 3 月。

94. 清・康熙敕撰：《御定佩文齋詠物詩選》，臺北：臺灣商務印書館《文淵閣四庫全書》本，1986 年 3 月。

95. 清・康熙敕撰：《全唐詩》，北京：中華書局，2005 年 4 月。

96. 清・康熙敕撰：《御定佩文齋廣群芳譜》，臺北：臺灣商務印書館《文淵閣四庫全書》本，1986 年 3 月。

97. 清・康熙敕撰：《御定歷代賦彙》，臺北：臺灣商務印書館《文淵閣四庫全書》本，1986 年 3 月。

98. 清・康熙敕撰：《御定歷代題畫詩類》，臺北：臺灣商務印書館《文淵閣四庫全書》本，1986 年 3 月。

99. 清・董誥等輯：《欽定全唐文》，西安：陝西人民出版社《四部文明》本，2007 年 7 月。

100. 清・郭慶藩撰，王孝魚點校：《莊子集釋》，臺北：天工書局，1989 年 9 月。

101. 清‧王毓賢：《繪事備考》，臺北：臺灣商務印書館《文淵閣四庫全書》本，1986 年 3 月。

102. 清‧臧麟炳、杜璋吉著，龔沛烈點注：《桃源鄉志》，北京：方志出版社，2006 年 4 月。

103. 清‧丁傳靖輯：《宋人軼事匯編》，見錄於《宋代傳記資料叢刊》，北京：北京圖書館出版社，2006 年 10 月。

104. 清‧卞永譽：《式古堂書畫彙考》，臺北：臺灣商務印書館《文淵閣四庫全書》本，1986 年 3 月。

105. 清‧李衛、嵇曾筠等監修，清‧沈翼機等編纂：《(雍正)浙江通志》，臺北：臺灣商務印書館《文淵閣四庫全書》本，1986 年 3 月。

106. 清‧陸心源：《宋詩紀事補遺》，上海：上海古籍出版社《續修四庫全書》本，2002 年 4 月。

107. 清‧陸心源：《宋史翼》，見錄於《宋代傳記資料叢刊》，北京：北京圖書館出版社，2006 年 10 月。

108. 清‧俞樾：《茶香室叢鈔》，上海：上海古籍出版社《續修四庫全書》本，2002 年 4 月。

109. 清‧顧嗣立：《元詩選初集》，北京：中華書局，1987 年 1 月。

110. 清‧沈季友：《檇李詩繫》，北京：商務印書館《文津閣四庫全書》本，2005 年 12 月。

111. 清‧尤侗：《看雲草堂集》，上海：上海古籍出版社《清代詩文集彙編》本，2010 年 12 月。

112. 清‧湯漱玉：《玉臺畫史》，上海：上海古籍出版社《續修四庫全書》本，2002 年 4 月。

113. 清‧朱彝尊：《曝書亭集》，上海：上海古籍出版社《清代詩文集彙編》本，2010 年 12 月。

114. 清‧劉嗣綰：《尚絅堂詩集》，上海：上海古籍出版社《清代詩文集彙編》本，2010 年 12 月。

115. 清‧孫原湘：《天眞閣集》，上海：上海古籍出版社《清代詩文集彙編》本，2010 年 12 月。

二、今人專著（按作者姓氏筆畫排序）

1. 王清玲等著：《國蘭生產作業手冊》，彰化：行政院農業委員會臺中區農業改良場，2010 年 12 月。

2. 中國植物志編輯委員會：《中國植物志》，北京：科學出版社，1999 年 9 月。

3. 中國孔子基金會編：《中國儒學百科全書》，北京：中國大百科全書出版社，1997 年 3 月。

4. 方健：《北宋士人交遊錄》，上海：上海書店出版社，2013 年 11 月。

5. 北京大學古文獻研究所編：《全宋詩》，北京：北京大學出版社，1991 年 7 月第一版。

6. 丘才新（C.S. Hew）、楊遠方（J.W.H Yong）著，陳福旗譯：《熱帶蘭花生理學》，屏東：睿煜出版社，2007 年 10 月。

7. 水月齋主人：《不立文字・不離文字──宋代禪宗概說》，臺北：久佑達文化，2008 年 4 月。

8. 衣若芬：《觀看、敘述、審美──唐宋題畫文學論集》，臺北：中央研究院出版社，2005 年 12 月。

9. 衣若芬：《赤壁漫游與西園雅集──蘇軾研究論集》，北京：綫裝書局，2001 年 7 月。

10. 任道斌：《趙孟頫繫年》，開封：河南人民出版社，1984 年 7 月。

11. 吳厚炎：《蘭文化探微》，貴陽：貴州人民出版社，2004 年 12 月。

12. 吳應祥：《中國蘭花》，北京：中國林業出版社，1991 年 6 月第 1 版。

13. 吳應祥、吳漢珠：《蘭花》，上海：上海科學技術出版社，1998 年 11 月二版。

14. 李豐園：《國蘭栽培》，臺北：福利文化公司，1986 年 10 月。

15. 李文祿、劉維治：《古代詠花詩詞鑑賞辭典》，長春：吉林大學出版社，1990 年 8 月。

16. 李修生主編：《全元文》，南京：江蘇古籍出版社，2004 年 10 月。

17. 束景南：《朱熹年譜長編》，上海：華東師範大學出版社，2001 年 9 月。

18. 何志華、馮勝利主編：《承繼與拓新：漢語語言文字學研究》，香港：商務印書館，2014 年 12 月。

19. 何小顏：《花與中國文化》，北京：人民出版社，1999 年 3 月。

20. 余輝：《畫裡江山猶勝：百年藝術家族之趙宋家族》，臺北：石頭出版社，2013 年 12 月。

21. 周建忠：《楚辭論稿》，鄭州：中州古籍出版社，1994 年 6 月。

22. 周建忠：《蘭文化》，北京：中國農業出版社，2001 年 6 月。

23. 周啟成：《楊萬里和誠齋體》，臺北：萬卷樓圖書公司，1980 年 1 月。

24. 周裕鍇：《文字禪與宋代詩學》，北京：高等教育出版社，1998 年 11 月。

25. 林維明：《臺灣野生蘭賞蘭大圖鑑》，臺北：天下文化出版公司，2006 年 8 月。

26. 施懿琳主編：《全臺詩（第 7 冊）》，臺南：國立臺灣文學館，2004 年 2 月。

27. 施懿琳主編：《全臺詩（第 19 冊)》，臺南：國立臺灣文學館，2011 年 10 月。

28. 侯迺慧：《宋代園林及其生活文化》，台北：三民書局，2010 年 3 月。

29. 俞爲民：《深谷幽香·蘭花》，南京：江蘇古籍出版社，1997 年 8 月第 1 版。

30. 胡迎建：《朱熹詩詞研究》，廣州：中山大學出版社，2011 年 7 月。

31. 胡文虎等著：《中國古代畫家辭典》，杭州：浙江人民出版社，1999 年 8 月。

32. 徐邦達：《歷代書畫家傳記考辨》，上海：上海人民美術出版社，1983 年 10 月。

33. 唐圭璋編：《全宋詞》，北京：中華書局，1995 年 6 月。

34. 唐圭璋編：《全金元詞》，北京：中華書局，1979 年 10 月。

35. 高木森：《五代北宋的繪畫》，臺北：文史哲出版社，1982 年 9 月。

36. 陶今雁主編：《中國歷代詠物詩辭典》，南昌：江西教育出版社，1992 年 8 月。

37. 馬性遠、馬揚塵：《中國蘭文化》，北京：中國林業出版社，2008 年 2 月。

38. 陳心啟、吉占和：《中國蘭花全書》，北京：中國林業出版社，1998 年 3 月

39. 陳民鎮等著：《上博簡楚辭類文獻研究》，新北：花木蘭文化出版社，2014 年 9 月。

40. 陳彤彥：《中國蘭文化》，昆明：雲南科技出版社，2004 年 4 月。

41. 陳野：《南宋繪畫史》，上海：上海古籍出版社，2008 年 12 月。

42. 張海鷗：《雅美風俗之兩宋雅韻》，台北：雲龍出版社，1996 年 1 月。

43. 張崇琛：《楚辭文化探微》，北京：新華出版社，1993 年 12 月。

44. 張寶三：《東亞《詩經》學論集》，臺北：臺灣大學出版中心，2009

年 7 月。

45. 張豐榮：《國蘭栽培入門》，臺北：雷鼓出版社，1989 年 7 月。

46. 張晨：《中國詩畫與中國文化》，瀋陽：遼寧教育出版社，1993 年 12 月。

47. 許傳德：《白話六祖壇經・頓漸品》，蘭州：甘肅人民出版社，1994 年 12 月。

48. 逯欽立輯校：《先秦漢魏晉南北朝詩》，北京：中華書局，1998 年 5 月。

49. 康正果：《風騷與豔情──中國古典詩詞的女性研究》，臺北：釀出版，2016 年 2 月。

50. 彭修銀：《墨戲與逍遙：中國文人畫美學傳統》，台北：文津出版社，1995 年 9 月。

51. 黃河濤：《禪與中國藝術精神的嬗變》，北京：商務印書館，1994 年 8 月。

52. 黃啟江：《一味禪與江湖詩──南宋文學僧與禪文化的蛻變》，臺北：臺灣商務印書館，2010 年 7 月。

53. 黃啟江：《無文印的迷思與解讀》，臺北：臺灣商務出版社，2010 年 10 月。

54. 黃光男：《宋代花鳥畫風格之研究》，高雄：復文圖書出版社，1985 年 12 月。

55. 舒迎瀾：《古代花卉》：北京，農業出版社，1993 年 2 月。

56. 楊滌清：《蘭苑漫筆》，香港：香港天馬圖書公司，2004 年。

57. 楊渭生：《兩宋文化史研究》，杭州：杭州大學出版社，1998 年 12 月。

58. 葛兆光：《禪宗與中國文化》，臺北：臺灣東華書局，1989 年 12 月。

59. 鄭定國：《王十朋及其詩》，臺北：臺灣學生書局，1994 年 10 月。

60. 綠生活雜誌編輯部：《最新蘭花栽培指南》，臺北：綠生活出版公司，2001 年 4 月。

61. 廖棟樑：《靈均餘影：古代楚辭學論集》，臺北：里仁出版社，2008 年 9 月。

62. 潘富俊：《詩經植物圖鑑（2.0 版）》，臺北：貓頭鷹出版社，2014 年 1 月。

63. 潘天壽：《中國繪畫史》，北京：團結出版社，2006 年 11 月。

64. 魯瑞菁：《諷諫抒情與神話儀式──楚辭文心論》，臺北：里仁出

版社，2002 年 9 月。

65. 盧思聰：《蘭花栽培入門》，北京：金盾出版社，1990 年 9 月。

66. 盧思聰：《中國蘭與洋蘭》，北京：金盾出版社，1994 年 12 月。

67. 賴玉光主編：《水墨畫法・墨蘭》，台北：唐代文化事業有限公司，1989 年 4 月。

68. 劉文剛：《宋代的隱士與哲學》，成都：四川大學出版社，1992 年 10 月。

69. 劉繼才：《中國題畫詩發展史》，瀋陽：遼寧人民出版社，2010 年 3 月。

70. 劉方《宋型文化與宋代美學精神》，成都：巴蜀書社，2004 年 8 月。

71. 蕭翠霞：《南宋四大家詠花詩研究》，臺北：文津出版社，1994 年 5 月。

72. 臧勵龢等主編：《中國古今地名大辭典》，臺北：臺灣商務印書館，2005 年 7 月。

73. 釋慈怡主編：《佛光大辭典》，高雄：佛光大藏經編修委員會，1989 年 4 月。

74. 嚴雅美：《潑墨仙人圖研究──兼論宋元禪宗繪畫》，臺北：法鼓文化事業公司，2000 年 1 月。

三、學位論文（按作者姓氏筆畫排序）

1. 李寅：《中國傳統蘭譜綜合研究》，廣州：華南農業大學科學技術史專業碩士論文，2009 年。

2. 姚瑤：《趙孟堅詩畫藝術研究》，重慶：西南大學中國古代文學專業碩士論文，2013 年 4 月。

3. 連雅婷：《蘭菊文化源流及《歷代賦彙》「花果類」蘭賦、菊賦析論》，台北：臺灣師範大學碩士論文，2016 年 6 月。

4. 康湘敏：《宋元之際逸民畫家題畫詩研究》，桃園：國立中央大學中國文學系碩士論文，2010 年 1 月。

5. 張文娟：《宋代花卉文獻研究》，武漢：華中師範大學歷史文獻學碩士論文，2012 年 3 月。

6. 彭紅明：《中國蘭花揮發及特徵花香成分研究》，北京：中國林業科學研究院園林植物與觀賞園藝專業博士學位論文，2009 年 7 月。

7. 劉薇：《范成大酬贈詩研究》，重慶：重慶師範大學中國古代文學專業碩士論文，2007 年 4 月。

8. 蘇寧：《蘭花歷史與文化研究》，北京：中國林業科學研究院風景園林專業碩士論文，2014 年 6 月。

四、期刊及研討會論文（按作者姓氏筆畫排序）

1. 王偉勇：〈唐代以前詠蘭詩及其相關問題考述〉，《2016 第八屆中國韻文學國際學術研討會論文集》，天津：南開大學文學院，中國韻文學會主辦，2016 年 5 月，冊上，頁 38～51。

2. 王偉勇：〈明代詠蘭詩及其相關問題考述〉，《回眸‧凝視～2016 年明清文學與文化國際學術研討會》，桃園：中央大學明清研究中心、古典文學的「物」與「我」研究團隊、古典文學藝術與文獻研究室主辦，2016 年 11 月，頁 1～18。

3. 王偉勇：〈宋元兩代詠蘭詩及其相關問題考述〉，《中國宋代文學學會第十屆年會暨宋代文學國際學術研討會論文集》，北京：中國人民大學國學院，2017 年 8 月，冊上，頁 398～413。

4. 王平善：〈淚泉和墨繪奇蘭——淺談鄭思肖〈墨蘭圖〉表現手法及其意義〉，《江蘇工業學院學報》，2009 年第 1 期，頁 94～97。

5. 丘才新（Hew Choy Sin）'Ancient Chinese orchid cultivation-A fresh look at an age-old practice', "Scientia Horticulturae 87", 2001, p.1~p.10。

6. 李珮慈：〈香草與招魂：兩漢魏晉詩賦中「蘭」、「菊」意象及其象徵意涵初探〉，《東華中國文學研究》第 8 期，2010 年 6 月，頁 1～19。

7. 余德發、陳任芳：〈觀賞兼保健的蘭科植物——綬草〉，《花蓮區農業專訊》第 49 期，2004 年 9 月，頁 5～7。

8. 妥佳寧：〈唐詩中孤蘭形象的分析〉，《安徽文學》，2007 年第 7 期，頁 83～85。

9. 周平：〈蘭、蘭譜和畫蘭人〉，《紅巖》，1997 年第 3 期，頁 63～70。

10. 周肇基、魏露苓：〈中國古代蘭譜研究〉，《自然科學史研究》，1998 年第 1 期，頁 69～81。

11. 吳應祥：〈話說「魚魷蘭」〉，《花木盆景（花卉園藝）》，1995 年第 1 期，頁 4。

12. 吳應祥：〈中國古代栽蘭歷史的幾個問題〉，《中國花卉盆景》，1995 年第 1 期。

13. 吳應祥：〈中國古代栽蘭歷史的幾個問題（二）〉，《中國花卉盆景》1995 年第 2 期。

14. 吳應祥：〈中國古代栽蘭歷史的幾個問題（三）〉，《中國花卉盆景》1995 年第 3 期。

15. 吳應祥：〈中國古代栽蘭歷史的幾個問題（四）〉，《中國花卉盆景》1995 年第 4 期。

16. 吳應祥：〈中國古代栽蘭歷史的幾個問題（五）〉，《中國花卉盆景》1995 年第 5 期。

17. 吳應祥：〈中國古代栽蘭歷史的幾個問題（六）〉，《中國花卉盆景》1995 年第 6 期。

18. 吳應祥：〈中國古代栽蘭歷史的幾個問題（七）〉，《中國花卉盆景》1995 年第 7 期。

19. 吳應祥：〈中國古代栽蘭歷史的幾個問題（八）〉，《中國花卉盆景》1995 年第 8 期。

20. 邱仲麟：〈明清社會的蘭花狂熱——以江南爲中心的考察〉，「明清時期江南市場經濟的空間、制度與網絡國際研討會」會議論文，中央研究院人文社會科學中心地理資訊科學研究專題中心、香港中文大學歷史系及太空與地球信息科學研究所合辦，2009 年 10 月。

21. 邱仲麟：〈明清福建蘭花的產銷〉，收入林玉茹主編，《比較視野下的臺灣商業傳統》，臺北：中央研究院臺灣史研究所，2012 年 2 月。

22. 邱仲麟：〈採集、栽培與交易——明清江南的蘭花業與貿易圈〉，上海師範大學中國近代社會研究中心編：《情緣江南：唐力行教授七十華誕慶壽論文集》，上海：上海書店出版社，2014 年 10 月。

23. 邱仲麟：〈蘭癡、蘭花會與蘭花賊：清代江浙的蘭蕙鑑賞及其多元發展〉，《中央研究院歷史語言研究所集刊》，2016 年 3 月，第 87 本第 1 分，頁 177～242。

24. 姚家寧：〈中華蘭文化〉，《安徽林業》，2004 年第 2 期，頁 46～47。

25. 陳心啟：〈中國蘭史考辨——春秋至宋朝〉，《武漢植物學研究》，1988 年第 2 期，頁 79～83。

26. 陳天佑、鍾巧靈：〈鄭思肖題畫詩論〉，《江蘇科技大學學報（社會科學版）》，2016 年第 3 期，頁 36～42。

27. 黃孝國：〈古代蘭花專著——《金漳蘭譜》〉，《科學與文化》，1994 年 5 月，頁 40。

28. 張崇琛：〈楚辭之「蘭」辨析〉，《蘭州大學學報》（社會科學版），1993 年第 2 期，頁 75～81。

29. 張崇琛：〈楚騷詠「蘭」之文化意蘊及其流變〉，《甘肅廣播電視大學學報》，2003 年第 2 期，頁 1～5。

30. 湯忠皓:〈古代蘭蕙辨析〉,《中國園林》,1986 年第 3 期,頁 49~54。

31. 葉章龍:〈國蘭與蘭文化〉,《畢節師範高等專科學校學報》,2003年第 1 期,頁 88~92。

32. 鄧克銘:〈禪宗之「無心」的意義及其理論基礎〉,《漢學研究》,第 25 卷第 1 期,2007 年 6 月,頁 161~188。

33. 鄭爲:〈試論古代花鳥畫的源流及發展〉,《文物月刊》,1963 年第 10 期,頁 27。

34. 魯瑞菁:〈端午龍舟競渡底蘊考〉,《興大中文學報》第 27 期,2010年 12 月,頁 399~433。

35. 轟時佳:〈作爲文化符號之「蘭」的歷史還原──從「香草美人」到「香蘭君子」〉,《南洋師範學院學報(社會科學版)》,2010 年第 7 期,頁 42~47。

五、報紙與網路資料

1. 《臺灣日日新報》,1911 年 7 月 31 日,第 1 版。

2. 《漢文臺灣日日新報》,1911 年 8 月 28 日,第 1 版。

3. 〈佩蘭的功效與作用〉http://www.jiankanghou.com/yinshi/34106.html(2017.01.10 檢索)

4. 〈魚鮸大貢〉http://baike.baidu.com/view/4777995.htm(2017.01.21檢索)。

5. 陳加忠:〈傳統的蘭花栽培與現代的蘭花產業〉http://amebse.nchu.edu.tw/new_page_310.htm(2017.07.06 檢索)

6. 〈蘭花種養技術〉https://kknews.cc/zh-tw/agriculture/n49n2.html(2017.07.03 檢索)

附錄　宋代詠蘭詩一覽表

《全宋詩》頁碼	宋　代　詠　蘭　詩
冊 1，卷 48，頁 527	張詠（946～1015）〈蕭蘭〉 種蕭芳蘭中，蕭生蘭亦瘁。它日秋風來，蕭蘭一齊敗。 自古賢者心，所憂在民泰。不復夢周公，中夜獨慷慨。
冊 2，卷 102，頁 1153	丁謂（966～1037）〈蘭〉 彼羨南陔子，其誰粉署郎。渥丹承露彩，紺綠泛風光。 屢結騷人佩，時飄鄭國香。何須尋九畹，十步即芬芳。
冊 4，卷 214，頁 2462	宋祁（998～1061）〈蘭軒初成，公退獨坐，因念若得一怪石立於梅竹間，以臨蘭上，隔軒望之，當差勝也。然未嘗以語人，沈吟之際，適鬓生歷階而上，抱一石至，規製雖不大而巉巖可喜，欲得一書籍易之，時予几上適有二書，乃插架之重者，即遣持去，尋命小童置石軒南，花木之精彩頓增數倍，因作長句，書以遺鬓生，聊志一時之偶然也〉 竹石梅蘭號四清，藝蘭栽竹種梅成。 一峰久矣思湖玉，三物居然闕友生。 賴得鬓參令我喜，飛來靈鷲遣人驚。 小軒從此完無恨，急掃新詩爲發明。
冊 5，卷 249，頁 2946	梅堯臣（1002～1060）〈和石昌言學士官舍十題・蘭〉 楚澤多蘭人未辯，盡以清香爲比擬。 蕭茅杜若亦莫分，唯取芳聲襲衣美。

冊 6，卷 273，頁 3478	文彥博（1006～1097）〈幽蘭〉 燕姞夢魂唯是見，謝家庭戶本來多。 好將綠葉親芳穗，莫把清芬借敗荷。 避世已爲騷客佩，繞梁還入郢人歌。 雖然九畹能香國，不奈三秋鶗鴂何。
冊 6，卷 620，頁 7395	呂大防（1027～1097）〈西園辨蘭亭〉 手種叢蘭對小亭，辛勤爲訪正嘉名。 終身佩服騷人宅，舉國傳香楚子城。 削玉紫芽淩臘雪，貫珠紅露綴春英。 若非郢客相開示，幾被方言誤一生。
冊 7，卷 360，頁 4440	李大臨（1010～1086）〈西園辨蘭亭和韻〉 沙石香叢葉葉青，卻因聲誤得蟬名。 騷人佩處唯荊渚，識者知來徧蜀城。 消得作亭滋九畹，便當入室異羣英。 非逢至鑒分明說，汨沒人間過此生。
冊 15，卷 878，頁 10215	李之純〈西園辨蘭亭和韻〉 綠葉纖長間紫莖，蜀人未始以蘭名。 有時只怪香盈室，此日方傳譽滿城。 恩意和風揚馥鬱，光榮灝露滴清英。 庭階若不逢精鑒，何異深林靜處生。
冊 9，卷 498，頁 6023	司馬光（1019～1086）〈和昌言官舍十題·蘭〉 賢者非無心，園夫自臨課。藝植日繁滋，芬芳時入座。 青蔥春茹擢，皎潔秋英墮。正苦郢中人，逸唱高難和。
冊 10，卷 563，頁 6680	王安石（1021～1086）〈朱朝議移法雲蘭〉 幽蘭有佳氣，千載閟山阿。不出阿蘭若，豈遭乾闥婆。
冊 12，卷 706，頁 8185	王令（1032～1059）〈蔬蘭〉 曉折寒蔬野圃間，荒林深處有芳蘭。 世無賢士紉爲佩，猶有幽人日取餐。
冊 12，卷 677，頁 7888	楊傑〈春蘭〉 春蘭如美人，不採羞自獻。時聞風露香，蓬艾深不見。
冊 12，卷 677，頁 7888	楊傑〈蕙花〉 蕙本蘭之族，依然臭味同。曾爲水仙佩，相識楚辭中。
冊 14，卷 815，頁 9428	蘇軾（1037～1101）〈題楊次公春蘭〉 春蘭如美人，不采羞自獻。時聞風露香，蓬艾深不見。 丹青寫眞色，欲補離騷傳。對之如靈均，冠佩不敢燕。

冊 14，卷 815， 頁 9428	蘇軾〈題楊次公蕙〉 蕙本蘭之族，依然臭味同。曾爲水仙佩，相識楚辭中。 幻色雖非實，眞香亦竟空。發何起微馥，鼻觀已先通。
冊 15，卷 861， 頁 9992	蘇轍（1039～1112）〈種蘭〉 蘭生幽谷無人識，客種東軒遺我香。 知有清芬能解穢，更憐細葉巧凌霜。 根便密石秋芳草，叢倚修筠午蔭涼。 欲遣蘼蕪共堂下，眼前長見楚詞章。
冊 15，卷 861， 頁 9992	蘇轍〈幽蘭花〉 李徑桃蹊次第開，穠香百和襲人來。 春風欲擅秋風巧，催出幽蘭繼落梅。 珍重幽蘭開一枝，清香耿耿聽猶疑。 定應欲較香高下，故取群芳競發時。
冊 15，卷 861， 頁 10006	蘇轍〈次韻答人幽蘭〉 幽花耿耿意羞春，紉佩何人香滿身。 一寸芳心須自保，長松百尺有爲薪。
冊 15，卷 862， 頁 10010	蘇轍〈答琳長老寄幽蘭白朮黃精三本二絕・其一〉 谷深不見蘭生處，追逐微風偶得之。 解脫清香本無染，更因一嗅識眞如。
冊 16，卷 911， 頁 10722	釋道潛（1043～1106）〈寄題濟源令楊君蘭軒〉 昔人慕猗蘭，佩服比脩潔。往往卒歲間，山中行採掇。 籲哉昔人去已久，此花憔悴今誰折。 濟源長官眞好古，王屋天壇馳遠步。 陽崖月窟得芳叢，滿握歸來誇所遇。 淨掃幽軒植蘚墀，紫莖綠葉弄奇姿。 疏簾風軟日華薄，芳馥滿懷君自知。
冊 16，卷 917， 頁 10765	釋道潛〈送蘭花與毛正仲運使〉 幽姿冷艷匪夭饒，曾伴靈均賦楚騷。 今日移根庭下植，可無佳句與揮毫。 從來託跡喜深林，顯晦那求世所聞。 偶至華堂奉君子，不隨桃李鬮氤氳。
冊 17，卷 1003， 頁 11480	黃庭堅（1045～1105）〈以同心之言其臭如蘭爲韻寄李子先〉 吾子有嘉德，譬如含薰蘭。清風不來過，歲晚蒿艾間。 古來百夫雄，白首在澗槃。非關自取重，直爲知人難。

冊 20，卷 1171， 頁 13227	張耒（1054～1114）〈和呂與叔祕書省觀蘭〉 千里猗猗誰取將，忽驚顏色照文房。 每憐墜露時施澤，更許光風爲汎香。 獨秀已先梁苑草，託根寧復楚天霜。 坐令黃菊羞粗俗，只合蕭條籬下芳。
冊 21，卷 1235， 頁 13951	鄒浩（1061～1111）〈謝仲益惠蘭〉 鄰家得蘭惜不得，數本分來好顏色。 兒童見之喜欲顛，驚回午夢松江側。 起隨斤斸聊齋前，面勢欄幹相並植。 氲氳猶帶鳳山雲，彌天道安端我即。 璧丘亭高秀古幽，想見僧移動晴碧。 根深叢迥無他虞，青眼東君方著力。 影連桂月共扶疏，香入梅風更引翼。 此心莫逆知誰何，金粟如來在東壁。
冊 21，卷 1239， 頁 13998	鄒浩〈次韻述之謝寄蘭〉 竭來幽韻與時分，雅稱深沉揚子雲。 記取人間多惡草，一薌能敗十年薰。
冊 21，卷 1246， 頁 14081	毛滂（約 1061～約 1124）〈育闐黎房見秋蘭有花作〉 南風吹露畦，苦莢日夜花。同榮有蔓草，託質多長蛇。 邇來合蕭條，淒風寄蒹葭。禪房向幽寂，雲日暖庭沙。 竹根逢小春，紫蘭茁其芽。造物惜鮮榮，寧肯及幽葩。 偶出白帝恩，未必黃鍾家。芳馨半孤冷，蕭艾終橫斜。 譬如隱君子，悃愊初無華。深藏不自獻，清芬亦難遮。 陶翁抱疏韻，對此心忻嘉。離騷久相從，濁酒不待賒。 紉衣濯滄浪，援琴臥煙霞。
冊 22，卷 1286， 頁 14547	饒節（1065～1119）〈灌蘭一首〉 往作蘭溪游，步屧出林麓。溪頭小雨竟，溪水澹文縠。 嬋媛幾叢秀，臨流自結束。曲折訪叢底，初不露芬馥。 歸休行結佩，薄采未盈匊。時遵微徑間，幽然感清淑。 年來蠹自縛，投跡先擬足。不意洿涊中，見此二孤竹。 威威耐寒苦，繹繹輩杞菊。似是溪頭裔，相逢慰煩促。 一日不見之，鄙吝生眉目。故將應書手，抱甕助長毓。 孤根著土深，稍稍樹支族。看渠吐胸中，一洗桃李俗。

冊 22，卷 1288，頁 14616	釋蘊常（生卒年不詳）〈詠蘭〉 目斷山河恨莫裁，折芳猶記小徘徊。 細看葉底春風面，疑自幽篁影下來。
冊 23，卷 1338，頁 15235	釋德洪（1071～1128）〈次韻王舍人蘭室〉 起爇清香試返魂，松花閑泛刷絲紋。 幽齋事業誰同辦，小斛蘭叢手自分。 家世到今猶玉食，交朋強半在青雲。 笑談麈尾延僧宿，要聽清言洗俗氛。
冊 23，卷 1336，頁 15196	釋德洪〈宗公以蘭見遺，風葉蕭散，蘭芽並茁，一榦雙花翩開，宗以爲瑞，乞詩記其事〉 深林忽見蘭芽茁，不謂無人亦自賢。 數葉橫風作纖瘦，雙花含雪吐明鮮。 照人秀色雖堪畫，入骨眞香不可傳。 今日東君應擇壻，誰家兄弟鬭清妍。
冊 23，卷 1338，頁 15241	釋德洪〈題善化陳令蘭室〉 種性難教草掩藏，蒼然小室爲誰芳。 槲培幾案軒窗碧，坐款賓朋笑語香。 糝地露英猶潔白，快人風度更纖長。 議郎嗜好清無滓，獨有幽蘭可比方。
冊 23，卷 23，頁 15054	呂頤浩（1071～1139）〈蘭室〉 秋蘭馥鬱有幽香，不謂無人不吐芳。 最好移根來一室，試紉幽佩意何長。
冊 23，卷 1351，頁 15457	蘇過（1072～1123）〈寄題岑彥明猗蘭軒詩〉 羣芳爭春風，百態工嫵媚。毛嬙與西施，未易笑倚市。 豈如空山蘭，靜默羞自致。幽香不可尋，獨秀繁露墜。 高情謝簪組，遁世漢綺季。端來從子遊，定覺同伏味。 岑衛星絕俗，厭貧聊試吏。官曹冷如水，終日學奇字。 未能三徑歸，故作九畹藝。後來當勿剪，伴我司庾氏。
冊 25，卷 1415，頁 16302	程俱（1078～1144）〈山居・崇蘭塢〉 猗蘭轉光風，幽芳被山谷。悵望斷金人，同心不同躅。
冊 25，卷 1420，頁 16366	程俱〈聞家山方丈蘭畹滋榮，喜而作詩〉 崇蘭燁燁轉光風，林下幽芳一信通。 更釂青宴窮窈窕，竹陰濃處蒔春叢。

冊 25，卷 1420，頁 16368	程俱〈叔問作崇蘭館圖畫，叔問、去非與余相從林壑間，二公各題二絕句，余同賦四首〉 嬰朔千年契義深，秪今林壑共幽尋。 同心更結崇蘭伴，衰世誰知有斷金。 崇蘭深寄北山幽，何日追隨得自由。 下石向來多賣友，斷金投老得良儔。 道義寧論故與新，紛紛誰復繼雷陳。 圖形預作山林約，笑殺青雲得路人。 置我正須巖石裏，如公總合上淩煙。 要令他日看圖畫，不愧平生與昔賢。
冊 25，卷 1468，頁 16820	王庭珪（1079～1171）〈次韻路節推瑞香幽蘭〉 君家蘭玉盈階砌，傍有薰籠錦一端。 雅似高人來席上，幽如靚女出林間。 芳叢欲吐新芽長，深谷知誰著眼觀。 謝氏風流元自有，更留佳客奉清歡。
冊 25，卷 1471，頁 16839	王庭珪〈和葛德裕寄紙覓蘭四絕句〉 麗句雲箋敵夜光，窮兒得寶但能藏。 慚無好語酬佳惠，徒詠春洲杜若香。 林下無人亦自芳，幽姿閑澹若深藏。 與君坐上添幽客，勝爇金爐百和香。 君家詞翰妙天下，蠆尾銀鉤世所藏。 贈我雲藍豈宜辱，強吟春草拾餘香。 兩朵幽花費詠章，是中佳境若為藏。 何時同上瑤臺頂，遍齅芝田蕙圃香。
冊 25，卷 1472，頁 16846	王庭珪〈幽蘭寄向文剛二絕句〉 西風黃葉深林下，忽有新蘭動地香。 公子夜寒誰對語，應容幽客到書房。 連夜風吹碧玉枝，山深寒重得香遲。 窮秋故出邁往韻，要就高人覓好詩。

冊 25，卷 1475，頁 16860	王庭珪〈秋蘭寄知縣陳邦直〉 昨夜西風茁紫芽，不應獨著野人家。 安仁未倦栽桃李，添此清香一種花。
冊 25，卷 1454，頁 16743	王庭珪〈李仲孫佩蘭軒〉 我友李仲孫，飭身一何介。被服古衣冠，昂然偉而怪。 開軒蓬戶中，紉蘭以為佩。布袍揖公卿，脫幘臥江海。 方其得意時，天地不能礙。荷鋤入深林，剪薙發幽薈。 清芬動窗壁，蕙若連光彩。君看紫綬翁，腰垂黃金帶。 璜珩錯琚瑀，印章如斗大。步趨踏龍尾，鏘然中音會。 豈如此香草，擢秀繁霜外。秋風落萬木，臭味久逾在。 我思軒中人，免食三斗艾。夢寐欲見之，一往清鼻界。
冊 25，卷 1472，頁 16846	王庭珪〈次韻黃超然〉 楚詞賦物取香草，眾草猶須避國香。 一辱雕章重題品，何慚清廟薦芝房。
冊 25，卷 1440，頁 16593	韓駒（1080～1135）〈題梅蘭圖二首〉 寒梅在空谷，本自凌冰霜。託根傲眾木，開花陋眾芳。 遙風遞清氣，迴水涵孤光。美實初可口，採掇升巖廊。 念爾如傅說，和羹初見嘗。不須羨幽蘭，深林自吹香。 幽蘭不可見，羅生雜榛菅。微風一披拂，餘香被空山。 凡卉與春競，念爾意獨閒。弱質雖自保，孤芳諒難攀。 高標如湘纍，歲晚投澄灣。不須羨寒梅，粉骨鼎鼐間。
冊 25，卷 1450，頁 16711	劉一止（1080～1161）〈次韻江西李相君七詠·蘭室〉 蘦藭同林一等香，芝蘭在室不知旁。 而今閱世如翻手，底處交情有許長。
冊 37，卷 2066，頁 23300	王灼（約 1081～1162 後）〈王氏碧雞園六詠·層蘭〉 僊翁有蘭癖，肆意搜林坰。負牆累為臺，移此萬紫青。 九畹與九層，異世皆可銘。收拾眾妙香，逍遙醉魄醒。 隱几光風度，開簾皎月停。門前勿通客，翁續離騷經。
冊 26，卷 1484，頁 16946	孫覿（1081～1169）〈次韻王次之龍圖六絕·其四〉 一種奇葩絕眾芳，揭來當戶見鉏傷。 猶看紉作幽人佩，獨步修門擅國香。
冊 26，卷 1518，頁 17278	周紫芝（1082～1155）〈種蘭〉 桃杏花中偶並欄，依然風味是幽蘭。 莫因移種長安市，不作春山一樣看。

冊 26，卷 1496， 頁 17086	周紫芝〈秋蘭詞〉 藝蘭當九晼，蘭生香滿路。紉君身上衣，光明奪縑素。 孤芳一衰歇，凋零濕秋露。佩服得君子，亦足慰遲暮。 採摘良不辭，新枝忽成故。向來桃李場，紅顏照當戶。 紛紛自芳菲，榮枯復誰顧。
冊 27，卷 1569， 頁 17807	李綱（1083～1140）〈十二詠・蘭室〉 盡道幽蘭是國香，沐湯紉佩慕芬芳。 何如邂逅同心士，一吐胸中氣味長。
冊 27，卷 1545， 頁 17550	李綱〈次韻陳介然幽蘭翠柏之作・幽蘭〉 幽蘭出深林，得上君子堂。置之顧盼地，藹藹振餘光。 春風茁其芽，暗淡飄天香。刈防豈無用，授夢方薦祥。 紉佩美屈子，披風快襄王。秋高白露下，摧折增感傷。 願與菊同瘁，羞隨蓀並長。收根歸舊林，肯改無人芳。 溫風茁幽蘭，採掇置中堂。孤根亦何有，借此軒墀光。 耿耿不自惜，淒微泛餘香。蕭然山林姿，詎是邦家祥。 譬猶美芹子，乃以薦君王。棄置固其宜，零落誰復傷。 賦詩慰寂寞，念子故意長。願言同心人，去去揚清芳。
冊 27，卷 1545， 頁 17549	李綱〈鄧純彥家蘭盛開見借一本〉 誰道幽蘭是國香，山林僻處更芬芳。 從今借得佳人佩，伴我春堂晝夢長。 特地聞時卻不香，暗中芬馥度微芳。 寂然鼻觀圓通處，深院無人春晝長。 噴了清香開了花，卻歸盆檻付公家。 來春花發香尤好，預借幽根茁露芽。 纖纖碧葉淺黃花，暗淡香飄物外家。 培壅莫教摧露下，春風歲歲長靈芽。
冊 27，卷 1571， 頁 17824	李綱〈梁谿四友贊序・幽芳贊〉 天地和氣，萃於幽芳。言茁其芽，薰然國香。 綠葉紫莖，素榮縹房。紉以爲佩，禦彼不祥。 採自深林，置於座側。不改其度，其香滿室。 與子爲友，心同德一。優哉遊哉，聊以永日。

冊 28，卷 1604，頁 18029	張守（1084～1145）〈蘭室〉 分得騷人九畹香，時人不服更幽芳。 小窗低戶維摩室，苒苒奇芬春晝長。
冊 29，卷 1658，頁 18576	曾幾（1085～1166）〈蘭畹〉 深林以薌名，花木不知數。 一點無俗氛，蘭芽在幽處。
冊 29，卷 1667，頁 18669	郭印（生卒年不詳）〈蘭坡〉 梅花掃跡春無光，繼踵惟有幽蘭香。 天姿沖澹謝朱粉，睥睨百卉皆優倡。 高人採擷紉爲佩，養之盆盎移中堂。 微風馥馥來何所，一干鼻觀尤非常。 年來屢遭白眼笑，過而不顧夫何傷。 深山窮谷遂眞性，寂寞無人亦自芳。 憶昔靈均滋九畹，貞潔內守甘退藏。 眾醉獨醒臨八表，回視俗物都茫茫。 我今日暮前途窄，握香不羨尙書郎。 荒坡滿植作知己，從茲身世兩相忘。
冊 29，卷 1673，頁 18735	郭印〈蘭〉 幽人紉爲佩，不爲香與色。秋菊暨江南，未可比君德。
冊 29，卷 1681，頁 18844	劉才邵（1086～1157）〈題從兄和仲國香軒〉 靈均志與日爭光，收拾香草供篇章。 高冠奇服事修潔，辛夷爲楣葯爲房。 滋蘭九畹多不厭，似更有意憐幽香。 當時楚俗寶蕭艾，誰知紉佩芙蓉裳。 高情如兄能有幾，封植靈根當砌傍。 芝英玉樹宜相映，清芬宛轉隨風長。 結根得所異晚菊，不向籬邊混眾芳。 早晩知音垂採摘，玉盤霞綺升中堂。
冊 30，卷 1692，頁 19048	鄭剛中（1088～1154）〈前山尋蘭〉 眼債未全無，惜春心尙有。喜聞幽蘭臭，尋過東山口。 披叢見孤芳，正似得佳友。小鍤破蒼蘚，護致歸座右。 秀色逼塵埃，清芳動窗牖。愛媚固無厭，嗟惜亦云久。 今爲花木者，貴重無與偶。第能吐青紅，貢獻率奔走。 官舟塞古汴，往往載蒲柳。爾何守幽林，國香空自負。 所幸無改芳，可使名不朽。

冊 30，卷 1712，頁 19289	李彌遜（1089～1153）〈次韻穎仲蘭室之什〉 黃卷青燈寄佛場，孤高如在遠林芳。 下帷誰識傳經董，載酒時過尚白揚。 華髮同心猶有臭，青衿入室自知香。 公卿本是階庭物，莫遣行藏異素王。
冊 30，卷 1708，頁 19235	李彌遜〈春日種菊東籬，顧叢蘭衰謝欲棄之，因取以植牆下〉 天公善轉物，剪爪不停軫。春工未削跡，秋事已張本。 檀欒嘉菊叢，戢戢露奇蘊。枝分要及時，手植須著緊。 清晨東籬下，畚插自畦畛。土膏入新萌，秀色來袞袞。 歸休顧衰蘭，面目籟可憫。兒童互撝挐，奴僕忩嘲哂。 敢望群蕭艾，棄置等朝菌。即之粹而溫，忍死子不憫。 山翁飽經事，遇物輒思忖。理得心亦欣，爲發一笑劉。 向來芳深林，孤潔玉在韞。知音苦不多，況此香色隕。 紉佩倘未遂，焚膏眞可忍。爬梳牆角陰，樹之羅九畹。 好風動融怡，新雨洗寒窘。未甘五柳獨，聊釋三閭憤。 炎涼循若環，榮謝平可準。春風行復來，萬彙發幽隱。
冊 30，卷 1707，頁 19220	趙子晝（1089～1142）〈題崇蘭館圃〉 勝境茲辰得重尋，喚人同厲碧溪深。 兩公未遽嘲糠粃，舊悉山林勇往心。 疏食深山謝擊鮮，瓠肥那得此枵然。 祇應久絕紛華念，亦笑朧儒不是仙。
冊 30，卷 1706，頁 19213	黎道華（生卒年不詳）〈謝惠蘭花〉 曉起微涼病骨蘇，國香和露到貧居。 我今不向當門種，免被時人取次鋤。
冊 31，卷 1758，頁 19577	陳與義（1090～1138）〈墨戲二首〉 蘭 鄂州遷客一花說，仇池老仙五字銘。 併入晴窗三昧手，不須辛苦讀騷經。 蕙 人間風露不到畹，只有酪奴無世塵。 何須更待秋風至，蕭艾從來不共春。

冊 31，卷 1756，頁 19566	陳與義〈題崇蘭圖二首〉 兩公得我色敷腴，藜杖相將入畫圖。 我已夢中都識路，秋風舉袂不蹦躕。 奕奕天風吹角巾，松聲水色一時新。 山林從此不牢落，照影溪頭共六人。
冊 31，卷 1765，頁 19646	蘇籀（1091～約 1164）〈賦叢蘭一首〉 楚郢都梁奇韻佚，嵐溪雲壑初何僻。 根蒂條葀玩九春，葩葉尖萌碧逾尺。 蕙轉東君溢寵光，露涓清華煙染色。 薆勃天芬透綺疏，英蕤綠艷撩詩客。 滋榮九畹不因人，無際幽深來響屜。 三嗅書帷嘗涉獵，滿把騷人安忍釋。 映俎垂筵紉委佩，斸苕徙檻芳盈室。 燥虛黏膩俗塵清，祛病析酲驅抑鬱。 猗猗不採亦奚傷，雍容屈宋無倫匹。 賞慨年芳次第菲，輕重憎憐從結習。 辛夷爲塢薜蘿門，莎茭蒲蘆類非一。 庭中絕出忘憂右，差等水仙誠莫逆。 遙知最妙嶺頭梅，適口和羹似難及。 更與丘明評國蘚，後皇媚之殊赫奕。
冊 31，卷 1766，頁 19661	蘇籀〈蒔蘭一首〉 湘纍韔佩南邦媚，天女褧期絕世蘚。 藝植便應彌九畹，孰知苓藅與詹糖。
冊 32，卷 1845，頁 20553	張嵲（1096～1148）〈取蘭梅置几上三首〉 蘭苕梅枝兩竝奇，高標真不負深知。 風輕雨細春寒夜，正是清香發越時。 淺綠深藏垂翠葆，嬌紅巧傅刻繪花。 南遊只在元樓客，坐入合香居士家。 崇蘭梅蘂竝時芳，更得春風爲發揚。 還似高人有常德，年年只作舊時香。
冊 32，卷 1849，頁 20638	釋慧空（1096～1158）〈和慈覺炊字韻幷送蘭蕙·其二〉 蕙弟蘭兄本一山，莫如白下望長干。 人間草木非其對，留與芝翁到老看。

冊33，卷1877，頁21035	曹勛（約1098～1174）〈琴操·猗蘭操〉 猗嗟蘭兮，其葉萋萋兮。猗嗟蘭兮，其香披披兮。胡爲乎生茲幽谷兮，不同雲雨之施。紛霜雪之委集兮，其茂茂而自持。猗嗟蘭兮。
冊33，卷1882，頁21077	曹勛〈感秋蘭〉 雲何爲兮深山，水何爲兮幽谷。匪雜珮於華裾，恥見珍於流俗。噫嘻，疑枳棘與荊榛，不辭榮於秋綠。
冊33，卷1891，頁21151	曹勛〈臘日謝仰上人惠蘭〉 未覺光風轉朔雲，深窗乍見意增新。 欲先楚客傳清些，未放江梅占早春。 自許幽香傳窈窕，更煩白足下嶙峋。 爲君抖擻煩襟看，要是都無一點塵。
冊34，卷1920，頁21433	劉子翬（1101～1147）〈次韻六四叔蘭詩〉 疏疏綠髮覆清潯，漠漠微香起夕陰。 無復風流追九畹，空餘煙雨暗深林。 誰分秀色來幽室，獨寫遺聲入素琴。 還似高人遠塵俗，爭輝玉樹亦何心。
冊34，卷1922，頁21456	劉子翬〈祝道人日供梅蘭偶成小詩二首·其二〉 野客分花入戶間，此心今合付脩然。 平生費盡金鴉嘴，不負幽芳十七年。
冊36，卷2006，頁22483	黃公度（1109～1156）〈張雲翔采蘭堂〉 丈夫貴成名，人子重養志。志養非鼎食，名成要身致。 世上萬男兒，二者少稱遂。樂哉張公子，此事有餘地。 昔我遊武林，始與張君值。津津紫芝眉，落落青雲器。 驊騮步康衢，鵰鶚騰秋翅。一官天南州，艱難已嘗試。 悠然望白雲，歸來爲隱吏。軒裳非吾心，菽水重親意。 築堂九畹邊，遠取南陔義。膳羞務馨潔，晨夕必躬視。 老人嗜國香，幽懷時一寄。春風敷柔絲，色與恩袍類。 不效荊楚俗，紉之爲佩璲。不學會稽亭，徒然脩禊事。 願言倚玉樹，同作庭階瑞。他年粉署握，永伴萊衣戲。
冊36，卷2018，頁22617	王十朋（1112～1171）〈種蘭有感〉 芝友產巖壑，無人花自芳。苗分鄭七穆，秀發謝諸郎。 世競憐春色，人誰賞國香。自全幽靜操，不采亦何傷。
冊36，卷2025，頁22701	王十朋〈龍瑞道士贈蘭〉 有客贈芳友，滿堂聞國香。清含道流氣，輕帶羽衣黃。 綴佩風光別，橫琴旨趣長。重須尋禹穴，一曲聽揚揚。

冊 36，卷 2029，頁 22747	王十朋〈人日有雪竹間種蘭〉 人日又飛雪，竹林仍種蘭。陽浮屑瓊玖，風泛馥檀欒。 花點黃金勝，叢依碧玉竿。世間桃李眼，肯向此中看。
冊 36，卷 2035，頁 22818	王十朋〈元章贈蘭〉 英英道山友，贈我深林芳。入室與俱化，同心如此香。 紉之可為佩，不采庸何傷。三復韓子操，援琴鼓揚揚。
冊 36，卷 2021，頁 22655	王十朋〈二道人以抹利及東山蘭為贈再成一章〉 西域名花最孤潔，東山芳友更清幽。 遠煩丈室維摩詰，分韻小園王子猷。 入鼻頓除浮利盡，同心端與國香侔。 從今日講通家好，詩往花來卒未休。
冊 36，卷 2020，頁 22638	王十朋〈淵源堂十二詩・其十一・蘭馨室〉 一室雖方丈，游從必舜徒。芬馨不自覺，身化與之俱。
冊 36，卷 2021，頁 22648	王十朋〈林下十二子詩・蘭子芳〉 國香入鼻忽揚揚，知是光風泛子芳。 林下自全幽靜操，縱無人採亦何傷。
冊 36，卷 2022，頁 22660	王十朋〈懺院種蘭次寶印叔韻〉 偶向緇林植子芳，光風入院泛幽香。 他時倘免芟鋤患，餘馥猶堪供道場。 不放凡花染道場，故栽芳友伴友郎。 一盤喜遇高人賞，卻勝家園十八香。
冊 36，卷 2029，頁 22746	王十朋〈劉義夫欲與先隴植蘭寄數根〉 思親何忍陟南陔，采得幽蘭祇自哀。 寄與東山劉孝子，佳城側畔好親栽。
冊 36，卷 2021，頁 22652	王十朋〈予有書閣僅容膝，東有隙地，初甚荒蕪，偶於暇日理成小園，徑以通之，杖藜日涉於其間，幾欲成趣。然花木蕭疏，不足播之，吟詠謾賦十一小詩，以記園中之僅有者，時甲戌仲冬也・揚揚畹〉 九畹何人種，光風泛國香。林間今幾許，鼻觀日揚揚。
冊 37，卷 2083，頁 23498	洪適（1117～1184）〈雜詠下・蘭〉 清馥畏人知，辭山便泣岐。請將紉雜佩，不去傍蛾眉。
冊 40，卷 2189，頁 24973	陸游（1125～1209）〈蘭〉 南巖路最近，飯已時散策。香來知有蘭，遽求乃弗獲。 生世本幽谷，豈願為世娛。無心託階庭，當門任君鋤。

冊 40，卷 2198，頁 25106	陸游〈窗前作小土山，蓺蘭及玉簪，最後得香百合併種之，戲作〉 方蘭移取徧中林，餘地何妨種玉簪。 更乞兩叢香百合，老翁七十尚童心。
冊 41，卷 2247，頁 25794	范成大（1126～1193）〈次韻溫伯種蘭〉 靈均墮荒寒，采采紉蘭手。九畹不留客，高丘一迴首。 崢嶸路孔棘，悽愴肘生柳。遂令此粲者，永與窮愁友。 不如湯子遠，情事只詩酒。但知愛國香，此外付烏有。 栽培帶苔蘚，披拂護塵垢。孤芳亦有遇，灑濯居座右。 君看深林下，埋沒隨藜莠。
冊 43，卷 2335，頁 26847	何耕（1127～1183）〈蘭坡〉 蘭與高人臭味同，含薰聊復待清風。 紛紛蕭艾無相笑，爾輩敷榮轉眼空。
冊 42，卷 2303，頁 26467	楊萬里（1127～1206）〈蘭花五言〉 護雨重重膜，凌霜早早春。三菲碧彈指，一笑紫翻唇。 野竹元同操，官梅晚卜鄰。花中不兒女，格外更幽芬。
冊 42，卷 2281，頁 26170	楊萬里〈題劉直卿崇蘭軒〉 風亦何須過，林仍不厭深。莫將春色眼，來看歲寒心。 政坐香通國，端令佩滿襟。楚人更饒舌，得免世間尋。
冊 42，冊 2302，頁 26455	楊萬里〈三花斛三首之三‧蘭花〉 雪徑偷開淺碧花，冰根亂吐小紅芽。 生無桃李春風面，名在山林處士家。 政坐國香到朝市，不容霜節老雲霞。 江蘺圃蕙非吾耦，付與騷人定等差。
冊 42，卷 2304，頁 26470	楊萬里〈蒭林五十詠‧蘭畹〉 健碧續續葉，斑紅淺淺芳。幽香空自秘，風肯秘幽香。
冊 42，冊 2302，頁 24656	楊萬里〈再併賦瑞香水仙蘭三花〉 水仙頭重力纖弱，碧柳腰支黃玉萼。 娉娉嫋嫋誰為扶，瑞香在旁扶著渠。 春蘭初芽嫩仍短，嬌如稺子無人管。 瑞香綠蔭濃如雲，風日不到況路塵。 生時各在一山許，畦丁作媒得相聚。 三花異種復異粧，三花同韻更同香。 詩人喜渠伴幽獨，不道被渠教斷腸。

冊 42，卷 2283，頁 26186	楊萬里〈寒食相將諸子遊翟園〉 鹿蔥舊種竹新栽，幽徑深行忘卻回。 忽有野香尋不得，蘭於石背一花開。
冊 42，卷 2312，頁 26602	楊萬里〈跋劉敏叔梅蘭竹石四清圖〉 老夫老伴竹千竿，湖石江梅更畹蘭。 不道外人將短紙，一時捲去也無端。
冊 42，卷 2311，頁 26574	楊萬里〈題蕙花初開〉 幽人非愛山，出山將何之。山居種蘭蕙，歲寒久當知。 初藝止百畝，餘地惜奚爲。先生無廣居，千巖一茅茨。 四面祇藝蕙，中間纔置錐。銳綠紛宿叢，脩紫擢幼枝。 孤榦八九花，一花破初蕤。西風澹無味，微度成香吹。 燈夢得幽馥，月寫傳靜姿。我欲掇芳英，和露充晨炊。 睠然惻不忍，環翫自忘饑。豈無眾花草，不願秋不遲。 種時亂不擇，歲晚悔可追。
冊 43，卷 2363，頁 27127	釋寶曇（1129～1197）〈畫石與蘭〉 石怒不近人，國香爾何有。我以道眼觀，無心得相守。
冊 43，卷 2360，頁 27086	釋寶曇〈和李中甫知錄採蘭〉 翳翳林莽，孰藝其蘭。東風人群，俯仰棘間。薜荔既艾， 辛夷未繁。寂寥前脩，噓唏孔顏。藉爾芳芷，醫餘國殫。 我懷斯人，碧梧紫檀。荏苒歲月，紛兮白顛。十步聞薌， 五步不慳。佩幃幽幽，騏驥在閑。未春叩戶，苜蓿滿盤。
冊 43，卷 2258，頁 27070	趙時伐（宋魏王廷美九世孫）〈種蘭花〉 深林瘦徑傲朝香，牙髮消疏氣骨存。 九畹誰移炎海角，半庭新補冷雲痕。 圃翁認葉非漳種，墨客知花是楚魂。 從此國香春不斷，光風滿地長兒孫。
冊 44，卷 2392，頁 27646	朱熹（1130～1200）〈蘭〉 謾種秋蘭四五莖，疏簾底事太關情； 可能不作涼風計，護得幽蘭到晚清。
冊 44，卷 2393，頁 27659	朱熹〈詠蕙〉 今花得古名，旖旎香更好。適意欲忘言，塵編詎能老。
冊 44，卷 2383，頁 27478	朱熹〈蘭澗〉 光風浮碧澗，蘭枯日猗猗。竟歲無人采，含薰只自知。

冊 44，卷 2384，頁 27492	朱熹〈謝人送蘭〉 幽獨塵事屏，晼晚秋蘭滋。芳馨不自媚，掩抑空相思。 晤對日方永，披叢露未晞。脩然發孤詠，九畹陳悲詩。 淹留閱歲序，契闊心懷憂。獨臥寄僧閭，一室空山秋。 徘徊起顧望，俯仰誰爲儔。伊人遠贈問，孤根亦綢繆。 芳馨不我遺，三載娛清幽。愧無瓊琚報，厚意竟莫酬。 瞻彼南陔詩，使我心悠悠。
冊 44，卷 2384，頁 27493	朱熹〈秋蘭已悴以其根歸學古〉 秋至百草晦，寂寞寒露滋。蘭皋一以悴，蕪穢不能治。 端居念離索，無以遺所思。願言託孤根，歲晏以爲期。
冊 44，卷 2392，頁 27656	朱熹〈西源居士屢寄秋蘭小詩爲謝〉 知有幽芳近水開，故攀危磴斸蒼苔。 卻憐病客空齋冷，帶雨和煙遠寄來。
冊 44，卷 2384，頁 27493	朱熹〈去歲，蒙學古分惠蘭花清賞，既歇復以根叢歸之故畹，而學古預有今歲之約，近聞頗已著花，輒賦小詩以尋前約，幸一笑〉 秋蘭遞初馥，芳意滿沖襟。想子空齋裏，淒涼楚客心。 夕風生遠思，晨露灑中林。頗憶孤根在，幽期得重尋。
冊 45，卷 2419，頁 27923	張栻（1133～1180）〈題城南書院三十四詠・其十〉 移得幽蘭幾本來，竹籬深處手栽培。 芬芳不必紉爲佩，月白風清取次開。
冊 45，卷 2420，頁 27934	張栻〈城南雜詠二十首・蘭澗〉 藝蘭北澗側，澗曲風紆餘。願言植根固，芬芳長慰予。
冊 46，卷 2469，頁 28641	薛季宣（1134～1173）〈種蘭〉 蘭生林樾間，清芬倍幽遠。野人坐官曹，茲意極不淺。 西窗蔽斜日，松釵架春晚。牆陰蒔花木，憔悴根日損。 植此山谷香，坐與前事反。扶疏可紉佩，心緒端有本。 芽生僅盈壇，高風成九畹。羣芳顏色好，祇自誇園苑。 何如淡嚼蠟，草莽曾誰混。對我靜無言，忘形如苓尊。
冊 46，卷 2469，頁 28643	薛季宣〈刈蘭〉 東畹刈眞香，靜院簪瓶水。高遠不勝情，時逐微風起。 和雨剪閑庭，誰作騷人語。記得舊家山，香來無覓處。

冊 46，卷 2475，頁 28701	薛季宣〈春蘭有眞意〉 春蘭有眞意，窮居在中谷。端不爲人香，無言自幽獨。 我家甌浦東，筠扇鎖修竹。頎然彼粲者，夭翹散餘馥。 五年客異縣，對眼嚚塵俗。百華盡妖艷，信美非吾族。 延陵暨遊豫，佳期未云卜。同心弗我忘，迎人見青目。 雖微九畹滋，風動情亦篤。當門謂應鋤，吾當爲之哭。
冊 46，卷 2471，頁 28667	薛季宣〈幽蘭次十八兄韻六言四首〉 宛在一人空谷，居然九畹深林。 襟袖不盈披拂，車轍無蹤可尋。 有美中郎芝砌，言采淵明菊叢。 會取簡中香氣，蕭然林下家風。 舞奏八風薌澤，頌聲焱氏遺音。 允也不夷不惠，悠哉非古非今。 超出世間凡品，叵聞鼻觀餘香。 春入有花不艷，院小無人自芳。
冊 28，卷 1597，頁 17993	朱淑眞（約 1135～1180）〈乞蘭〉 幽芳別得化工栽，紅紫紛紛莫與偕。 珍重故人培養厚，眞香獨許寄庭階。
冊 47，卷 2530，頁 29248	陳傅良（1137～1203）〈蘭花供壽國擧兄〉 山丹吹出青藜火，金蝶窺叢何婀娜。 朱槿更作猩袍紅，誇道風人嘗印可。 沒利從旁粲然笑，奄有諸香誰似我。 素馨蕭然山澤臞，至香不數脂粉腴。 眾芳固自有醞藉，要是傍人之庭除。 何如琉璃千頃水，涵碧淤泥不解汙。 芙蕖幽蘭獨自倚脩竹，生來未始受諸觸。 深知抱此竟安用，用多亦豈芙蕖福。 若以滋味屬厭人，虀粉此身人不足。 今夕何夕新風露，入秋一雨天西顧。 止齋有兄永難老，止齋之弟愛莫助。 但以清白傳之萬子孫，歲供蘭花美無度。

冊 47，卷 2534，頁 29296	陳傅良〈張端士以詩送蘭蕙因和其韻〉 暮春堂上抱天和，時啟柴扉與客過。 客有可人須語似，新篁來看玉森羅。
冊 46，卷 2460，頁 28450	許及之（？～1209）〈次韻木伯初秋蘭〉 堪嗟堪惜是懷沙，占得秋蘭作楚花。 世莫我知方自足，底將逝水送韶華。 芳潔清幽隱操中，蘭兮消得小山叢。 略無醞藉惟岩桂，滿院秋香一樹風。 萬蕊千葩角富豪，秋蘭無處卻為高。 蚤知捷徑終南是，招隱當時不入騷。
冊 46，卷 2502，頁 28944	趙公豫（1135～1212）〈次韻奉和蔣元甫離瑞蘭詩，兼賀誕孫〉 名花不與眾為行，特向瑤階獻吉祥。 一幹亭亭標異彩，數枝燦燦發幽香。 高懷直與同清艷，雅韻猶能並潔芳。 積厚流光邀美報，蘭孫應瑞慶華堂。
冊 47，卷 2540，頁 29401	樓鑰（1137～1213）〈寄題王以道蘭墅〉 百卉生深林，無人皆自芳。楚騷發妙意，惟蘭乃能當。 我欲效潞公，臠種坡之陽。不須強披拂，風來味愈長。 君乃先為之，滋畹雙雁鄉。正欲生階庭，聚書教諸郎。 父子自同心，久之不聞香。老我行西歸，一造君子堂。 勉哉篤義方，雙雁看高翔。
冊 49，卷 2633，頁 30753	趙蕃（1143～1229）〈幽蘭坡〉 斗坡能曲折，亂石故崢嶸。篁竹幾成蔽，幽蘭何處生。
冊 50，卷 3661，頁 31210	葉適（1150～1223）〈和答錢廣文蘭松有剛折之歎〉 蘭居地之陰，藹藹含華滋。此本不以剛，而為剛者師。 松無棟梁具，何用稼冰雪。終風撓長林，常恐浪摧折。 願子比令德，一薰容眾蕭。笑我非實材，千載空獨高。
冊 52，卷 2769，頁 32746	韓淲（1159～1224）〈瑩中自餘杭送蘭筍‧其一〉 青璧蘭花帶土來，極知禪老為移栽。 斬新葉底含風露，滿眼塵埃亦暫開。
冊 52，卷 2769，頁 32744	韓淲〈老仙釣臺觀了思所作蘭松梅竹〉 帶得西湖一樹清，卻因松竹並蘭生。 如今收拾歸橫卷，冷坐釣臺非有情。

冊 52，卷 2768，頁 32733	韓淲〈珪山主送蘭筍尋十年前舊詩韻用以寄之〉 幽蘭新筍爲誰來，想見山居一一栽。 春日遲遲風淡淡，幾番成竹幾枝開。 十年作別信多時，失喜尋思得舊詩。 和韻且尋人寄與，不同香味兩相知。
冊 52，卷 2761，頁 32588	韓淲〈春分前一日〉 青青葉中蘭，庭幽有餘芳。新葩明輕莖，知我春晝長。 安得滋九畹，命騷與爭光。風泛不須紉，深林宜永藏。
冊 53，卷 2791，頁 33068	釋居簡（1164～1246）〈移蘭〉 猶劣薰優只自強，寄林亦足稱孤芳。 故應紉佩成春服，不爲無人閟國香。 移傍瘦筠同雨露，怕隨行葦踐牛羊。 客非九畹同心事，莫反離騷吊碧湘。
冊 53，卷 2792，頁 33101	釋居簡〈盆蘭〉 采采芳根綠綴苔，一莖只放一花開。 畹中好惡非同調，林下薰猶各有才。 惜此國香無地種，知它楚些爲誰哀。 小留鶴帳梅梢月，倘伴高情入夢來。
冊 53，卷 2792，頁 33086	釋居簡〈雙頭蘭〉 艾擁蕭陵雪未消，蒂連芳萼閟春饒。 國香不似傾城色，寂寞空山大小喬。
冊 53，卷 2798，頁 33238	釋居簡〈石鱗蘭竹〉 篠叢疎薄總虛心，傾國香葩閟石陰。 不是阿清幽思苦，屬誰洴墨寫蕭森。
冊 53，卷 2797，頁 33215	釋居簡〈蘇叔黨所作蘭蕙〉 風雅傳衣到小坡，筆頭分外得春多。 佩寒帳冷空遺恨，澹寫孤芳續九歌。
冊 53，卷 2797，頁 33224	釋居簡〈書菊礀屏蘭〉 欲酬天問些靈均，九畹歸來活寫眞。 采筆不知春去後，自芳元不爲無人。
冊 53，卷 2795，頁 33181	釋居簡〈菊礀蘭石松菊手卷〉 髯高江漢歸，化作木石妖。槁樹怪槎枒，俱趁毫端朝。 蒼蘚並砎泣，老棘傷秋彫。篠篶霜不蕃，蘭莖春方饒。 抵死蘭莖傍，不肯著艾蕭。坡陁數片石，仙袂拂不消。 定知何處見，五老前山椒。

冊 53，卷 2792，頁 33081	釋居簡〈今歲蘭柳相先梅最後・其一〉 稍殿金絲與紫莖，駸駸躐等敗清盟。 白鷗認得橫斜影，應對清流訴不平。
冊 53，卷 2792，頁 33088	釋居簡〈圓無外一春不歸，蘭猶有花〉 一春寂寞無人問，不爲無人不謹初。 猶有兩花藏葉底，隙簷三見月如梳。
冊 53，卷 2806，頁 33349	劉宰（1167～1240）〈和趙季行用蘭花韻三首〉 破除百卉發孤芳，造化工夫有抑揚。 平易堂中無箇事，一枝相對吐清香。 結根嵓谷謝羣芳，多謝光風爲發揚。 騷客毋煩賦紉佩，省郎行矣趣含香。 鶗鴂潛消百草芳，清芬散逐楚風揚。 洛陽姚魏空增價，愧死嵓限有國香。
冊 54，卷 2813，頁 33459	戴復古（1167～1248）〈浩以秋蘭一盆爲供〉 吾兒來侍側，供我一秋蘭。蕭然出塵姿，能禁風露寒。 移根自巖壑，歸我幾案間。養之以水石，副之以小山。 儼如對益友，朝夕共盤桓。清香可呼吸，薰我老肺肝。 不過十數根，當作九畹看。
冊 54，卷 2821，頁 33617	趙汝績（太宗八世孫，與戴復古多唱和）〈溪翁惠秋蘭〉 不夢靈均久，西風爲返魂。頓忘千載遠，但喜一香存。 勁葉牽湘色，疏花洗露痕。勿嫌盆盎小，能貯雪霜根。
冊 54，卷 2853，頁 34017	陳宓（1171～1230）〈題傅侍郎寒碧十五韻・滋蘭〉 猗猗深林中，有類事謹獨。採棄信所遭，幽芳孰榮辱。 苦與群卉殊，千年猶有馥。
冊 55，卷 2875，頁 34325	錢時（1175～1244)〈蘭〉 邃亭埋石種蘭芽，生怕花開不在家。 此日溶溶春滿院，柔風初破一枝花。
冊 55，卷 2895，頁 34570	洪諮夔（1176～1236）〈水仙蘭〉 水仙瀟灑伴梅寒，鴻鴈行中合數蘭。 七里香花陪隸耳，涪翁醉眼被粗瞞。
冊 55，卷 2898，頁 34624	鄭清之（1176～1251）〈竹下見蘭〉 竹下幽香祇自知，孤高終近歲寒姿。 垂楊曼舞多嬌態，倚賴東風得幾時。

冊 55，卷 2901，頁 34641	鄭清之〈謝天童老秋蘭〉 楚畹春曾汎曉光，直留雅艷到虹藏。 山中不把一枝到，世外那聞千佛香。 秋色追隨入慧光，肯攜幽卉問行藏。 深林未省炎涼態，來爲閑人特地香。 綠葉青青帶紫光，拈來笑處沒遮藏。 密圓應具楞嚴偈，非木非空出妙香。
冊 55，卷 2899，頁 34627	鄭清之〈茸芷應直院送秋蘭韻〉 大椿凌千秋，靈芝競三秀。書傳遞誇詡，垂芳古今宙。 貴耳但奇奇，相馬失之瘦。誰知楚醒花，遠避漢金酎。 擇交得素節，彼哉懷春誘。夫君全德馨，內美本吾有。 姑置芝與椿，秋蘭歲相壽。
冊 55，卷 2900，頁 34634	鄭清之〈菊坡疊遣梅什忽惠蘭芽，此變風也，敢借前韻，效楚詞一章，以謝來辱〉 霜雰雰兮風乍力，草變衰兮蛬罷織。 思秋蘭兮委蕭艾，望椒丘兮聊止息。 悵佳人兮既遠，紛吾美兮誰識。 忽有人兮好修，遺予佩兮春色。 茁瓊芽兮九畹，帶杜衡兮被石。 凜增冰兮峩峩，杳光風兮驟得。 卜蘭居兮南坡，拂餘龜兮食墨。
冊 57，卷 3006，頁 35797	王邁（1184～1248）〈蘭花〉 見山堂裏小春寒，觸政詩囊甚有歡。 重客分明知小李，美人自在寫猗蘭。 直須博去紉爲佩，只欠香來劣可餐。 菊碉一枝尤灑落，不妨人作易芳看。
冊 63，卷 3303，頁 39356	王侃（？～1267）〈冬日雜興〉 庭際幽蘭手自種，託根不與春花共。 冉冉同風數莖竹，襟期元作幽人供。 如何江湖浪征逐，芳信卻因馮翼送。 多慚獨處歲將晚，尚想清標形曉夢。

冊 57，卷 3007，頁 35811	陳郁（1184～1275）〈空谷有幽蘭〉 空谷有幽蘭，孤根倚白石。清晨作奇芬，凡卉各跼蹐。 公子偶相值，□枝置錦席。敷榮忽變悴，色不貸一夕。 信知傾國姿，羞任桃李責。所以富豪兒，睥睨林下客。
冊 57，卷 3026，頁 36043	史彌寧（1215 前後在世）〈秋蘭三絕〉 葉葉低垂翠帶長，花清觫瘦吐微香。 西風劣相添寒色，簇立蜻蜓凍欲僵。 杜若江蘺汝弟兄，楚騷經裏總知名。 雖然臭味略相似，畢竟還他骨格清。 砌蠟成花淺帶黃，紫莖綠葉媚秋光。 不吟尚自清羸甚，怪得詩腰肖沈郎。
冊 57，卷 3028，頁 36074	陳鑑之（1247 進士）〈題鄭承事所作蕙蘭三首〉 蘭如君子蕙如士，此評吾得之涪翁。 有餘不足姑勿論，畢竟清幽氣類同。 托跡不辭巖谷深，異於蕭艾亦何心。 清風披拂自多事，斜日淡雲香滿林。 鄭君欲與蘭寫真，心神暗與蘭俱春。 詩家三昧正如此，境融意會今何人。
冊 58，卷 3083，頁 36773	劉克莊（1187～1269)〈蘭〉 深林不語抱幽貞，賴有微風遞遠馨。 開處何妨依蘚砌，折來未肯戀金瓶。 孤高可挹供詩卷，素淡堪移入臥屏。 莫笑門無佳子弟，數枝濯濯映階庭。
冊 58，卷 3036，頁 36188	劉克莊〈詠鄰人蘭花〉 兩盆去歲共移來，一置雕闌一委苔。 我拙事持令葉瘦，君能調護遣花開。 隸人挑蠹巡千匝，稚子澆泉走幾迴。 亦欲效顰耘小圃，地荒終恐費栽培。
冊 58，卷 3056，頁 36477	劉克莊〈寄題趙尉若鈺蘭所六言四首〉 平生憎鮑魚肆，何處割山麝房。 試與君評花品，不如渠有國香。

	屈子平章荃蕙，荀卿區別芷槐。 志潔眞飲露者，性惡似漸漸來。 高標可敬難狎，幽香似有如無。 世間少別花者，海上多逐臭夫。 遶林尋香不見，對花寫貌失眞。 癡人鼻孔無辨，俗子毫端有塵。
冊 58，卷 3061， 頁 36517	劉克莊〈漳蘭爲丁竊貨其半紀實四首〉 五十盆蒼翠，皆從異縣求。不能防狡窟，未免破鴻溝。 慘甚兵初過，苛於吏倍抽。渠儂慕銅臭，肯爲國香謀。 主人拙樊圃，家賊巧穿窬。鼠子敢予侮，麟翁以盜書。 空搔雙白鬢，不奈一長鬚。自笑關防晚，花傍且燕居。 池遠疎澆漑，牆低劣蔽遮。初無虎守杏，況有蝶穿花。 薄采難紉佩，深培待茁芽。嗟餘愧迂叟，招汝興仍賒。 離騷賞風韻，百卉莫之先。菊止香九日，蘭曾臭十年。 麝房吾割愛，鮑肆爾垂涎。晏相惜花者，紅梅被竊然。
冊 58，卷 3041， 頁 36261	劉克莊〈留山間種藝十絕・其四〉 蕭艾敷榮各有時，深藏芳潔欲奚爲。 世間鼻孔無憑據，且伴幽窗讀楚辭。
冊 59，卷 3093， 頁 36938	徐鹿卿（1189～1251）〈詠蘭〉 叢蘭抱幽姿，結根託山壤。所據良孤高，其下俯深廣。 雲氣接清潤，雨露從資養。雖然翳深林，未肯群眾莽。 輪蹄紛紫陌，誰此事幽賞。幽賞縱不及，香風自來往。
冊 59，卷 3093， 頁 36946	徐鹿卿〈杜子野寄雲山蘭石四畫且以近詩來和韻酬之〉 石瘦蘭馨入骨寒，筆端往往帶儒酸。 河陽桃李春風滿，此段煩君更畫看。 愛君標格碧峰清，爲輒床頭竹葉瓶。 想得醉餘鋒穎健，群鵝端欲博黃庭。
冊 59，卷 3100， 頁 37008	釋廣聞（1189～1263）〈送蘭與樗寮張寺丞〉 綠葉叢叢間紫莖，芳心細細爲誰傾。 不如去入芝蘭室，湊得仙家一段清。

冊 59，卷 3101，頁 37021	趙以夫（1189～1256）〈詠蘭〉 一朵俄生幾案光，尚如逸士氣昂藏。 秋風試與平章看，何似當時林下香。
冊 59，卷 3092，頁 36924	釋元肇（1189～約 1265)〈蘭〉 絕無人處有香飄，樹底巖根雪未消。 千古醒魂招不返，晚風斜日恨蕭蕭。
冊 59，卷 3096，頁 36975	戴昺（1233 前後在世）〈臘前見蘭花〉 蘭叢纔一幹，獨向臘前開。托蔭偏宜竹，先春不讓梅。 韻從幽處見，香自靜中來。便欲紉芳佩，靈均喚不回。
冊 59，卷 3109，頁 37104	張侃（1221 在世）〈秋日閑居十首・其九〉 蘭以深而香，避世非吾忍。移根植堂下，遂使世人鞭。 誰知秋華拆，未許流聲盡。即之色漸溫，佩之芳愈敏。 因觀太古音，試理幽蘭引。幽蘭本香草，名隨四時泯。 奈何楚子孫，些只徒自窘。一枝三四葉，與人作標準。
冊 59，卷 3124，頁 37322	林希逸（1193～1271）〈同心言如蘭〉 金石同心好，言言可起予。紉蘭應足比，伐木義何如。 慷慨輸情久，芬芳入室初。諾能為一布，佩不必三閭。 椒樧能欺我，松梅合友渠。銜盃時對飲，冷淡共園蔬。
冊 59，卷 3130，頁 37421	李龏（1194～約 1292）〈猗蘭曲〉 湘花小朵分幽春，封根苔土如蛇鱗。 東風曉剝兔毫殼，青瑤斛冷香吹人。 滋香夜滴金蟾水，綠葉紫莖光韡韡。 佩囊荒破赤龍愁，璧月斜沉泣騷鬼。
冊 59，卷 3107，頁 37064	吳惟信（生卒年不詳）〈蘭花〉 寒谷初消雪半林，紫花搖弄晝陰陰。 是誰曾見吹香處，千古春風楚客心。
冊 59，卷 3129，頁 37393	嚴粲（生卒年不詳）〈畫梅蘭竹石〉 正憶吟窗占竹坡，風煙觸眼奈愁何。 梅蘭只作從前瘦，石上蒼苔別後多。
冊 59，卷 3090，頁 36862	許棐（約 1224 在世）〈蘭花〉 竹底松根慣寂寥，肯隨桃李媚兒曹。 高名壓盡離騷卷，不入離騷更自高。
冊 60，卷 3167，頁 38008	王柏（1197～1274）〈蘭〉 早受樵人貢，春蘭訪舊盟。謝庭誇瑞物，楚澤擷芳名。 蒼玉裁圭影，紫檀含露英。奚奴培護巧，苔蘚綠菁菁。

冊 60，卷 3167，頁 38020	王柏〈和易巖蘭菊韻〉 小春天氣未和平，冷暖於人孰重輕。 幽菊瘦蘭皆有味，凄風楚雨自無情。 披來破衲便身穩，寫到新詩徹骨清。 箇裏不知誰得失，薰蕕境界要分明。
冊 60，卷 3167，頁 38019	王柏〈和秋澗惠蘭韻〉 竹蘭臭味古來同，同處元非造化工。 墨竹方生秋澗上，紫蘭已到魯齋中。 築臺移玉尊清惠，運筆揮金尚古風。 卻似高人來伴我，幽芬日日透簾櫳。
冊 60，卷 3172，頁 38092	趙崇鉘（生卒年不詳）〈答碧山〉 欲種梅花無古根，手移蘭茁上瓷盆。 卻憂偪仄傷蘭性，自下清招爲返魂。
冊 62，卷 3249，頁 38753	李曾伯（1198～1265 後）〈自湘赴廣道間雜詠・蘭花〉 行盡離騷國，春深未見蘭。容非隱君子，甘老蕨薇間。
冊 61，卷 3194 頁 38289	方岳（1199～1262）〈買蘭〉 幾人曾識離騷面，說與蘭花枉自開。 卻是樵夫生鼻孔，擔頭帶得入城來。
冊 61，卷 3198，頁 38313	方岳〈過縉雲胡君作茶古松下叢蘭中〉 十丈蒼皮帶雪僵，山雲歸晚泊書床。 不緣曾讀離騷熟，蘭亦欺人未肯香。
冊 61，卷 3215，頁 38425	方岳〈藝蘭〉 猗蘭杳幽茂，深林自吹香。何必九畹滋，一枝有餘芳。 春鉏斸寒煙，渺渺懷江湘。靈均惘未死，憔悴歌滄浪。
冊 61，卷 3216，頁 38428	方岳〈雙頭蘭〉 夷齊首陽餓，宇宙難弟兄。同心倚雪厓，世外一羽輕。 紫莖孕雙茁，豈有兒女情。賢哉二丈夫，萬古離騷情。
冊 61，卷 3241，頁 38685	趙孟堅（1199～1264）〈題墨蘭圖〉 六月衡湘暑氣蒸，幽香一噴冰人清。 曾將移入浙西種，一歲纔華一兩莖。
冊 61，卷 3181，頁 38185	宋伯仁（生卒年不詳）〈梅蘭〉 清標同插古軍持，清似西山凍餒時。 嚼蕊弄香無說處，屈平和靖已何之。

冊62，卷3286， 頁39159	蕭立之（1203～？）〈題危叔陽蘭雪詩卷下〉 閩號詩應似，蘭清雪與研。時妝羞倚布，古調入無絃。 谷派如冰冷，驪翁此道傳。客窗寒燭短，吟到曉鐘前。
冊62，卷3289， 頁39206	潘牥（1204～1246）〈蘭花〉 長身大葉聳叢叢，生處雖殊臭味同。 全帶安期溪澗碧，微偷勾漏箭砂紅。 聞名久向騷經內，識面翻從要服中。 等是海山閑草木，東皇一顧便春風。 聞說吾家又一種，移來遠自劍津灣。 葉如壯士衝冠髮，花帶騰仙辟谷顏。 行輩合推梅以上，交遊多在菊之間。 平生我亦好修者，乞取幽蘭鎮小山。
冊62，卷3289， 頁39206	潘牥〈遣人取紫巖劍蘭〉 萬里鯨波一葦航，坐移楚畹置吾傍。 葉侵海氣三分瘦，花比家山一樣香。 灌溉預先收露水，栽培偏愛近朝陽。 莫教晚節儕蕭艾，我欲歸來結佩囊。
冊63，卷3327， 頁39685	釋文珦（1210～？）〈蘭谷〉 猗猗谷中蘭，青青飽香露。爲語樵牧兒，莫采出山去。
冊63，卷3325， 頁39645	釋文珦〈種蘭菊〉 菊蒔陶籬本，蘭滋楚畹芳。荷鋤春雨後，懷古意何長。
冊63，卷3327， 頁39687	釋文珦〈采蘭吟〉 楚芳有幽姿，采采倏盈把。馨香滿襟袖，欲寄同心者。 道遠不可求，餘懷爲誰寫。佩服林下遊，自愛逸而野。
冊63，卷3327， 頁39686	釋文珦〈和林靜學雙蘭〉 一本兩花新，重滋舊畹春。難教入凡夢，唯共保天眞。 沮溺終稱隱，夷齊又得仁。臨風如欲笑，笑著獨醒人。
冊63，卷3339， 頁39878	薛嵎（1212～？）〈冬蘭〉 出林詎爲晚，知我歲寒心。不入離騷怨，來親冰雪吟。 眾芳歸槁壤，獨幹長窮陰。爲有幽人致，相看情倍深。
冊63，卷3300， 頁39317	釋斯植（生卒年不詳）〈蘭谷〉 空谷寄深雲，靈根自不群。地閑平草長，香遠隔溪聞。 靜與騷人佩，清同楚客分。唯應千載後，餘韻在湘濆。

冊 63，卷 3300，頁 39324	釋斯植〈古樂府〉 蘭死根亦香，人死不知處。人死不堪悲，蘭香化爲霧。
冊 65，卷 3455，頁 41162	釋道璨（1213～1272）〈題物初蕙蘭〉 花短秋意長，神清顏色少。筆端有西風，國香來未了。
冊 64，卷 3380，頁 40271	陳著（1214～1297）〈午酌對盆蘭有感〉 山中酒一樽，樽前蘭一盆。蘭影落酒卮，疑是湘原魂。 乘醉讀離騷，意欲招湘原。湘原不可招，桃李花正繁。 春事已如此，難言復難言。聊借一卮酒，酹此幽蘭根。 或者千載後，清香滿乾坤。
冊 64，卷 3388，頁 40316	陳著〈賦虛谷黃子羽所藏吳山西墨蘭三章〉 虛谷兮委蛇，雲英英兮日遲遲。 繁陰兮土滋，蘭之生兮彼桃李其安知。 虛谷兮明陽，紛百草兮樹千章。 馨香兮自將，蘭之有兮何蕙茝之敢芳。 虛谷兮沈寥，霜雪降兮風蕭蕭。 榮華兮飄搖，蘭之全兮清寂寂而彌高。
冊 64，卷 3390，頁 40344	徐集孫（約 1234 前後在世）〈蘭〉 淡淡九畹質，雅好住山林。幽香不求知，伯夷叔齊心。 世道不復古，紉佩取騷吟。
冊 64，卷 3395，頁 40400	吳錫疇（1215～1276）〈蘭〉 石畔稜稜翠葉長，葳蕤紫蕊吐幽芳。 靈均去後無人問，林密山深只自香。
冊 64，卷 3405，頁 40497	姚勉（1216～1262）〈題墨梅風煙雪月水石蘭竹八軸〉 清晨有客南昌來，袖出數幅春風梅。 芳根不種生綃上，安得的皪霜葩開。 霜葩能開不能謝，始信筆端生造化。 細看入趣直欲攀，亦復不知梢是畫。 迎風冷笑斜窺簷，披煙淡竚拖輕縑。 豐腴略帶清曉雪，疏瘦半橫初夜蟾。 根棲怪石增奇絕，倒影寒溪照清潔。 斜枝蘭外侶幽姿，冷蕊竹間標勁節。 超然筆法無糠塵，正欹仰俯態逼眞。 幾回卷軸卻復展，生意不窮看轉新。 只看幽韻自堪玩，莫道無香眞可嘆。

	清香已在杳默中，暗起芬芳浮鼻觀。 平生愛梅如愛賢，恨無好句模幽妍。 看君此畫得天趣，妙寫無聲詩八篇。 吾聞古來能畫者，畫馬胸中有全馬。 君應滿腹皆梅花，不爾安能筆瀟灑。 想君家住西山邊，萬梅谷中廬數椽。 月宵攜笻雪著屐，坐石瞰水窺風煙。 紉蘭傲竹今幾年，餐香換骨身可僊。 凝神吮墨淡一掃，不覺筆下花真傳。 嘆予自愛冰玉幹，久藏一幅鵝溪絹。 請君為作雪中百花頭上開，掛我壁間供客看。
冊64，卷3349， 頁40025	顧逢（生卒年不詳）〈題徐容齋先生愛蘭軒〉 入得善人室，塵凡一洗空。三閭心上事，九畹國香中。 坐對清幽地，時來旎□風。紛紛桃與李，不與此花同。
冊65，卷3414， 頁40574	許月卿（1216～1285）〈二芝蘭〉 一年三季煒煌煌，幽谷無風花自香。 香水風聲千鶴唳，佳兒未數謝家郎。
冊63，卷3313， 頁39492	衛宗武（？～1289）〈雪山和丹巖晚春韻・其二〉 密依林谷遠風埃，貞色幽姿不假裁。 九畹芳殘猶有蕙，光風拂拂轉香來。
冊66，卷3475， 頁41363	釋行海（1224～？）〈蘭〉 紫莖綠葉帶春陰，千古湘江一寸心。 今日已無君子佩，不如瀟灑在深林。
冊65，卷3431， 頁40822	釋紹曇（？～1298）〈題蘭蕙〉 色淡而清，節香而貞。隱德不耀，咀華含英。君子同其芳潔，寫真不墮丹青。宜乎孕瀟湘幽楚之靈。 一莖四花，挺然拔萃。其臭如蘭，其標如芷。檀喙簇煙而不繁，勁節疾風而不倚。是以昂山有山林軒昂之志。
冊65，卷3431， 頁40822	釋紹曇〈題四蘭〉 深藏巖谷裡，初不要人知。苦是香難掩，春風得意吹。 喜晴彈玉指，林下見幽人。楚楚湘靈樣，肌膚不染塵。 珮玉半零亂，繫誰吊楚英。醉香魂未返，愁聽打蓬聲。 一再荒林雪，全身掩薜蘿。直饒埋沒得，爭奈鼻頭何。

冊 65，卷 3431，頁 40822	釋紹曇〈題秋堂四蘭〉 指玉彈曉，喙檀嘆春。倏爾生妬，陰颸不仁。（風） 湘英整佩，楚衣告紉。羲黃薦馥，采采疑真。（晴） 紛披佩玉，僕委苔痕。籫花寫恨，難拈楚魂。（雨） 幽石封白，深林掩芳。隱德不耀，何矜色香。（雪）
冊 65，卷 3431，頁 40822	釋紹曇〈題秋堂四蘭〉 靈均侈山林之樂，薄籠絹袴，幽放檀心。嬌舞春風身醉香，力難扶也。（風） 久居深林幽寂中，雖隱德不耀。遇春陽姁嫗，笑彈玉指，十倍精神。所慮楚俗尚芳，紉而為佩，使不克終其天矣。（晴） 娥英吊舜於九疑，泣淚如雨。珮玉零亂，半委塵泥。愚恐離騷九歌，曲盡其哀，香魂冷而卒難拈也。（雨） 大雪申威，萬木摧拉，獨能擢芳於凝冱中，雖百折不委。非素有所養，寧不為外侮憑凌者歟。（雪）
冊 66，卷 3499，頁 41725	方回（1227～1370）〈蘭花〉 雪盡深林出異芬，枯松槁櫟亂紛紛。 此中恐是蘭花處，未許行人著意聞。
冊 66，卷 3504，頁 41810	方回〈題沈伯雋所藏趙子昂墨蘭〉 今蘭春秀異秋蘭，世事隨時豈一端。 別有古人不死處，陶詩晉字要人看。
冊 66，卷 3498，頁 41718	方回〈八月二十九日雨霽玩古蘭〉 積雨不可出，五日無鹽醯。縱復有雨具，出門將告誰。 茲辰復何辰，明窗漏晴曦。我有古猗蘭，瓦斛以蒔之。 舉世無識者，惟有秋蝶知。紫穗密匼匝，雪茸紛葳蕤。 國香襲衣袖，堅坐神自怡。微詠韓子操，長歌湘纍詞。 空庖不遑省，聊足忘調饑。
冊 66，卷 3508，頁 41888	方回〈題葉蘭坡居士蘭〉 一花一幹秀春風，此論黃家太史公。 若問靈均舊紉佩，零陵香出古湘中。

冊 66，卷 3498，頁 41718	方回〈猗蘭秋思三首〉 猗蘭奕葉曉疏晴，栩栩秋光小蝶輕。 皂翅繡花三五點，庾郎無句畫難成。 綠葉枝頭紫粟叢，素花抽雪細茸茸。 國香政要枯如臘，旋買離騷置冊中。 老子今年忽不貧，價方玉佩有蘭紉。 一枝半朵懸衣帶，肯羨腰間大羽人。
冊 66，卷 3508，頁 41877	方回〈秋日古蘭花十首〉 綠葉梢頭紫粟攢，離騷經裏古秋蘭。 時人誤喚孩兒菊，惟有詩翁解細看。 可待清秋菊共芳，春苗夏葉已先香。 握蘭故事人誰識，夙世龐眉漢署郎。 遠聞香淡近聞濃，紫穗絲絲吐雪茸。 不識幽人孋姝子，兒曹方醉木芙蓉。 玉露金風喜乍涼，紫莖綠葉薦秋芳。 今年最好中秋月，更著秋蘭月下香。 大似斯文不遇時，無人採佩世無知。 援琴與鼓猗蘭操，五百年間一退之。 椒漿桂酒蕙蒸殽，學子人能誦楚騷。 惟有籍蘭無識者，老夫對爾首頻搔。 紉蘭為佩楚忠臣，直道從來不屈身。 為報拖金鳴玉者，如君多是折腰人。 雪絲鬆細紫團欒，今代無人識古蘭。 本草圖經川續斷，今人誤作古蘭看。 一幹一花山谷語，今蘭不是古時蘭。 重陽菊畔千絲紫，隆準曾孫卻解看。 楚詞蘭有晦翁註，模寫真容本陸璣。 不待花開著囊貯，紫莖綠葉可熏衣。

冊 67，卷 3526，頁 42153	何夢桂（1229〜1303）〈贈徐教諭愛蘭〉 朝采水中芹，莫采水中茆。采采不盈掬，意不在寸草。 顧瞻爾子衿，憂思鬱中抱。濯江暴秋陽，豈不日杲杲。 杲杲雖麗天，寒荄易枯槁。君來升文堂，鐘鼓試擊考。 轟霆起蟄蟄，沈淖賴雪澡。以中養不中，寬慈以爲寶。 惟皇均降衷，三代此直道。迪教敦民彝，端拜謝師造。
冊 67，卷 3546，頁 42415	俞德鄰（1232〜1293）〈水墨蘭〉 三閭一朝蛻，九畹千載荒。茫茫天壤內，春在桃李場。 幽蘭有貞質，轉泛欺眾芳。寧受緇塵染，尙餘風露香。 乃知德勝色，不采庸何傷。
冊 67，卷 3520，頁 42039	鄧林（生卒年不詳）〈蘭〉 野客過門叫賣蘭，清風便自逼人寒。 孤根未必靈均種，推作離騷輩行看。
冊 68，卷 3607，頁 43192	柴元彪（約 1270 前後在世）〈和僧彰無文送蘭花韻〉 脫簪歸隱白雲深，不逐時芳事枉尋。 閒向草亭圖太極，重盟蓮社續東林。 春風分到靈均種，臭味如同惠遠心。 一卷離騷清徹骨，鏗然空谷足徽音。
冊 68，卷 3573，頁 42718	董嗣杲（約 1274 在世）〈蘭花〉 芳友幽棲九畹陰，花柔葉勁怯深尋。 謝家毓取階庭秀，屈子紉歸澤國吟。 百卉混林尊異種，一清傳世絕同心。 身悝風露甘修潔，誰託斯馨欲援琴。
冊 68，卷 3609，頁 43216	王鎡（生卒年不詳）〈白蘭〉 楚客曾因葬水中，骨寒化出玉玲瓏。 生時不飲香魂醒，難著春風半點紅。
冊 68，卷 3601，頁 43137	金似孫（生卒年不詳）〈雙頭蘭和吳應奉韻〉 手種盆蘭香滿庭，開來趣味獨幽深。 敢誇雙萼鍾奇氣，祇恨孤根出晚林。 長倩生男不得力，滕公有女謾縈心。 援琴欲和春風曲，卻對騷魂費苦吟。
冊 69，卷 3622，頁 43372	連文鳳（1240〜1300 後）〈對蘭〉 藹藹抱幽姿，幽人得自怡。愛之似君子，好不在花枝。 濁世已如許，香心終未衰。窗前堪作伴，閒讀九歌詞。

冊 69，卷 3626，頁 43415	鄭思肖（1241～1318）〈墨蘭〉 鍾得至清氣，精神欲照人。抱香懷古意，戀國憶前身。 空色微開曉，晴光淡弄春。淒涼如怨望，今日有遺民。
冊 69，卷 3628，頁 43450	鄭思肖〈墨蘭圖〉 向來俯首問羲皇，汝是何人到此鄉。 未有畫前開鼻孔，滿天浮動古馨香。
冊 69，卷 3628，頁 43449	鄭思肖〈題畫蘭〉 求則不得，不求或與。老眼空闊，清風萬古。
冊 69，卷 3634，頁 43542	釋雲岫（1242～1324）〈寄蘭屋府教〉 入門便有湘江意，數米幽香見屈原。 蕭艾若教同一色，清標不在座中看。
冊 69，卷 3653，頁 43858	丘葵（1244～1333）〈入忠軒書院詠蘭〉 階庭暫託根，只與綠苔親。自少枝條分，不爭花卉春。 輕寒青瘦硬，出檻紫鮮新。風雨時吹洗，含芬待主人。
冊 69，卷 3638，頁 43607	黃庚（生卒年不詳）〈墨蘭〉 一幅幽花倚客窗，離騷讀罷意淒涼。 筆頭喚醒靈均夢，猶憶當時楚畹香。
冊 70，卷 3684，頁 44255	仇遠（1247～？）〈題趙松雪竹石幽蘭〉 舊時長見揮毫處，修竹幽蘭取次分。 欲把一竿苕水上，鷗波千頃看秋雲。
冊 67，卷 3538，頁 42305	方一夔（1253～1314）〈秋花十詠·蘭花〉 步馬西風冠切雲，欲從九畹問秋芬。 自原未死香都變，老盡山人況識君。
冊 70，卷 3661，頁 43965	趙友直（約 1265 在世）〈詠蘭〉 曉來一雨忽初收，九畹分香繞碧流。 裛露靈苗凝淺翠，迎風素質拂輕柔。 自甘深谷同巢許，不羨巍階並管周。 物類尚知羞媚世，汙名穢節豈吾儔。
冊 70，卷 3661，頁 43955	趙友直〈瞻蘭芎山〉 蘭芎圍絕嶂，圖畫望中懸。幾度令人慕，登臨學葛仙。
冊 70，卷 3661，頁 43962	趙友直〈與友觀蘭〉 彭澤當年成菊癖，予今亦欲訂蘭盟。 三杯酒向花邊瀉，一首詩從月下賡。

冊 70，卷 3701，頁 44430	艾性夫（生卒年不詳）〈玄都韓植蘭楚香〉 玄都舊日神仙宅，種桃羞殺劉賓客。 只今仙子韓家湘，不遺牡丹開頃刻。 春風九畹花繞屋，冶紫妖紅失顏色。 盲風怪雨三千年，湘水芳魂招不得。 翩然散入碧虛寒，乾坤萬里離騷國。
冊 71，卷 3720，頁 44700	徐瑞（1255～1325）〈次韻芳洲蘭花〉 殘雪消陰崖，柔風被晴麓。蘭根得天和，芳蕤出叢綠。 澹然如幽人，皎皎在空古。味薄趣自長，香遠韻更足。 尚嫌荃惠伍，肯與桃李瀆。中洲有吟仙，自愛稱初服。 丘壑賞孤清，泥塗憐久辱。乃知松柏姿，均此受命獨。 石君瘦欲涸，毛穎老不沐。爲子操猗蘭，清商出枯木。
冊 71，卷 3718，頁 44656	徐瑞〈余自入山距出山五十五日竹屋青燈山陰杖屨忘其癡不了事矣隨所賦錄之得二十首·蘭〉 綠葉映芳蕤，貞姿在空谷。紛紛世人同，寂寂君子獨。
冊 71，卷 3724，頁 44796	陳深（1260～1344）〈題錢舜舉寫生五首·水仙蘭〉 翩翩淩波仙，靜挹君子德。平生出處同，相知不易得。
冊 71，卷 3723，頁 44777	宋無（1260～？）〈蘭〉 分向湘山伴野蒿，偶並香草入離騷。 清名悔出群芳上，不入離騷更自高。
冊 72，卷 3770，頁 45464	韓愛山（生卒年不詳）〈栽蘭〉 不能隨俗辦生涯，剗草栽蘭當理家。 不見西湖林處士，一生受用只梅花。
冊 72，卷 3752，頁 45240	易士達（生卒年不詳）〈蘭花〉 春到蘭芽分外長，不隨紅葉自低昂。 梅花謝後知誰繼，付與幽花接續香。 曲水流邊苔色浸，右軍遺墨動清吟。 蕙風和暢人非昔，香得山陰直到今。
冊 72，卷 3780，頁 45625	龍輔（生卒年不詳）〈蘭梅詩〉 蘭梅逐候舒，種此欲何如。蘭葉堪崇佩，梅花好寄書。